CAFÉ

Café

* * *

Romance

José Roberto Walker

1ª *Reimpressão*

REFORMATÓRIO

Copyright © 2024 José Roberto Walker
Café © Editora Reformatório

Editor
Marcelo Nocelli

Revisão
Marcelo Nocelli
Natália Souza

Imagens de capa
Palácio dos Campos Elíseos/Wikipedia (capa)
Jacques Palut/iStockphoto (contracapa)

Design e editoração eletrônica
Negrito Produção Editorial

Dados Internacionais de Catalogação na Publicação (CIP)
Bibliotecária Juliana Farias Motta (CRB 7/5880)

Walker, José Roberto
  Café / José Roberto Walker. – São Paulo: Reformatório, 2025.
  336 p.: 14 x 21 cm

  ISBN 978-65-83362-06-3

  1. Romance brasileiro. I. Título.

W836c   CDD B869.3

Índice para catálogo sistemático:
1. Romance brasileiro

Todos os direitos desta edição reservados à:

EDITORA REFORMATÓRIO
www.reformatorio.com.br

Homo sum, humani nihil a me alienum puto

TERÊNCIO

I
DESMORONAMENTO

1
Shomêa Tefillah
Ouve a Prece

Av harachaman, shema colênu Adonai Elohênu, chus verachem alenu, vecabel berachamim uveratson et tefilatênu, ki El shomêa tefilot vetachanunim atá, umilefanêcha malkênu recám al teshivênu, chonênu vaanênu ushema tefilatênu, ki ata shomêa tefilat col pê. Baruch ata Adonai, shomêa tefila.

Ouve nossa voz, Eterno, nosso D-us; misericordioso Pai, tem compaixão de nós e aceita nossas preces com misericórdia e favor, pois Tu és D-us que ouve as preces e as súplicas; não nos despeças de Ti de mãos vazias, nosso Rei, pois Tu escutas as preces de todos. Bendito sejas Tu, Eterno, que ouve a prece.

Não sei se a minha oração ainda pode ser ouvida.
    Eu abandonei a religião dos meus pais, talvez por isso mereça esse castigo.
    Me misturei com homens e nem todos eram bons.
    Tudo isso eu sei.
    Mas não vou cometer outro pecado.
    B'ezrat HaShem.[1]

---

1 Com a ajuda de Deus.

A gente com a qual me envolvi pode mais do que eu, porém não vou tremer agora.
A minha força é o meu segredo.
Baruch HaShem.[2]

---

2 Bendito seja Deus!

2
Pesadelo

Quando eu ouvi o primeiro estrondo, acordei sobressaltado, sem compreender o que estava acontecendo. Havia saído da casa de Martha muito tarde e, como tem acontecido com frequência nos últimos tempos, tinha bebido demais. Podia ter ficado lá, mas não queria faltar à missa pelas vítimas da revolta de 1922 em Copacabana e precisava trocar de roupa e me arrumar. Fui dormir preocupado em não me atrasar, porque toda a gente do governo estaria lá e não ficaria nada bem para mim se eu não me apresentasse.

Fui despertando a custo e assim que abri os olhos, vi que o sol entrava pela janela até quase a cabeceira da cama. A primeira coisa que pensei é que havia perdido a hora para a missa em São Bento.

Tentei organizar as ideias em frações de segundo. Não poderia ter ouvido um trovão se eu via o sol entrar pela janela. Além do mais, eu havia sentido a cama estremecer e um trovão não é capaz disso. Tinha os pensamentos confusos, talvez por causa do álcool, talvez porque estivesse ainda meio dormindo.

Quando, passado apenas um minuto, ouvi o segundo estrondo, não tive dúvidas. Não só a casa toda estremeceu, como uma parte do forro de estuque do teto desabou sobre a minha cabeça. Corri para a rua como estava, e só lá percebi que, por sorte, dormira semivestido e nem tirara os sapatos.

As calçadas já estavam cheias de gente e todos gritavam coisas que pareciam sem nexo, mas eu pude reconhecer distintamente a palavra revolução, várias vezes repetida.

Aquilo não tinha nada a ver com os efeitos do álcool! Nossa rua estava sendo bombardeada e vi, na calçada, gente ensanguentada. Na casa vizinha, o velho Leôncio, empregado de dona Adelaide, com a cara branca de poeira, me agarrou suplicando que fosse ajudar, porque uma bomba havia acertado a cozinha em cheio e ele achava que as patroas estavam mortas.

Entramos com dificuldade na casa em ruínas. Foi fácil perceber que o desastre era grande e onde deveria ser a sala de jantar, havia uma cama em frangalhos que a luz do sol iluminava, já que o telhado havia desaparecido junto com o andar superior. Logo encontramos dona Adelaide, que tinha um corte fundo na cabeça e parecia ter um braço quebrado. Ela gemia, mas estava ainda consciente e, logo que nos viu, pediu que socorrêssemos a filha Clara, que estava na cozinha.

Com muito esforço, Leôncio, eu e alguns vizinhos, fomos abrindo caminho entre os escombros. A viúva tinha razão e onde ficava a cozinha encontramos a moça. No meio dos destroços pudemos ver um braço inerte e sem vida. Depois de mais de meia hora de luta conseguimos liberar o corpo do meio do entulho e o carregamos com cuidado para o jardim. Naquela altura, as pessoas, vencendo o medo, se aglomeravam em frente às casas destruídas, para ajudar ou apenas observar. Coberto de pó dos pés à cabeça pude finalmente ver o que havia acontecido. Além da casa de dona Adelaide, mais duas outras estavam destruídas. A minha escapara por pouco. Diversas bombas haviam caído por ali, atingindo os prédios da Alameda Nothmann, e se podia ver fumaça sobre o Liceu Coração de Jesus, cinco quadras abaixo. O objetivo parecia ser o Palácio dos Campos Elísios, residência oficial do presidente do Estado, Carlos de Campos, porém a pontaria havia sido péssima e essas granadas passaram longe, atingindo a nossa rua que ficava a uns quinhentos metros do alvo. Pelo menos era isso o que o povo comentava, ainda espantado, nas calçadas. Aos poucos pude concatenar as ideias e fui ouvindo os relatos dos vizinhos e do Leôncio, que ficara no jardim da dona Adelaide, velando a filha solteirona da velha, enquanto os parentes providenciavam a remoção do corpo e o socorro médico na Santa Casa para a mãe.

Enquanto aguardava, Leôncio foi me contando que na madrugada se ouviram os primeiros tiros na direção dos Campos Elísios, despertando a vizinhança. Ele vivia num quartinho nos fundos e acordara logo, mas só saiu quando viu as luzes se acenderem no quarto de Clara. Com o dia amanhecendo, atravessou correndo o comprido quintal e entrou na casa.

— Seu dotô, eu acordei era mais ou menos cinco da manhã, com aquele *tá, tá, tá*. *Num* dava *pra atiná* o que era e eu demorei *pra* perceber que devia ser tiro de metralha. Achei que ia *pará* logo, só que foi aumentando, aumentando... Deu uns minutos e eu vi que a luz do quarto da dona Clara acendeu. Me agasalhei e fui *pra* cozinha *fazê* um café. Dona Adelaide desceu logo e, um pouco depois, a Dona Clarinha desceu de camisola. *Tava* muito nervosa, coitadinha. Ficou um pouco com a gente, mas subiu logo, porque *tava* com dor de cabeça e disse pra velha que ia *ficá* no quarto. Ela sempre tinha dor de cabeça quando ficava com os nervos. Quando o dia clareou todo, ninguém saiu. Dava até medo olhar a rua vazia. Todo mundo ficou com receio de sair e os vizinhos conversavam pelas cercas dos quintais. Ninguém sabia direito de nada. Lá pelas dez da manhã, dona Adelaide me mandou correr até o Largo do Coração de Jesus *pra vê* se conseguia saber de alguma coisa. Nem deu tempo. De repente começou a cair bomba e a segunda que caiu acertou direitinho o quarto da dona Clarinha. A velha só se salvou porque estava na sala. Eu, nessa hora, *tava* no portão pra sair e me atirei no chão. Quando eu levantei encontrei o senhor, vindo na minha direção.

Eu não vira e nem ouvira nada do que o Leôncio contava. Porém, compreendi logo que as bombas que me arrancaram da cama tão brutalmente, por pouco não me mataram, como à vizinha.

Eu não podia adivinhar que aquele era apenas o começo de um pesadelo.

Os paulistanos ainda não sabiam que iriam enfrentar os seus piores dias.

3
A vida é loteria

Depois que a Assistência Policial levou o corpo da infeliz vizinha, voltei para a minha casa, tomei um banho, fiz a barba e comi alguma coisa que a Francisca havia deixado para mim no guarda-comida da cozinha. Depois de várias tentativas, me convenci que o telefone não iria dar linha e era inútil tentar obter notícias pelo aparelho. Queria ir logo para a cidade para saber o que, de fato, estava acontecendo, mas, por volta de uma da tarde, quando já me preparava para sair, ouvi um novo tiroteio. Era o pipocar de metralhadoras e, pela direção do som, os tiros vinham do entorno do Palácio dos Campos Elíseos que, era fácil deduzir, devia estar sendo atacado outra vez. Eu moro perigosamente próximo ao palácio e, se a situação piorasse, era bem possível que eu não pudesse permanecer em casa. Nem queria pensar nisso, todos os meus problemas estavam aqui e também as soluções. Havia um turbilhão girando na minha cabeça, como se eu estivesse num pesadelo, porém nada daquilo era sonho.

Passava de duas da tarde quando afinal me senti seguro para ir, observando bem o movimento das ruas e procurando evitar soldados, do governo ou rebeldes. Subi pela alameda Nothmann e segui a pé pela avenida São João. Quase não havia bondes e eram poucos os transeuntes nas calçadas, mas em muitas casas havia gente espiando pelas janelas. Desci a

São João até o Anhangabaú e subi do outro lado. Na Praça Antônio Prado, encontrei um quiosque aberto como se nada de extraordinário estivesse acontecendo, mas nenhum dos vespertinos ainda havia saído. O jornaleiro comentou que, pela manhã, muitas ruas foram interditadas, porém agora as coisas pareciam mais calmas e mesmo que houvesse pouca gente nas calçadas, se viam carros circulando. Avancei pela rua Quinze e, embora fosse sábado, o aspecto do Triângulo lembrava os piores dias da Gripe Espanhola, com o comércio quase todo fechado, os bares e cafés com as portas de aço baixadas e pequenos grupos de pessoas nas esquinas falando baixo.

Perto do largo do Palácio, o aspecto era de guerra e muitos soldados com armas embaladas cercavam a praça e levantavam barricadas com as pedras arrancadas do calçamento. Até a fonte, sempre seca, que há anos ocupa inutilmente o canto do jardim, estava sendo guarnecida de pedras, formando uma trincheira. Achei melhor não testar a minha coragem e segui pela rua Quinze, dando a volta pela Sé. Na praça enorme, muitos soldados e pouca gente andando apressada e grudada às paredes dos prédios. Entrei pela rua do Carmo. Lá, todas as lojas também estavam fechadas, mas havia dois grandes caminhões da Força Pública e diversos carros particulares e de praça estacionados, com os motores ligados, como que à espera. Da rua se via um grande movimento no Palácio da Cidade, porém o meu objetivo era encontrar alguém conhecido na Polícia Central e saber notícias mais verdadeiras. Logo na entrada perguntei pelo dr. Pedro Ribeiro, delegado da 1ª. delegacia. A sentinela que estava na entrada balançou a cabeça em direção ao grande prédio do largo.

— Os doutores estão todos lá. — Segui a instrução e atravessando a rua entrei na sede do governo por uma porta lateral. Curiosamente não havia sentinelas, mas o edifício estava repleto e o trânsito pelos corredores era grande. Não eram apenas os funcionários, era a enorme fauna que cerca todos os governos na nossa terra. Deputados, vereadores, militares, a alta aristocracia dirigente, advogados, juízes, enfim, gente como eu, que não podia sobreviver ou tocar os seus negócios sem a boa vontade do poder estabelecido e que ia lá mostrar a cara ou, como se diz, "bater o ponto" e deixar claro de que lado estava. No segundo andar, onde ficava o Gabinete do Presidente do Estado eu finalmente encontrei o Pedro, o Jairo Góes e o Paulo Duarte conversando no salão de recepções. Pedro era o meu amigo mais próximo, fomos colegas de turma e desde a Academia nunca nos separamos. O Jairo que também fazia parte da nossa roda, se formou muito depois de nós, mas era o mais íntimo dos círculos do governo e além de militar na imprensa, onde era muito notado, fazia uma carreira jurídica meteórica e já era promotor na Capital, um feito incrível, dada a sua juventude. Era também muito próximo de Washington Luiz, que acabara de deixar a presidência do Estado e era um dos nomes cotados para disputar a presidência da República. O Paulo, de todos nós é o mais jovem e ainda não terminou o curso de Direito, mas vive metido na política e também seguia o dr. Washington.

Muita gente falava ao mesmo tempo e o ambiente parecia um tanto caótico. O presidente Carlos de Campos permanecia nos Campos Elíseos que, aparentemente, era o alvo principal dos revoltosos. Seu irmão Sílvio havia organizado um grupo de apoiadores e eram para eles os veículos estacionados na rua do Carmo. Logo que cheguei, uns cinquenta homens entre civis armados e soldados, desceram as escadarias em direção aos veículos estacionados. De uma janela do andar superior, pudemos ver o grupo partindo em socorro ao presidente. A saída deles desafogou um pouco os corredores, mas ainda havia muita gente no prédio, todos esperando alguém que assumisse o comando. Estava claro que o governo havia sido pego desprevenido e não havia ninguém ali que soubesse o que fazer. Não se passaram nem quinze minutos e houve um corre-corre. Um oficial de gabinete do presidente agarrou o Jairo pelo braço dizendo que uma coluna de revoltosos vinha pela Várzea do Carmo para atacar o Palácio. Todos correram para o terraço dos fundos e de fato se via uma longa coluna se deslocando próxima ao rio Tamanduateí no vasto descampado, perto do Palácio das Indústrias. Naquela confusão e nervosismo houve até quem visse um canhão e tropa uniformizada e montada. Foi o secretário de Justiça Bento Bueno quem desfez a confusão com uma pequena luneta, humilhando os mais afoitos.

— Senhores, tenham paciência, pelos uniformes se pode ver que são alunos do Liceu Coração de Jesus e à frente deles vão os padres do colégio. Com certeza estão procurando um abrigo mais seguro do que a escola, que foi bombardeada. E qualquer um pode ver que eles estão indo para o Brás e não vindo para o Centro. Vocês procurem o que fazer antes de ver fantasmas! Disse isso na frente de todos e voltou para o interior do prédio.

Esse era o clima no palácio. Jairo, Paulo e eu entramos numa saleta vazia com o Pedro e o enchemos de perguntas.

— Diga lá, delegado, o quê, afinal de contas está acontecendo?

— Não sei, se sabe pouco. Hoje não era meu plantão, mas antes das sete horas um soldado foi à minha casa e me levou para a delegacia. De lá me chamaram para a Central porque havia risco de ataque à sede do governo. Parece que a coisa toda começou em Santana ou Quitaúna, não sei bem, e quem deu o alarme foi o delegado auxiliar que estava de pernoite. Logo cedo, os rebeldes tomaram os quarteis da Luz e cercaram os Campos Elíseos. Mas lá, a guarda estava já prevenida e resistiu. Como os revoltosos não conseguiram tomar o palácio, começaram a bombardeá-lo ali pelas dez da manhã. Erraram todos os tiros, mas acertaram o Liceu e quase mataram um aluno. Por isso os padres estão retirando os meninos.

— Foram essas bombas que me acordaram e quase me mataram! Destruíram a casa vizinha e lá, de fato, mataram uma mulher, contei do modo mais resumido, a minha aventura naquela manhã.

— E de onde vêm as bombas? – o Jairo perguntou.

— Da zona norte eu acho. De Santana ou do Campo de Marte. Fala-se também em Pinheiros. É certo que, de onde estão, conseguem atingir qualquer ponto da cidade.

— Na missa de São Bento, onde nenhum de vocês três apareceu, uma granada acabou com a cerimônia nos primeiros cinco minutos. Ninguém fazia ideia do que estava acontecendo — disse o Jairo. Mas todos debandaram e nem os padres ficaram para terminar a missa.

— Mas como estão as coisas agora, afinal? — eu perguntei.

— Neste momento parece que os rebeldes estão em vantagem relativa. Não conseguiram tomar os Campos Elíseos, que resistiu bem e agora parece que está devidamente defendido, mas eles conseguiram tomar os quarteis da Luz, todas as estações de trem e o telégrafo na rua José Bonifácio. Aqui no Centro o governo ainda está no controle. Mas não se sabe de onde virá o próximo golpe.

— E o comandante do Exército? Corre o boato que foi capturado — disse o Jairo.

— Não é boato. O gen. Noronha, comandante da 2ª. Região Militar caiu na mão dos revolucionários logo cedo e está preso na Luz, num dos quartéis. É o que se sabe.

— E quem está no comando da revolta? — eu perguntei.

— Esse é outro mistério. Ninguém ainda se apresentou. E também não se sabe, afinal, quem são, ou o que pretendem esses rebeldes. Com certeza não será apenas derrubar o Carlos de Campos, que mal tomou posse, disse o Pedro.

— São os jovens oficiais do exército, como aconteceu em 1922, disse o Jairo — mas eu objetei.

— Pode ser, mas não é a mesma coisa. Em 22, apesar da agitação, no final, tudo ficou restrito a um grupo pequeno de jovens oficiais que nem chegaram a sair de Copacabana; a revolta foi sufocada em horas e tudo terminou no dia seguinte. Aqui, estamos vendo a cidade tomada pelos revoltosos e bombas caindo nas ruas.

— Mas os canhões das fortalezas do Rio dispararam, disse o Jairo.

— Sim, porém houve poucos tiros, retruquei. Aqui ninguém parece estar economizando munição!

— E não está claro quem está tomando parte. Vejam bem que o centro da revolta são os quarteis da Força Pública na Luz. Dessa vez o exército não está sozinho, ao que parece, disse o Paulo.

— E os quarteis da Luz são enormes. Lá certamente estão mais de 2.000 homens. Se todos aderiram à revolta... — eu completei.

— O fato é que nem há dúvida de que o governo foi pego desprevenido, disse o Jairo. Ontem fui com o Oswald de Andrade, que está desfilando o Blaise Cendrars pela cidade, à redação do *Correio Paulistano*, ver se encontrávamos alguém antes de irmos para casa dormir. Era por volta da meia-noite, a redação já estava quase vazia e lá encontramos o próprio Carlos de Campos conversando na sala da chefia. Oswald aproveitou para apresentar Cendras ao presidente. Depois das honras de estilo, o assunto principal foi a broca do café, vejam só vocês! O presidente estava preocupado, porque esse assunto ocupou boa parte do noticiário nas últimas semanas. Houve quem sugerisse usar a Força Pública para o combate à broca, já que ela não tinha outra utilidade. Enquanto isso, vejam só vocês, os revolucionários já estavam ocupando os quarteis!

Enquanto conversávamos tranquilamente, ouviu-se uma espécie de assobio curto e logo em seguida uma explosão. Nos atiramos instintivamente ao chão e logo depois ouvimos outros dois estrondos, que pareciam muito próximos. Depois de alguns segundos de hesitação e de silêncio, nos levantamos e procuramos a saída. Todos tiveram a mesma reação e, na rua, trombamos com as pessoas que também saíam às pressas do prédio da Central de Polícia. O Pedro segurou um soldado pelo braço e perguntou pelo delegado geral.

— Seu doutor, fora os presos, não ficou ninguém lá dentro não.

Quando a calma voltou, fizemos um balanço dos estragos. Uma granada havia atingido em cheio o coreto nos jardins do largo do Palácio e ele estava destruído. Havia fumaça na rua da Boa Vista, onde com certeza algum imóvel fora atingido embora não pudéssemos vê-lo da posição em que estávamos. O alvo, ninguém tinha dúvidas, eram os prédios onde se instalava a cúpula do governo do Estado, o palácio, a secretaria da Agricultura, a secretaria de Justiça e Segurança, onde estavam o comando da reação e a Polícia Central. Por sorte, a pontaria dos rebeldes não era tão certeira e, pela segunda vez no mesmo dia, escapei por pouco dos ataques. Cheguei à conclusão que já era suficiente. Não fui o único, e o nosso grupo se dissolveu rápido e até o Pedro achou melhor assumir o posto na sua delegacia, na discreta rua Barão de Paranapiacaba, uma travessa da Sé, uns quinhentos metros adiante.

Dei a volta outra vez pela Sé e segui pela rua Quinze até o largo de São Bento, para apanhar o bonde da Al. Nothmann e voltar para casa. Gastei não mais de dez minutos nesse trajeto com o passo mais apressado que a minha dignidade permitia. Com a noite se aproximando era desolador o panorama das ruas do Triângulo que deveriam estar repletas nesse sábado, como em todos os outros. No entanto o que se via era o centro vazio, os teatros e cafés fechados. Não havia o que fazer por ali e o mais certo era me recolher. Havia pensado em passar, novamente, a noite com Martha, mas ela morava muito perto da estação da Luz, o trajeto era longo e escuro e a minha casa talvez fosse um abrigo mais seguro.

Martha não era apenas um caso como tantos outros que eu tive ao longo da vida, desde que quando jovem me mudei para São Paulo. Ela era diferente, é difícil explicar... Foi a única mulher com que eu pude ter conversas que, antes dela, eu só teria com outros homens. Se, por um lado, ela era bonita e desejável, por outro era capaz de discutir muitos assuntos, dos negócios à política. Era bem lida, tinha uma pequena biblioteca que herdara do pai e que foi ampliando com o tempo, lia os jornais, não apenas as publicações que as mulheres, em geral, leem. Na situação em que estávamos, talvez ela fosse mesmo a melhor companhia para essa noite de sobressaltos, mas a conversa do dia anterior não havia acabado bem. Afinal, já era tarde e ponderei que um raio não cai duas vezes no mesmo lugar.

Resolvi dormir em casa.

A vida é uma loteria, isso é que é.

Depois desse dia repleto de acontecimentos extraordinários, lembrei-me que tinha que falar com minha mãe e os meus. Eles certamente já sabiam da revolta e deviam estar preocupados. Queria também ter notícias do interior. Por incrível que pareça consegui contato com a telefonista e pedi o interurbano, certo de que seria recusado. Para minha surpresa, a moça confirmou a ligação e, depois de menos de meia hora consegui falar com a casa da minha irmã em Campinas. Lá estavam todos bem e não havia movimento nenhum de tropas. Tranquilizei a minha mãe e desliguei rapidamente.

A Francisca, ao contrário do previsto, não voltou da sua folga e não havia nada para comer. Encontrei uns ovos no guarda comida, um salame italiano muito bom e um pão já amanhecido. Por sorte, eu tinha também uma garrafa de Chianti, que amenizou a frugalidade da minha refeição improvisada.

Fui cedo para a cama, deixando as minhas roupas arrumadas numa cadeira ao lado, para o caso de eu ter que me vestir depressa e coloquei o meu revólver carregado na mesa de cabeceira. Da minha janela eu podia ver a rua sem iluminação, por causa do racionamento de energia provocado pela estiagem que São Paulo enfrenta há meses, mas era possível ver com nitidez, à luz da lua, os escombros das casas vizinhas atingidas pelo bombardeio. Era incrível ver aquela tranquila rua burguesa transformada em cenário de guerra.

Cheguei a dormir um pouco, mas por volta de onze e meia, acordei sobressaltado pelo ruído da fuzilaria que denunciava que o palácio dos Campos Elíseos estava sendo novamente atacado. O tiroteio durou um tempo que me pareceu infinito e só por volta da meia-noite silenciou. Ou os revoltosos conseguiram invadir o prédio e, portanto, adeus Carlos de Campos ou haviam desistido e se retirado. O que seria? Passada não mais que meia hora, ouvi o crepitar de um tiroteio, só que desta vez, longe, talvez no centro. Era difícil dizer. A madrugada seguiu assim, com ruídos de tiros, entremeados pelo rugido de canhões e o barulho de explosões. Era inacreditável que São Paulo passasse por isso como se fosse uma insignificante republiqueta sul-americana. Não se pode compreender que a cidade mais rica do país esteja nessa situação. E em nome de quem e de quê?

4
Baruch Atá Adonai
Bendito és tu nosso D'us

Baruch Atá Adonai, Elohênu Mêlech haolam, pokêach ivrim.
Baruch Atá Adonai, Elohênu Mêlech haolam, matir assurim.

Bendito és Tu, Adonai, nosso D'us, Rei do Universo, que abre os olhos dos cegos.
Bendito és Tu, Adonai, nosso D'us, Rei do Universo, que liberta os amarrados

Só agora eu compreendo tudo o que fiz e com quem me envolvi. Fui ingênua e na minha leviandade não fui capaz de separar o certo do errado.

Meus olhos agora estão abertos.

II
A TERRA

5
O passado

Apenas idiotas dizem que só vivem o presente.
É impossível viver sem o passado.
Mesmo quando se quer esquecê-lo ou ocultá-lo, ele sempre se manifesta e muitas vezes nos assombra.
Na maior parte das vezes, é o passado que conduz a vida. Eu, por exemplo, vivo lutando com o passado. Todos os dias, todo o tempo.
O presente é apenas esse momento que foge depressa.
Para mim, só o passado realmente importa.

6
Raízes

Eu, como a maioria dos paulistanos, demorei para compreender o que acontecia em São Paulo. Foi apenas ao longo desse sábado surpreendente que pudemos nos dar conta de que a cidade, de fato, estava tomada por uma revolução e bombas ou tiros podiam cair sobre nós a qualquer momento.
   Eu sempre achei que já havia passado por tudo.
   Era mais uma reviravolta na minha vida, tão cheia de curvas e de acidentes.
   Sou um menino criado no campo e passei a infância na fazenda do Retiro, onde meu pai plantou os sonhos de uma vida inteira. Ele chegou a Cravinhos antes da chegada da estrada de ferro e começou a abrir aquelas terras quando a região ainda era sertão bruto. Derrubou a mata, abriu caminhos, fez as pontes, cercou com arame. O café é cultura ingrata, leva quatro anos para começar a produzir e apenas no quinto é que a colheita vale alguma coisa. Quando eu nasci em 1890, a fazenda ainda não estava completamente formada. Lembro-me dele contando que gastou quatro anos para tirar a primeira safra boa de fato. Como levou outros cinco para formar o cafezal, somou nove anos de luta e aquilo foi só o começo. O avanço era lento. É impossível tocar uma fazenda sem muito capital e os fazendeiros em geral não são capazes de acumular o suficiente para se financiarem. Além disso, o cafeicultor tem

dois sócios permanentes, dos quais é impossível se livrar: a ferrovia e o governo, que juntos ficavam com quase a metade das receitas. Meu pai sempre dizia que a ferrovia pelo menos prestava um bom serviço, mas o governo...

Também eram raros os cafeicultores que conseguiam se livrar dos financiadores. No final, havia sempre um banco, o comissário de Santos, ou um agiota. O pavor dos fazendeiros eram as hipotecas. Mas não havia muito como fugir delas. Meu pai lutou contra elas a vida inteira. Quase venceu.

Antônio de Souza Campos, chamado Totonho pela família, era um homem valente, essa sempre foi a opinião geral. Saiu de Baependi muito jovem, porque se alistou no Exército como voluntário e foi fazer a Guerra do Paraguai. Ele contava muitas histórias dessa guerra, os grandes personagens que havia conhecido e sobre as grandes batalhas de que participara. Mas falava pouco da sua juventude antes de sair de Baependi. Nós sabíamos, mais ou menos, que o motivo teria sido uma desilusão amorosa. Mas ninguém nos dizia nada. Só quando eu já era rapazinho foi que meu avô, um dia, contou a sua versão dessa história.

Baependi, na parte sul da velha comarca do Rio das Mortes, quase na fronteira com São Paulo, havia sido fundada por bandeirantes saídos de Taubaté, que buscavam, primeiro, índios para vender como escravos e, depois, o ouro das Minas. Era uma região que, desde o final do século XVII, vinha sendo ocupada e disputada pela força das armas, no início, contra as tribos locais, depois contra os "emboabas" — os forasteiros que competiam com os paulistas, pelo domínio daquelas terras. Ficava mais ou menos no meio do trajeto que ligava Ouro Preto e as ricas minas de ouro, ao porto de Paraty por onde o ouro era embarcado para o Rio de Janeiro e dali para a Metrópole. Por essa rota, chamada de "Caminho Velho" ou "Estrada Real", circulava toda a riqueza produzida na zona mineradora e todos os produtos que a abasteciam. Era uma cidade pequena, mas com muitas famílias ricas, estabelecidas ali desde o século XVIII, gente orgulhosa e prepotente. Meu pai teve o infortúnio de se apaixonar pela linda filha de um dos potentados locais, filha única e da qual se podia esperar um bom dote e considerável herança. Sua investida amorosa foi correspondida. Ele era um homem alto e sua presença física sempre se impunha, foi assim até o fim da vida. A combinação de olhos verdes e cabelos negros o tornava uma figura de fato atraente e, segundo minha mãe, era irresistível para as mulheres. Além do mais, ele não era um arrivista e nem um aventureiro. Nossa família também é muito antiga e somos descendentes do famoso Capitão-Mor Tomas Nogueira do Ó, que fundou o povoado de Santa Maria do Baependi em 1715, e nossos nomes até constam da Genealogia Paulistana, do Silva Leme. Desse ponto de vista, o jovem Totonho seria um pretendente à altura. Não éramos ricos, como os Macieis — a família da moça — que dominavam a terra, mas nossa gente tinha prestígio e poder. No entanto, surgiu um obstáculo. Conta-se que um dos nossos antepassados, bisavô do meu pai, sendo casado com uma mulher que não podia ter filhos, legitimou os que tivera com uma mulata, sua escrava, a quem alforriou. Quando ele ficou viúvo, a moça, chamada Izabel, se instalou no casarão e comandou a família até morrer. Era conhecida como Nhá Zabé e morreu mais ou menos na época da Independência do Brasil. A história cresceu com o tempo e hoje ninguém sabe quanto dela é verdade, mas é conhecida de todos em Baependi e faz parte das muitas lendas da cidade. O fato é que somos todos morenos com cabelos bem pretos e ondulados. Eu também herdei os olhos verdes de meu pai.

    O pai da moça, futuro barão, no entanto, se propunha a investigar a fundo os antepassados dos pretendentes à mão da sua filha, em busca, "do menor indício de mescla de sangue de cor" e fazia disso uma questão de honra. Bem, no nosso caso nem seria preciso investigar e as pretensões de papai foram imediatamente vetadas. Como era tempo da guerra com o Paraguai, ele se alistou. A família resistiu o quanto pode, mas quem podia resistir à vontade férrea do meu pai? Em poucos dias ele foi embora, prometendo nunca mais voltar.

    No exército lhe foi dado o posto de cabo e poucos meses depois se tornou sargento, promovido por bravura. Ele havia se alistado entre os voluntários de Minas Gerais e, com a reorganização dos corpos do Exército posta em prática por Caxias, comandante das forças brasileiras, acabou incorporado ao batalhão paulista. Antes de completar vinte anos foi ferido na batalha de *Lomas Valentinas* e, em razão disso, foi condecorado e promovido a alferes. Ele nos contava que recebeu a medalha das próprias mãos do Conde D'Eu, marido da Princesa Izabel — herdeira do trono — que substituiu Caxias no comando das forças brasileiras ao final da guerra. Ele guardou com cuidado a vida toda essa medalha e, às vezes, me deixava olhar para ela. Eu, desde que alcancei a idade em que se pensa no futuro, sonhava com o dia em que receberia uma também. A medalha de bronze com uma fita vermelha com bordas verdes tinha a inscrição: "Decreto nº 4131 de 28 de março de 1868". No centro vinha gravado em letras maiúsculas: RECOMPENSA À BRAVURA MILITAR. Quando aprendi a ler e pude entender o que estava escrito, perguntei à minha mãe o que era decreto e me impressionei com a data, tão distante, que parecia quase impossível que alguma coisa pudesse ter acontecido há tanto tempo. Mas o que de fato me impressionava era a expressão "bravura militar", coisa que só um homem como meu pai poderia merecer. Lembro-me nitidamente destes detalhes e ainda hoje posso sentir o peso daquela medalha em minhas mãos. Ele guardou também o dólmã azul com gola vermelha. Nesse, eu nunca pude tocar.

Por ter sido ferido, deu baixa como capitão da 3ª. Cia. do 35º. Corpo de Voluntários da Pátria. Com o final da guerra, a sua companhia foi repatriada para São Paulo e ele resolveu se instalar ali e assumiu um cargo no Cartório de Registro de Imóveis. Quando meu avô morreu, no final de 1879 voltou para Baependi. Em pouco mais de um ano, liquidou a criação, vendeu as terras e a casa da cidade, recebeu os créditos que ainda havia, dos muitos devedores que o seu pai tinha na praça, porque além de fazendeiro, emprestava a juros. Dividiu o total com as duas irmãs, deixou os escravos remanescentes com elas e com o que obteve voltou para São Paulo.

Na sua viagem de ida, havia levado alguns jornais para ler no trem que o conduziu até Cruzeiro, o ponto mais próximo de Baependi servido por estrada de ferro naqueles tempos. Num deles, havia um artigo contando maravilhas sobre uma nova região que se abria para os lados de Ribeirão Preto e que duas companhias ferroviárias disputavam o direito de chegar até lá, a Paulista e a Mogiana. Ele guardou o artigo e não o tirou mais da cabeça. No seu tempo no Cartório, ele já ouvira falar dessa grande área que começava a ser aberta e mantinha relações com os irmãos Pereira Barreto, pioneiros naquela zona e os principais divulgadores das vantagens do lugar. A Companhia Mogiana acabou ganhando a concessão para o prolongamento da linha férrea de Casa Branca até a vila de Ribeirão Preto. A chegada da ferrovia iria valorizar muito as propriedades, isso todos sabiam. Mas meu pai sabia também, através das suas relações com os Pereira Barreto, que havia bons lotes à venda e por um preço ainda acessível para os limitados recursos que ele possuía. Com o dinheiro da herança, comprou uma grande área numa região ainda não desbravada, liquidou o que tinha em São Paulo e em 1880 foi travar outra guerra, em meio à mata.

Se instalou provisoriamente em Casa Branca, onde comprou três carros grandes, bois, ferramentas, várias bestas de carga, contratou uma turma de camaradas e depois de dois meses de preparativos, organizou uma caravana, que gastou dez dias para percorrer cem quilômetros e alcançar as suas terras, seguindo por picadas ainda toscas e usando as trilhas que os operários da Mogiana começavam a abrir para a futura estrada de ferro. Não fez o trajeto sozinho. Os artigos contando maravilhas sobre a fertilidade daquela zona, publicados no jornal *A Província de S. Paulo,* haviam repercutido e muitos novos fazendeiros começavam a se instalar ali. Havia uma espécie de corrida do ouro pelas novas terras e todos imaginavam que aqueles que chegassem primeiro receberiam as maiores recompensas. Esses pioneiros, no entanto, não competiam entre si. Havia um arraigado espírito de união e todos procuravam se ajudar como fosse possível. As dificuldades a enfrentar eram enormes e eu acho que esses desbravadores se sentiam pequenos frente ao desafio. Muitos anos depois, quando eu já era crescido, ainda se podia perceber esse sentimento que unia os fazendeiros. Meu pai sempre foi grato a esse apoio que obteve naqueles tempos pioneiros. Contou muitas e muitas vezes que os Pereira Barreto, donos da fazenda Cravinhos, a primeira grande fazenda de café que se estabeleceu ali, com mais de oitocentos alqueires e que já começava a colher as primeiras safras quando meu pai comprou as terras, lhe deram hospedagem e o ajudaram nesse início. Ele usava essa história como um exemplo para nós que ainda éramos crianças.

Tirar uma fazenda do nada não é tarefa que qualquer um possa enfrentar. É preciso varar a mata, perceber as ondulações do terreno, identificar as fontes de água e os riachos. Feito esse primeiro contato é necessário decidir onde colocar a casa, que parte da floresta derrubar para plantar o primeiro cafezal, escolhendo os pontos mais altos e mais batidos pelo sol para defender as plantas da geada. Também é preciso determinar onde fazer o rego que levaria água para as máquinas, para o pilão, para a serraria, porque cada fazenda tinha a sua serraria e a madeira tirada da mata virgem era a matéria-prima com que se construía quase tudo. Meu pai contava que gastou quase um ano, entre o dia que chegou às suas terras e aquele em que pode finalmente plantar as mudas do primeiro talhão, numa encosta voltada para o sol, bem atrás de onde ele construiu o rancho, que mais tarde foi transformando, aos poucos, na casa modesta que minha mãe encontrou quando se casou e onde eu passei a minha primeira infância.

Meus pais eram primos-irmãos e para se casarem foi preciso pedir licença ao bispo. Minha mãe tinha apenas 17 anos, exatamente a metade da idade do futuro marido, e dizia sempre que ele foi "casado à força". O pai dela era irmão mais novo da minha avó materna e tratava o sobrinho quase como um filho e, naquela extensa família, o insucesso amoroso de meu pai e a sua saída brusca da cidade abalou a todos. Mesmo depois de alistado e já às vésperas de seguir para o Paraguai, meu avô Junqueira ainda tentou resgatá-lo, usando as suas influências na Corte. Foi um esforço inútil, pois meu pai não se dobrava facilmente e fez pé firme. Sem alternativas, a família assistiu desolada a sua ida para a guerra. As notícias das suas contínuas promoções e a condecoração não serviram de consolo e menos ainda a sua permanência em São Paulo, longe dos seus. Quando ele voltou para Baependi para liquidar a herança, todos se animaram e meu avô logo quis casá-lo com a tia Amélia, a irmã mais velha de minha mãe, porém meu pai, que pretendia se estabelecer como fazendeiro, fugiu como pode desse assédio.

Meu avô Junqueira, chefe político local, comandando extensas terras e habituado a mandar, não era homem de desistir com facilidade dos seus planos e manteve a perseguição ao sobrinho até conseguir transformá-lo em genro. Ele resistiu muito tempo, mas acho que acabou por se cansar da solidão e, quando a fazenda estava mais ou menos montada, deu sinais de que poderia atender aos pedidos do tio. As duas primeiras irmãs já haviam se casado e Maria Augusta, minha mãe, era a próxima da fila. Meu pai a vira, pela última vez, quando ela ainda não completara treze anos. Para resolver de vez o assunto, meu avô levou a filha até São João del-Rey para fazer uma foto no melhor estúdio da cidade e mandou uma cópia para o sobrinho. Quando recebeu a fotografia com a carta do tio, acho que meu pai fraquejou. Essa foto, meu pai manteve na mesinha de cabeceira de sua cama durante toda a vida. Minha mãe era linda, de uma beleza muito acima do comum. Meu pai deu seu de acordo por carta e só no final do ano, após terminar o plantio do segundo talhão de café, voltou para Encruzilhada, uma pequena vila a pouco mais de duas léguas de Baependi, onde o velho Francisco Junqueira tinha a sua fazenda e onde morava minha mãe.

Ele se hospedou no velho casarão da família, mas só foi ver a noiva no dia seguinte. Tomou banho, chamou um barbeiro da cidade, vestiu o seu uniforme de capitão, azul e vermelho com a insígnia dourada do Corpo de Voluntários da Pátria, no braço esquerdo e pôs a medalha no peito. No bolso colocou o anel de ouro com uma pérola no centro que ele havia encomendado em São Paulo. Meu avô havia convidado toda a vasta parentela para o jantar de noivado, inclusive alguns dos Macieis de Baependi, cujos parentes haviam recusado a filha ao meu pai. A noiva só foi apresentada pouco antes da refeição ser servida. Meu pai deslumbrou-se e assim se manteve até o fim da vida. Terminado o jantar, se aproximou e colocou no dedo da noiva o anel que havia trazido. Minha mãe, segundo ela mesma contava, só fez ruborizar-se. O noivo somente pode ouvir pela primeira vez a sua voz no almoço familiar, no dia seguinte, quando o futuro casal foi posto à mesa lado a lado.

Meu pai passou as festas de fim de ano em Minas, enquanto se ultimavam os preparativos do casamento e a noiva esperava a chegada do enxoval encomendado no Rio. Em 30 de janeiro de 1885 eles se casaram, pelas mãos do monsenhor João Câncio, na igrejinha de São Sebastião da Encruzilhada.

Minha mãe nos contou que passou os meses antes do casamento como se estivesse num sonho e andando sobre nuvens. Sua vida, quase toda passada na fazenda, iria se transformar rapidamente e ela percebia isso. Meu avô havia ficado viúvo muito cedo e as filhas acabaram assumindo a responsabilidade de cuidar da casa e comandar a vida doméstica. À medida que a mais velha ia se casando a seguinte assumia o comando. Mas a fazenda era antiga e ainda havia muitos escravizados para o serviço e na casa havia quatro ou cinco que se revezavam nas tarefas. Em Cravinhos tudo ainda estava por fazer e meu pai, no tempo de solteiro, só tinha para organizar a casa, uma criada que ele levara de Minas e que cuidara dele quando criança. Minha mãe sabia o que a esperava.

Ela só conhecia o mundo pelos livros e pelas revistas francesas que o pai assinava, num esforço para instruir os filhos, naquele lugar distante onde moravam. Sua primeira literatura foram edições antigas de *L'Écho Des Feuilletons,* acumuladas ao longo de muitos anos na fazenda e que ela foi garimpando nas gavetas e armários até formar uma pequena coleção. Eram histórias ilustradas a bico de pena e exageradamente românticas, próprias para as moças, que minha mãe juntou e mandou encadernar formando volumes. Em contraste, ela também apreciava a *Revue de Deux Mondes,* de política internacional e ciência. Essa, era dirigida à elite culta da América e da Europa, e trazia também ensaios históricos e relatos de viagens que a faziam sonhar com lugares distantes e exóticos, muito além dos limites da pequena vila onde vivia. Ela lia muito, mantém esse hábito até hoje e as minhas primeiras lembranças da casa velha da fazenda são de livros e revistas que ocupavam pequenas estantes em diversos cômodos.

Embora vivendo num lugar pequeno, minha mãe podia desfrutar de uma razoável vida social. As famílias eram enormes e as oportunidades de reunião frequentes. E havia as festas da cidade, os casamentos e batizados nas famílias vizinhas e de vez em quando, uma viagem mais longa para São João del-Rei para assistir à comemoração da Semana Santa. A viagem levava dois dias e os preparativos ocupavam semanas. No dia previsto, na quarta-feira anterior à Semana Santa, a comitiva partia assim que o dia amanhecia. Além da família, meu avô levava parentes e amigos, além do pessoal do serviço doméstico e os camaradas da tropa. A comitiva nunca tinha menos de vinte pessoas e muitos animais. As crianças e as mulheres mais velhas seguiam num carro com duas juntas de bois que ditava o ritmo da marcha. No fim desse primeiro dia a tropa pousava em Carrancas e no segundo dia, já à noitinha entrava em São João del-Rei, onde meu avô alugava um grande casarão no centro da cidade e a família ficava até depois da Páscoa. Essas viagens eram as maiores aventuras vividas por minha mãe e minhas tias na sua época de solteiras.

Depois do casamento, minha mãe seguiu para a fazenda, onde encontrou um mundo completamente diferente daquele ao qual se acostumara e se viu lançada na vida agreste daquela zona pioneira, onde todos eram recém-chegados. As fazendas eram novas, as matas ainda estavam sendo derrubadas e poucas delas já produziam. Os pioneiros, ainda concentrados na formação das suas propriedades tinham pouco tempo e ainda menos dinheiro para manter uma vida social ativa.

Ela logo ficou grávida, mas perdeu a criança ainda nos primeiros meses da gravidez. No ano seguinte voltou a engravidar, mas o menino nasceu prematuro e viveu somente dois dias. Ter filhos passou a ser um drama na vida de meus pais que só se resolveu cinco anos depois do casamento, quando as esperanças já eram pequenas. Quando eu nasci, em 1890, em meio a grandes preocupações, meu avô e minha tia Joana vieram de Minas para acompanhar a minha mãe e passaram meses na fazenda. Essa tia, a mais jovem das irmãs, já estava casada por essa época, mas o marido, capitão do Exército, republicano e positivista, estava no Rio desde o início do ano, servindo como ajudante de ordens do Marechal Deodoro, e as instabilidades do novo governo em formação iam adiando a sua mudança definitiva para a Capital Federal. Ao contrário dos prognósticos sombrios, eu nasci forte e sacudido e, segundo a minha mãe, nunca fiquei doente. "Tinha uma saúde de ferro". Meu avô, depois do meu batizado, voltou para Minas para cuidar da fazenda, mas a tia Joana ficou ainda muito tempo em Cravinhos, ajudando a irmã, enquanto aguardava que a situação no Rio de Janeiro se estabilizasse. Depois de mim, como que por encanto, minha mãe deu à luz, sem contratempos, às minhas duas irmãs e ao meu irmão mais novo, nascido em 1900.

7
A fazenda

Quando eu nasci, a vila de Cravinhos talvez reunisse umas duas mil pessoas nas poucas casas, a maioria de madeira, espalhadas meio a esmo ao longo da rua do Bonfim, de terra nua, sem nenhuma espécie de calçamento. Embora já houvesse uma estação, construída em 1883, a região era pouco mais que sertão bruto e pertencia ainda ao município de Ribeirão Preto. Mas cresceu depressa porque a terra roxa, a mais fértil que se pode encontrar, atraía como um ímã. Todos sabiam que aquele barro vermelho que grudava em tudo, grudava também as pessoas naquele chão. Quem tivesse coragem de enfrentar a vida dura daqueles matos sabia que iria prosperar. Isso valia para quem tinha recursos e conhecimento suficientes para erguer uma fazenda ou apenas vontade de trabalhar, porque a vila atraía também os pobres e era repleta de italianos que vinham para as lavouras ou se estabeleciam na cidade. Nunca parou de crescer e em 1918 já tinha uns trinta mil habitantes.

Minhas primeiras lembranças são da casa-sede antiga. Meus pais sempre se referiram a ela como "a casinha velha", mas ela parecia grande para mim que aprendi a andar ali. Na frente, ficava uma sala de visitas que chamávamos de alpendre. Tinha um sofá de palhinha onde podiam se sentar cinco pessoas e cadeiras combinando. As paredes eram pintadas a óleo, eu creio, porque me lembro que eram lustrosas e tinham frisos ornados de flores coloridas perto do forro. Nos cantos se percebiam colunas roliças e só mais tarde eu descobri que eram os esteios do rancho original. Nos tempos duros, quando meu pai abriu a fazenda, se usava erguer um rancho, que era coberto com sapé e tinha as paredes fechadas com uma treliça de paus preenchidos com barro. As telhas só vieram mais tarde, quando se instalou uma olaria na cidade. O chão, no início, era de terra batida e apenas quando minha mãe se mudou para a casa foi que eles fizeram as primeiras melhorias com reboco fino nas paredes, por dentro e por fora, e piso de tábuas, que um carpinteiro alemão que trabalhava na propriedade, cortou na pequena serraria que havia ali, tirando o assoalho das árvores que os camaradas iam derrubando enquanto abriam as terras para o café. Mas não havia água corrente, a luz era fornecida pelos lampiões belgas de louça branca, a querosene e, sobre a *étagère* da sala de jantar, todas as noites ficavam enfileirados uns castiçais de latão amarelo, com vela de sebo, feitas em casa mesmo, que cada um de nós levava para o quarto na hora de dormir. Só papai, quando trabalhava até mais tarde no escritório, usava velas Clichy, compradas fora.

Essa casinha velha representava um progresso imenso em relação ao rancho dos primeiros tempos. Durante toda a minha juventude ouvi histórias sobre os tempos duros, quando meu pai enfrentou o desafio de transformar aquela mata quase impenetrável numa propriedade que assegurasse a sua velhice e o nosso futuro.

Meu pai nunca se queixava; ao contrário, sempre disse que tínhamos sorte. Nos dois primeiros anos, ele teve que enfrentar os caminhos ásperos do sertão apenas com os burros e os carros de boi, porque as estradas eram difíceis até para os cavalos. Mas a região foi alcançada pela ferrovia rapidamente e a chegada do trem mudava tudo. A nossa fazenda acabou ficando a menos de dez quilômetros da estação e há muita gente que até hoje tem que andar três dias a cavalo para alcançar um trem. Nós, graças a Deus, não passamos por isso.

Um dos sonhos do meu pai sempre foi construir uma casa boa para a família. Foi apenas quando eu tinha uns seis ou sete anos que ele conseguiu finalmente construir a casa dos seus sonhos. Era moderna, de sobrado, com sala de jantar e de visitas na frente, um varandão, portas e janelas encomendadas no Liceu de Artes e Ofícios de São Paulo, uma extravagância que nenhuma propriedade da região possuía, nem a dos Pereira Barreto. Os móveis também foram comprados em São Paulo e mamãe ganhou uma espetacular cama de latão e bronze dourados, seu sonho desde mocinha. A casa refletia o sucesso que meus pais haviam alcançado e era fruto das primeiras colheitas boas que obtiveram.

A vida deles era a fazenda e todos os seus prazeres vinham de lá. Meus pais eram muito unidos e minha mãe acompanhava o marido em tudo, ao contrário da maioria das mulheres daquele tempo que viviam dedicadas à casa. Minha mãe não teve muitos filhos, como as suas irmãs e primas e isto talvez lhe tenha permitido ter mais liberdade e independência. Nos domingos, ela nos deixava com a pajem ou alguma empregada de confiança e passava a tarde pescando no riozinho que fazia a divisa da propriedade. Ia sozinha e só muito raramente levava um de nós. Ela e meu pai faziam muitas caçadas juntos. Meu pai mantinha um arsenal completo, num quartinho sem janelas no fundo da sala de visitas. Guardava espingardas, um revólver, cartuchos, pólvora e várias armadilhas, que usava quando um bicho do mato atacava a criação.

Na minha meninice, a fazenda produzia de tudo. Minha mãe trouxera de Minas uma grande quantidade de sementes e até mudas, e cultivava com cuidado o lindo pomar ao lado da casa, que ela procurava sortir com a maior variedade possível de espécies, de maneira a ter frutas o ano inteiro. Nos primeiros anos ela só conseguia bananas que produzem logo e, para ter outras frutas contava com a gentileza e generosidade dos vizinhos mais antigos. Mas, aos poucos, o pomar se formou e desde que eu me lembro, havia toda espécie de frutas ali. Além das bananas, que nunca faltavam, havia mangas, pêssegos, figos, laranjas de diversas variedades e em grande quantidade, uvas, marmelos, ameixas e na parte de trás abóboras e um pequeno canavial que fornecia a cana doce que comíamos em roletes e que era prensada no engenho ao lado da casa de máquinas para fornecer o melado e o açúcar escuro que usávamos no dia a dia. Mais distante, tínhamos também uma plantação de mamona, que fornecia azeite para as lamparinas e para lubrificação das máquinas e dos instrumentos de trabalho.

8
Selach
Benção do Perdão

Selach Ianú avinu ki chatánu,
mechal Ianú malkênu ki fashánu,
ki El tov vessalach áta.
Baruch ata Adonai, chanun hamarbê lislôach.

Perdoa-nos, nosso Pai, pois pecamos;
perdoa-nos, ó nosso Pai, pois transgredimos;
pois Tu és um D-us bom e clemente.
Bendito sejas Tu, Adonai, ó Misericordioso,
que perdoas abundantemente.

Meus pecados são muitos. Eu sei.
    Mas o maior deles foi a vaidade. Eu quis ser admirada e conhecer as pessoas importantes.
    Acabei encontrando toda a espécie de gente.
    Alguns não eram o que pareciam.
    Agora os males do mundo desabam sobre mim.
    Eu não sei a qual Deus pedir perdão.
    Esse é outro pecado.

9
Dia 6, Domingo

Ao amanhecer do domingo, os tiroteios amainaram e eu, já exausto, dormi um pouco. Quando acordei, para a minha surpresa, *O Estado* estava na porta como em todos os dias e pude, pelo menos, desfrutar desse tênue sinal de normalidade. A capa do jornal fazia um amplo resumo da situação e as manchetes não deixavam dúvidas com relação à gravidade e as dimensões do movimento.

O jornal, que se opunha ao governo, mostrava também a surpresa que o movimento havia provocado em todas as forças políticas.

Ao amanhecer de ontem fomos surpreendidos nesta capital com um movimento subversivo da ordem pública. Aos tiroteios de canhão ordenados, compassados, sucedia-se, de espaço a espaço, o vivo crepitar da fuzilaria. Batalhões da Força Pública e unidades do Exército estavam em franco movimento armado.

Pelo correr do dia e pela noite adentro prosseguiu, com intervalos, o ruído da metralha e do canhão e repetiram-se, aqui e ali, os encontros armados. Era a luta feroz entre irmãos no recinto desabrigado de uma grande cidade aberta...

O Estado fazia um relato emocionado das muitas mortes de cidadãos. Uns, que apenas cruzavam inadvertidamente as ruas; outros que foram atingidos pelas bombas caídas em suas casas. Descrevia também o aspecto tenebroso do Centro, com as vias desertas e os estabelecimentos comerciais fechados.

O que espantava, no entanto, é que o mais importante jornal da cidade, fonte segura de informações, respeitado por sua independência e desassombro em relação aos governos, tanto federal quanto estadual, ainda não era capaz de dizer de onde afinal provinha essa revolução e o que pretendiam os revoltosos.

O objetivo imediato, parecia claro, embora ninguém houvesse afirmado isto, era capturar o governo estadual e derrubar Carlos de Campos da presidência do Estado. Isso explicaria a participação ampla da Força Pública, que parecia constituir o grosso do contingente dos rebelados. Mas, seria possível que tudo isso, o bombardeio, as mortes de civis inocentes, esteja acontecendo apenas para derrubar o Carlos de Campos? Ele tomou posse em maio e seu governo mal começou. Além do mais, ele é um político como os outros, não tem nada que o torne especialmente detestável a ponto de provocar uma revolução. Tem apenas a particularidade de estar sempre por cima, mas esse é o desejo de todos eles, sejam situação ou oposição. Filho de Bernardino de Campos, que foi fundador do Partido Republicano e duas vezes Presidente do Estado, passou a vida toda como membro ativo da cúpula política do PRP, que domina São Paulo desde o final do Império. Foi vereador, deputado, senador e, por muitos anos, diretor de redação do *Correio Paulistano*, o jornal do governo, onde só se publica a versão oficial de qualquer fato. Nele, o mais notável, é que é também metido a artista. Poeta, foi um dos membros fundadores da Academia Paulista de Letras, toca piano, compôs quartetos, valsas, uma opereta e nos últimos tempos, se fala muito de uma ópera, *A Bela Adormecida*, de sua autoria, que ele pretende estrear no final do ano no Teatro Municipal. Mesmo depois de assumir a presidência do Estado, pode ser facilmente encontrado, nos finais de noite, na redação do *Correio Paulistano*, onde ele vai ler, antes de serem publicadas, as últimas notícias, depois de encerrar o expediente no Palácio. Não parece ser um inimigo capaz de mobilizar exércitos contra si.

O Estado fez uma cobertura ampla dos acontecimentos desse sábado extraordinário e conseguiu entrar nos Campos Elíseos e entrevistar o próprio Presidente do Estado. Ele disse que o movimento já estava previsto e o governo se mantinha alerta, vigiando os sediciosos e coisa e tal, e que toda a agitação se resumia a São Paulo, embora o jornal informasse que o governo federal havia pedido o estado de sítio no Distrito Federal e nos estados do Rio e São Paulo. Lembrei-me do que o Jairo nos contara na véspera, enquanto conversávamos no Palácio e dei risada lendo aquilo. Esses são os nossos políticos.

Mesmo que bombas caiam sobre as suas próprias cabeças, estão sempre no comando da situação.

O repórter do *Estado* testemunhou o telefonema de Carlos de Campos ao presidente Arthur Bernardes, que determinou o envio de dois navios de guerra e dois mil homens para Santos, com a missão de sufocar a revolta. Mas sobre os objetivos dos revoltosos e os seus líderes, Carlos de Campos não disse nada. Para quem lia o jornal, ficava a impressão de que ele não fazia a menor ideia, apesar do discurso em que dizia que o governo estava "alerta e vigilante". O jornal esclarecia também o episódio que havia levado um momentâneo pânico aos ocupantes do Palácio da Cidade. Sabendo do bombardeio do Liceu Coração de Jesus, o próprio Carlos de Campos havia ordenado a remoção dos 400 alunos internos da escola para a Hospedaria de Imigrantes no Brás. E informava que o edifício bombardeado na rua Boa Vista era o escritório do arquiteto Ramos de Azevedo, uma das maiores empresas de construção de São Paulo, onde um funcionário havia morrido.

O jornal também confirmava a minha suposição sobre os tiroteios que eu havia ouvido na madrugada. Os Campos Elíseos haviam sido atacados, mais uma vez, às onze e meia da noite e o assédio se manteve durante toda a madrugada. A redação havia conseguido falar com Carlos de Campos às três e meia da manhã e ele confirmou que o palácio estava sendo continuamente alvejado, mas acrescentou que durante a noite, uma tropa com mais de cem homens do 4º. Batalhão de Caçadores havia se juntado aos defensores do prédio. Eu ia lendo as notícias e pensava que episódios como esses só podiam acontecer mesmo no Brasil! Em plena revolução, com canhões atirando sobre a cidade, o principal alvo dos revoltosos, podia dar entrevistas ao jornal pelo telefone sem problemas! A coisa toda parecia tão improvisada, e os revoltosos tão inexperientes, que aparentemente não ocorreu a nenhum deles bloquear as comunicações, pelo menos as do Palácio. E o jornal já havia descrito o telefonema anterior de Carlos de Campos ao presidente da República, na Capital Federal, pedindo tropas! É difícil acreditar em tudo isto.

O Estado também noticiava tiroteios contínuos na Várzea do Carmo que prosseguiram até o fechamento do jornal e trazia ainda uma lista dos mortos, que, com certeza, deveria ser parcial. Além da minha vizinha, estavam relacionados mais cinco nomes, inclusive o de um moço de 26 anos, morto por um tiro de fuzil, no seu automóvel, quando transitava pela rua 25 de Março, e do contínuo do escritório de Ramos de Azevedo. Além dos mortos, já havia mais de duas dezenas de feridos. Pelo som dos tiros, que qualquer um podia ouvir, outras vítimas surgiriam. A polícia, os hospitais e o Gabinete Médico Legal certamente iriam ter muito com que se ocupar. Era essa a situação da cidade de São Paulo, acredite quem quiser!

Sem ter o que comer em casa, tendo apenas pão dormido, que aliás já dormia há vários dias no guarda-comida da cozinha, decidi filar boia na casa do Pedro que ficava a umas poucas quadras da minha. O aparelho funcionou e com um telefonema garanti o almoço do domingo e umas horas de conversa amena que me eram muito necessárias nesses momentos em que minha cabeça dava voltas.

Quando cheguei, a mesa estava posta e todos estavam me esperando. Apesar da presença das crianças e do olhar de leve censura que a Rina, esposa do Pedro, nos dirigia, a conversa girou todo o tempo em torno da situação em que nos encontrávamos. Ela não queria assustar as crianças com histórias de tiros e bombas, mas o assunto era inevitável e logo que os meninos se levantaram da mesa a conversa correu à vontade.

—É incrível que uma cidade do porte de São Paulo esteja passando por isto, com tiroteios e bombas, como se fosse uma vilazinha do sertão atacada por cangaceiros. E lá, pelo menos os sertanejos sabem quem os está atacando. Nós, nem isso! — eu disse com a intenção de abrir a discussão.

Eu achava que havia lido com atenção a edição do *Estado*, mas o major Honório, sogro do Pedro logo me corrigiu.

— O *Estado* deu sim o nome dos chefes da revolta. Está numa nota pequena, certamente incluída de última hora, que saiu no meio da quarta página. Diz lá, claramente, que os chefes são o general Isidoro Dias Lopes, pelo Exército e o major Miguel Costa, da cavalaria da Força Pública.

O Pedro confirmou.

— Ontem quando saí do meu plantão na delegacia, esses eram os nomes que se dizia que estavam no comando. Segundo eu soube, esse Isidoro é um coronel reformado com patente de general. Mas é general da reserva. O Miguel Costa é aquele cavaleiro campeão, esse, muita gente conhece, acho que é inspetor do Regimento de Cavalaria da Força Pública. Você, que também é cavaleiro, com certeza já cruzou com ele.

— Nunca ouvi falar deles, respondi. — Mas a Rina me corrigiu logo.

— Você conhece sim. Os dois conhecem! Ele foi um dos jurados do concurso na Hípica que assistimos juntos no início de maio. O outro era o capitão Gabriel, noivo da minha prima Alzira. Nós os cumprimentamos no final das provas e o Gabriel nos apresentou esse oficial.

— Quer dizer então que a revolução está nas mãos de um general de pijamas, retruquei um pouco embaraçado porque afinal de contas, com tantas coisas me preocupando, eu havia lido apenas a capa do jornal e por alto algumas linhas da segunda página.

— Se ele usava pijamas, agora já não interessa mais, disse o sogro do Pedro. Vista o que vestir, eles tomaram a cidade e as bombas que estão caindo são bem reais!

— Nem me diga isso major! Uma delas arrasou uma casa vizinha à minha e matou uma mulher. Depois dessa intervenção de impacto, tive que contar a minha aventura do dia anterior.

— Para mim essa data não foi escolhida por acaso, Rina falou, enquanto nos servia um licor. É evidente que tudo isso tem ligação com o movimento dos tenentes no Rio de Janeiro. A mulher do Pedro era inteligente, bem lida e acompanhava os jornais com mais atenção do que ele. Muitas vezes eu a vi orientar o marido com informações sobre o jogo político, que tinha importância crucial para a carreira dele, de policial. O major não teve filhos homens e educou a filha para ser independente. Mas não a ponto de permitir que ela estudasse odontologia na faculdade, como pretendia. Muitas vezes nas conversas, esse assunto vinha à baila e o argumento do pai era sempre o mesmo. Se ela tivesse feito a faculdade não teria conhecido o Pedro e nem teria os filhos que ela amava. Ela rebatia essas ideias com facilidade. O fato é que nem o Major e nem o Pedro eram páreo para ela, porque Honorina sabia argumentar. E detestava aquele nome que o Major Honório, em honra de si mesmo, havia posto nela. Dizia sempre: — Que mulher em pleno século XX tem um nome como esse? O Major fingia sempre ignorar a pergunta.

— Essa data é uma questão de honra para os revoltosos. E está claro que eles apenas esperavam uma oportunidade para tentar de novo! — disse o Pedro.

— Quanto a isto não tenho dúvidas, respondeu o pai dela. Eu estava no Rio naqueles dias, tratando dos papéis da minha promoção no Ministério da Justiça e vi muita coisa. Me hospedei no Hotel dos Estrangeiros no final da rua do Catete e estava a uns passos do Palácio do governo. Logo que amanheceu, fomos acordados pelos ruídos dos canhões. Desci rapidamente e do salão pude ver, junto com os outros hóspedes, um grupo grande de soldados a cavalo que contornaram a praça e subiram a rua do Catete em direção ao palácio. Me lembro que havia umas dez ou quinze pessoas na calçada em frente, debaixo das figueiras, tentando entender o que se passava na rua. Os estrangeiros, hospedados no hotel, nos enchiam de perguntas, que não sabíamos responder. Nem mesmo se o esquadrão de cavalaria que havíamos visto estava indo atacar ou defender o Presidente. As notícias que aos poucos iam chegando eram desencontradas. Ao longo da manhã, fomos tomando conhecimento de que um grupo de jovens oficiais havia se rebelado contra o governo e principalmente contra o futuro presidente Arthur Bernardes, que também estava recém-eleito e nem havia tomado posse. Eram comandados pelo capitão Euclides Hermes da Fonseca, filho do ex-presidente Hermes da Fonseca que era desafeto de Arthur Bernardes, desde a história das cartas.

—Disso ninguém discorda, disse o Pedro. O pivô foi o Marechal Hermes, que havia sido eleito umas semanas antes presidente do Club Militar.

— Você se lembra que essa coisa toda começou com as eleições de Pernambuco, disse Rina, dirigindo-se a mim. Eu lembrava pouco desses detalhes, minha expressão traduzia isso e ela não perdeu a oportunidade de me explicar. — O governo federal quis usar o Exército para ocupar Recife e impor a vitória de um dos lados. O Marechal, parece que foi consultado pelos militares de lá e enviou um telegrama ao comandante da Região Militar, lembrando que "as situações políticas passam e o Exército fica". Isso foi a conta! O Epitácio Pessoa achou que o telegrama era um ato de insubordinação e mandou prender o marechal e fechar o Club Militar.

— Mas era insubordinação mesmo! — completou o Pedro.

— Bem, fosse o que fosse, essa prisão, que foi logo revogada, fermentou o ambiente e precipitou os acontecimentos. O major disse isso e pediu, com um gesto, mais um cálice do ótimo licor de pitanga que a Rina fazia. Sempre tive a impressão de que ele fazia isso quando ela se metia nas conversas. É curiosa a natureza humana! Afinal, foi ele que a criou como se fosse o filho que nunca teve. Não havia por que se incomodar, Pedro nunca reclamou.

A Rina não se abalava, estava acostumada com o jeito do velho e continuou na conversa.

— Os rebeldes queriam um grande levante militar no Rio de Janeiro, com adesões em diversos pontos do país. Porém apenas os alunos da Escola Militar e o Forte de Copacabana se rebelaram de fato e foi fácil para o governo isolá-los, completou.

—É verdade! O que se viu acabou sendo só um corre-corre na cidade. Eu planejava sair do hotel mesmo assim, mas lá pelas dez e meia da manhã se ouviram três grandes estrondos que todos entenderam que eram tiros de canhão. O falatório na rua era que o Forte havia sido bombardeado a partir da Fortaleza de Santa Cruz, do outro lado da baía de Guanabara e pelos navios da esquadra. Mas esses tiros que ouvimos pareciam vir do Forte mesmo, e o medo de todos era que atirassem sobre a cidade. De toda a forma algumas granadas erraram o alvo e atingiram várias casas e no dia seguinte a *Gazeta de Notícias*, que era a favor do governo, mostrou residências arrasadas e as fotos dos mortos numa rua da Gamboa.

— Mas pai, não é justo dizer que foi apenas um corre-corre. Muitos morreram e os trezentos rebelados se mantiveram firmes até o dia seguinte, apesar de isolados, completou a Rina. Foi só no dia seguinte que os líderes, o capitão Euclides Hermes e o tenente Siqueira Campos, propuseram à tropa que desistissem. Assim mesmo, vinte e nove resolveram continuar.

— Me lembro que o filho do Marechal saiu da fortaleza para tentar uma negociação e acabou preso, acrescentei.

— Os vinte e oito que ficaram rasgaram uma bandeira brasileira em 29 retângulos, guardando um para o capitão Euclides. Cada militar levou o seu pedaço do pavilhão nacional sob a túnica e assim foram enfrentar, em campo aberto, os 3 mil soldados do governo que cercavam o forte. Vocês não podem negar que foi um ato de extremo heroísmo, disse a Rina que, apesar do marido policial e governista até a medula, não escondia a sua simpatia pelos revolucionários.

— Fanatismo é o que foi! Até hoje não consigo entender o que eles pretendiam e como chegaram a esse ponto.

— O certo Pedro, disse o major, é que 17 militares e um civil morreram combatendo nas areias da praia de Copacabana, mas o que marcou o país inteiro foram as fotos deles, marchando em direção à morte, que os jornais publicaram no dia seguinte.

— Esses 18 do Forte de Copacabana se tornaram uma bandeira contra o estado de coisas em que vivemos. E contra o governo federal, completou a Rina.

— Bandeira para a insubordinação, completou o Pedro.

— Sim, meu filho, mas também servem como inspiração para os militares insatisfeitos, que, você sabe bem, há muitos. Inclusive na Força Pública, como se vê, não é?

— Não sei. Acho tudo isso muito estranho. Nunca vi um soldado que saísse da disciplina. E se visse mandaria prender imediatamente.

— Mas não há como ignorar a coincidência das datas. E, sobretudo, eu disse, a revolta de Copacabana em 22 foi um episódio romântico, capaz sem dúvida de comover as moças e inspirar artigos de jornais. Mas foi isolado e esmagado rapidamente. Aqui, pelo contrário, a adesão parece bem maior e, o que é mais notável, está envolvendo a nossa Força Pública que, embora seja polícia, desde os tempos da missão francesa de 1906 com aquele coronel Baligny, foi organizada como uma espécie de exército do Estado. E tem armas! Sempre se disse que transformar a polícia em exército acabaria fomentando o separatismo. Esta revolução pode até estar desorganizada, como tudo nesse país, mas parece bem mais séria. No Rio, o presidente nunca foi ameaçado e os revoltosos nem chegaram perto dele. Aqui o Palácio está sendo atacado e o Carlos de Campos virou um alvo desde o primeiro minuto.

No final essa era a opinião de todos.

Saí logo depois do almoço, tinha muito em que pensar e já não estava me concentrando na conversa.

10
Martha

Eu a vi pela primeira vez quando fui à loja do Di Franco, para comprar um bandolim de presente para o meu irmão Quinzinho que ia para o Rio, depois das férias, seguir o curso de engenharia. Como o Di Franco não estava, foi ela quem me atendeu.

Era impossível não prestar atenção naquela moça. Ela não parecia em nada com uma caixeirinha de loja, como existem às dúzias pela cidade. Era alta e tinha um perfeito tipo semita, com os olhos intensamente azuis e o cabelo negro que descia sobre os seus ombros em infinitos caracóis. Ela chamava muito a atenção e logo se notava que não era brasileira, mas, quando ela falou comigo, percebi que não tinha nenhum sotaque. E quando pegou o instrumento para me mostrar, vi apenas as suas mãos, umas lindas mãos brancas com unhas perfeitas que poderiam pertencer a uma pintura. Não eram mãos de uma moça que trabalhava. Aliás, o conjunto todo era digno de um quadro e o sorriso, um amplo sorriso de dentes brancos e alinhados era capaz de encantar a qualquer um. Tive que ir várias vezes à loja antes que ela concordasse em sair comigo. Era muito reservada e eu demorei meses para conhecê-la bem.

Num daqueles dias, fui ao cinema e, enquanto aguardava a fita principal assisti a um noticiário com cenas da região do Fiume, que era a notícia do momento. Antes do final da guerra, tenho certeza de que pouca gente havia ouvido falar desse lugar, mas agora ele não sai das manchetes dos jornais porque é disputado pelos reinos da Itália e da Iugoslávia. Tentando puxar conversa, falei sobre o filme e incrivelmente esse era o lugar de onde ela viera. Martha me fez prometer que assistiríamos à fita. Naquela altura já fazia pelo menos dois meses que eu tentava sair com ela e, graças ao cinejornal, venci essa batalha.

Ela foi com uma colega de trabalho e eu as esperei dentro do cinema São Bento e juntos vimos o *Pathé Journal*, que mostrava o poeta Gabriele D'Annunzio, com um uniforme de general, passando tropas em revista numa praça, enquanto ela me descrevia os detalhes da cidade que conhecera na infância. O noticiário não durou mais que dois minutos, mas, a partir daquele momento, fomos nos aproximando e a questão do Fiume esteve frequentemente em nossas conversas.

Confesso que nunca havia prestado grande atenção a esses eventos que se seguiram ao Armistício, mas ela acompanhava com interesse tudo o que acontecia. Como estava muito empenhado em me aproximar dela, acabei me interessando também pelo assunto e foi assim que ela foi me contando a sua história.

— Meu nome significa vida em hebraico. Foi minha mãe quem o escolheu, mas hoje todos me chamam de Martha, o nome cristão que eu ganhei no colégio, ela me disse. Nasci Chaia Ozmo, num lugar chamado Drenova. É um vilarejo situado num platô, no alto de uma encosta íngreme, algumas centenas de metros acima do porto de Rijeka, que os italianos chamam de Fiume. Nas duas línguas o nome significa rio. — Enquanto me dizia isso, ela foi até uma pequena estante e apanhou um livro em italiano luxuosamente encadernado, onde se lia o nome do lugar impresso na capa em letras douradas. Sentada comigo na cama e apoiando o volume sobre os pés nus, ela foi folheando aquele livro cheio de fotos e ilustrações.

— No final da rua onde morávamos, havia uma pracinha de onde era possível ter uma visão panorâmica da cidade e do movimento dos navios no porto. À noite, a vista era linda e muitas vezes, sentadas na relva, meu pai tocava para minha mãe e para mim. Ele gostava dessas serenatas ao luar. Era muito romântico.

Metade da população daquela região era italiana e, quando a Itália em 1915 mudou de lado na guerra e apoiou os Aliados, lhe foi prometida a posse do Fiume e da Dalmácia, uma região mais ao sul, também na costa do Adriático. Porém, o presidente Wilson negou esses acordos e defendeu a cessão desses territórios para o novo Reino dos Sérvios, Croatas e Eslovenos, frustrando os italianos. Foi esse sentimento que fez ex-combatentes liderados por D'Annunzio invadirem o Fiume e se apossarem dele. Tudo isso, que eu ignorava por completo, ela me explicou com detalhes, folheando o volume e me mostrando fotos.

— Havia gente vivendo naquela região há mais de dois mil anos, pelo menos. No centro da parte antiga ainda existe um velho arco romano, várias ruínas e numa colina, um castelo de pedra do século XIII, que domina a cidade. Fui muitas vezes lá com meus pais, era o meu passeio favorito e, do alto da torre eu podia ver Rijeka e, do outro lado da ravina por onde corria o rio, o nosso vilarejo. Meu pai me contava que Átila e Carlos Magno passaram por ali.

—Lá viviam húngaros, austríacos, croatas, italianos. Era uma pequena Babel de línguas misturadas e quando íamos à cidade e passeávamos pelas alamedas arborizadas ao longo do rio, e eu me divertia ouvindo as línguas mais estranhas. — Ela me contava essas histórias recostada na cama com os cabelos caindo sobre os ombros e os seios nus, rindo como uma criança grande.

Numa outra noite, eu lhe perguntei sobre os judeus, essa gente estranha, para mim e que eu só conhecia pela literatura. Embora fosse batizada e tivesse nome cristão, ela era a primeira judia que eu conhecia. No meu tempo de estudante, começaram a aparecer na cidade algumas moças que ficaram conhecidas como polacas e que circulavam pelos teatros e cabarés. Eram loiras ou ruivas, em geral, e se dizia que eram judias, vindas de lugares distantes do leste da Europa, mas eu realmente não cheguei a conhecer nenhuma.

11
Teshuvah
Benção do Arrependimento

Hashivênu avinu letoratêcha,
vecarvênu malkênu laavodatêcha,
vehachazirênnu biteshuvá shelema lefanêcha.
Baruch ata Adonai, harotse biteshuvá.

Faze-nos retornar à Tua lei, ó nosso Pai;
retoma-nos, ao Teu serviço, ó nosso Rei;
traze-nos de volta a Ti com arrependimento de todo coração.
Bendito sejas Tu, Adonai, que desejas o arrependimento

Eu tenho que voltar para a minha gente, mas não sei como refazer esse caminho.

Procurei o Shil da Vila, aonde eu fui muitas vezes com meu pai quando era criança.

Hesitei bastante antes de entrar lá, mas a senhora polonesa que é a dona da casa me recebeu bem e ofereceu chá. Ela conheceu meu pai e me identificou imediatamente. Disse que ele tocou lá muitas vezes, eu também me lembro disso, mas desde que meu pai morreu nunca mais entrei numa sinagoga.

Ela me disse que, depois da morte dele, pessoas da comunidade tentaram me resgatar. Mas não conseguiram.

Com o tempo se espalhou que eu havia me tornado *goyishi* e me esqueceram.

Contei a minha história para ela. Uma parte apenas.

Acho que ela entendeu que eu não sou essa que anda pelas ruas e vive a minha vida.

Eu sou a filha de meu pai. E de minha mãe.

Quando eu saí, ela disse apenas: *besha'a tova!*

Senti que uma porta se abriu.

12
O fim da infância

No tempo em que eu era menino, a minha maior aventura foi uma viagem a Minas para festejar os 80 anos do meu avô. Ele havia nascido em setembro de 1822, poucos dias depois da Independência e dizia sempre que tinha a idade do Brasil. Por essa época, eu já sabia que iria estudar em Campinas como interno e estava com muito medo daquela mudança tão radical. Nunca havia ficado longe dos meus nem por um dia e sentia essa angústia por antecipação. Minha mãe, hoje eu compreendo, sentia o mesmo e tinha pena de se separar do seu filho mais velho, sempre tão próximo dela. Acho que ela imaginou essa viagem como uma forma de ficarmos todos mais juntos. Com a colheita daquele ano terminada, meu pai nos acompanhou e essa foi a maior viagem que minha família pode fazer toda reunida. Dona Augusta também sonhava em tirar o meu pai da rotina da fazenda e queria aproveitar aquele aniversário como uma viagem de veraneio.

Para a nossa família, esse passeio marcou também o início de uma era de prosperidade que acreditávamos iria durar para sempre. Tínhamos uma casa linda e moderna, essa era a opinião geral, e ela vivia cheia de gente. A fazenda avançava a olhos vistos e o prestígio de meu pai na região só se ampliava. Ele havia assumido uma certa liderança na política do município e era muito procurado. Quando eu tinha uns sete ou oito anos foi escolhido vereador em Cravinhos e se manteve na Câmara por muitos anos.

Naquela época, todo chefe político ostentava uma patente da Guarda Nacional, outorgada pelo governo, através do Ministério da Justiça. Em geral, a maior liderança do município, se este fosse grande, recebia a patente de coronel ou tenente-coronel e chefiava a Guarda Nacional local. Por seu intermédio eram nomeados os demais oficiais: majores, capitães e tenentes, em geral membros escolhidos no grupo de chefes eleitorais subordinados ao coronel. No interior, quem tem prestígio e merece respeito, não sendo doutor, tem que ser no mínimo major ou capitão. Tenente, só em último caso, mas apenas se o agraciado for muito jovem. Neste nosso mundo, não ter um título antes do nome desqualifica o cidadão, isso todos sabem e é assim até hoje. Seu Joaquim ou Seu Antônio podem ser os vendeiros da esquina, não pessoas de respeito. Por isso os postos de oficiais da Guarda Nacional eram tão disputados. Mas a Guarda Nacional, como corpo militar formado por voluntários, na realidade não existia e até hoje não existe. Não havia soldados, cabos ou sargentos, apenas oficiais. Os uniformes eram muito bonitos, porém só se conheciam os de gala, exibidos nas cerimônias públicas e eram usados com espada à cinta, fazendo o portador se sobressair.

Também nisso meu pai se destacava. Ele havia dado baixa do Exército como capitão, porém, no final do Império, o governo promoveu em um posto os oficiais veteranos da Guerra do Paraguai e ele virou major para efeito de soldo. Em setembro de 1893, a Armada, comandada pelo Almirante Custódio de Melo, ex-ministro da Marinha, se rebelou. A revolta pretendia a saída do Marechal Floriano Peixoto e a convocação de eleições. Floriano, vice-presidente, havia assumido em substituição ao Marechal Deodoro, que renunciou sem completar dois anos de mandato e, nesse caso, a Constituição recém-aprovada exigia novas eleições. No fundo, acho eu, havia uma disputa de prerrogativas entre o Exército, senhor dos melhores postos, e a Marinha, que se considerava em segundo plano. O fato é que meu pai, um tanto jacobino, principalmente quando se irritava, e partidário de Floriano, se alistou para defender o Marechal e a República. Debelada a revolta, foi promovido a tenente-coronel. Tinha o direito de usar o uniforme do Exército, com as cinco listras douradas no braço e a condecoração por bravura e não dependia de influências políticas para ter a patente. Mais tarde, no governo do Marechal Hermes, todos os Voluntários da Pátria, veteranos do Paraguai, foram promovidos de um posto e ele passou a coronel. Todos o chamavam de coronel Totonho, e eu me orgulhava disso, porque ele era coronel "de verdade", e não só "de uniforme".

A colheita naquele ano foi uma das melhores e meu pai, depois de embarcar para Santos as últimas sacas de café recém-colhido e excelentemente vendido, juntou a família e despachou-se para Baependi para a festa. A viagem foi muito diferente, eu suponho, daquelas que ele fazia quando era jovem. Agora já havia a ferrovia e podíamos fazer toda a viagem mais ou menos confortavelmente. Mas os preparativos duraram dias e minhas irmãs e eu, quase não conseguíamos dormir de excitação. Nessa época meu irmão Quinzinho tinha só dois anos e ainda dormia no quarto dos meus pais.

No dia da partida acordamos antes do dia nascer e minha mãe nos fez comer um café reforçado porque, segundo ela, não nos alimentaríamos bem na viagem. Vestimos as roupas que ela preparou especialmente, todos recebemos chapéus de palha *canotier* e por sobre a roupa colocamos um casaco comprido, de algodão bem leve e abotoado no pescoço, chamado de guarda-pó. Meu pai se cobriu com um grande lenço enfiado no colarinho que lhe alcançava as costas e minha mãe colocou sobre o chapéu um véu fino e transparente até os ombros. Para ajudá-la, foram conosco duas pajens que trabalhavam na nossa casa na fazenda. Eu e minhas irmãs achávamos tudo aquilo muito engraçado, mas quando a viagem começou entendemos por que estávamos usando trajes tão estranhos. Lembro-me que o trem saiu bem cedo de Cravinhos e, mal deixamos a estação e alcançamos o campo aberto, nuvens de poeira e de fuligem entraram pelas janelas e em meia hora já estávamos todos cobertos, dos pés à cabeça, por um pó vermelho-escuro.

Não só levávamos muita bagagem, como também vários cestos repletos de comida, além de pratos, copos, talheres e guardanapos que nossa mãe foi nos fornecendo ao longo do caminho. Viajamos várias horas e desembarcamos em Mogi-Mirim, onde apanhamos outra composição que nos levou a Itapira e depois para um lugarejo chamado Sapucaí, já em Minas Gerais, onde meu pai havia reservado um quarto numa pensão muito precária para passarmos a noite. Embora estivéssemos apenas no início da viagem, o cansaço nos dominou e eu e minhas irmãs dormimos quase imediatamente. No dia seguinte seguiríamos para a casa do meu avô. Desta segunda etapa do trajeto não tenho quase lembranças porque estávamos já tão exaustos que, tanto eu quanto minhas irmãs, dormimos praticamente o tempo todo.

Essas semanas que passamos na fazenda do meu avô marcaram a minha infância e em família sempre dividimos as nossas memórias em antes e depois da viagem a Baependi. Eu sou um garoto do mato, cresci numa fazenda. Sei bem como é a vida no campo e, antes do Ginásio, nunca havia morado numa cidade. Mas a fazenda do meu avô, para mim, foi uma revelação. A vida lá era em tudo diferente daquela que levávamos em Cravinhos, onde as fazendas eram novas e as famílias ainda não haviam tido tempo de se misturar. Meu pai sempre repetia que o município possuía setenta fazendeiros e ele era capaz de recitar os nomes de todos eles. Algumas dessas propriedades eram mais novas do que eu, e seus donos tinham filhos ainda pequenos que não me serviam de companhia. Os da minha idade formavam um grupo que não passava de cinco ou seis garotos, mas as distâncias eram grandes e nos víamos pouco. Em casa, minhas irmãs menores tinham a companhia das filhas dos colonos e passavam o dia no pomar. Mas os filhos de colonos da minha idade já ajudavam os pais no trabalho e para mim as companhias eram mais raras.

A casa do meu avô Chico Junqueira em Baependi era outro mundo. A família era enorme, composta por uma pequena multidão de tios, tias, primos, e a convivência diária incluía os parentes da minha avó falecida, compadres, vizinhos e os conhecidos da cidade, mais os agregados. Meu avô tinha seis filhos vivos, dois homens e quatro mulheres e, com exceção da minha mãe e do meu tio mais velho, João Francisco, que trabalhava no governo e vivia no Rio, todos estavam por ali e moravam a no máximo duas léguas de distância. O meu avô me explicou que a nossa família havia se estabelecido naquela região no final do século XVIII, como a maioria das boas famílias locais, que estavam naquele pedaço da Comarca do Rio das Mortes há muito mais de cem anos. O resultado disso é que todos eram mais ou menos aparentados com todos e, embora a cidade fosse bem menor que Cravinhos, para mim parecia que tinha muito mais gente.

    A festa dos anos do meu avô reuniu um número de convidados que eu, naquela idade, era incapaz de avaliar, mas me pareceu uma verdadeira multidão. Me lembro apenas que começou de manhãzinha, quando o monsenhor João Câncio, vigário da paróquia, veio rezar a missa num altar montado no alpendre e só foi terminar, segundo contaram meus pais, quando já nascia o sol no dia seguinte. A comida era servida em turnos e eu guardo a lembrança de que a enorme mesa da sala de jantar esteve sempre ocupada.

    Mas a minha impressão de criança é de que todas as refeições ali eram enormes. A mesa, presidida pelo velho Chico Junqueira, estava sempre cheia e nós crianças ocupávamos uma mesa menor, com cadeira adequadas para os pequenos. Essa mesa em geral tinha uns dez meninos e meninas que comiam às carreiras, apenas esperando o tempo mínimo necessário para que uma das mães permitisse que voltássemos para o campo. À noite, depois do jantar, meu avô se sentava na sua cadeira de braços e nos contava histórias, que ele inventava ou então tirava dos livros. Eu sempre me esforçava para ser o último a dormir e meu avô percebia o interesse que esse neto que ele pouco conhecia tinha pelas suas histórias. Meu personagem favorito era o gordo e preguiçoso *Tartarin de Tarascon*, que deixara a sua pacata cidadezinha na Provence, em busca de leões que ele tentava, da maneira mais confusa possível, caçar nas montanhas Atlas.

Eu passava os dias pelos campos com os primos e os outros meninos da fazenda. Nos primeiros dias minha mãe me obrigava a andar calçado, porque tinha medo de cobras e dizia que havia escorpiões nos pastos. Mas depois de uns três dias, ela se deu conta de que os outros garotos caçoavam de mim e libertou os meus pés. Acho que o vovô interferiu, não sei. Ele era muito astuto e percebia tudo, mesmo quando parecia distraído. E, porque não dizer, ele me protegia e fazia todas as minhas vontades. Eu tinha orgulho disso. Tinha orgulho que aquele velho alto, forte como um touro, com a enorme barba branca que chegava até o seu peito e que parecia mandar em todos naquela casa e naquele lugar, olhasse de uma maneira especial para mim. Eu sempre quis me gabar disso para os outros meninos, mas nunca tive a coragem necessária.

Passamos lá mais de um mês e reviramos todos os cantos da fazenda, os currais, os estábulos, repletos de cavalos, tantos como eu nunca havia visto antes. Eu conhecia quase todos pelo nome e sabia de cor as qualidades de cada um. A criação era antiga na fazenda e os cavalos de lá, chamados de marchadores, valiam um bom preço. Eu sempre gostei de montar e aqueles animais não se assemelhavam em nada ao cavalinho que eu usava em casa. Eram bem maiores, imponentes e havia muitos empregados apenas para cuidar deles. E meu avô me permitia montar naqueles que eu quisesse, às vezes até nos garanhões mais ariscos, para desespero de minha mãe.

Além de explorar a Encruzilhada, que pertencia ao meu avô, andávamos pelas fazendas vizinhas, onde nem sempre havia cercas e vasculhávamos tudo livremente. Numa daquelas tardes, eu entrei na cozinha para comer alguma coisa. As outras crianças estavam espalhadas pelo campo, mas eu, que estava mais perto da casa, senti logo o cheiro de bolo acabado de sair do forno. Encontrei apenas minha mãe que servia café e a merenda para o pai. Sentei-me para comer também e percebi que aquela era uma ótima oportunidade para lhe fazer a pergunta que estava me atormentando havia dias. Resolvi arriscar.

— Por que o meu pai saiu de casa e foi lutar na guerra?

— Deixe de ser curioso menino, onde já se viu? Tem certas coisas que você ainda não tem idade para saber, — minha mãe ralhou comigo.

Mas para minha surpresa meu avô interferiu. — Maria Augusta, minha filha, acho que ele já é um homenzinho e pode bem conhecer as histórias da nossa família. Além do mais, estou velho e preciso passar adiante as minhas lembranças. E teu filho tem que saber de onde ele veio.

— Mas pai, ele é muito pequeno, não entende ainda certas coisas.

— Acho que não, filha. Vou fazer um trato com o Augusto, e essa nossa conversa vai ser um assunto só de homens. Vai ser o nosso segredo. Combinado? — ele me perguntou.

— Claro vô, ... balbuciei. Minha mãe fez cara de que não aprovava de jeito nenhum aquilo, mas se sentou para ouvir também.

Eu já não aguentava mais esperar para saber de uma vez por todas aquela história, mas ao invés de continuar o velho se levantou e foi se servir de mais café do bule que ficou sobre o fogão. Minha mãe quis servi-lo, mas ele a interrompeu com um gesto. Voltou calmamente para a mesa como se desfrutasse do suspense que criara.

— Minha filha, você sabe que eu não suporto café frio. — Disse isso e tomou um longo gole da caneca fumegante e cortou mais um pedaço do bolo sobre a mesa. Era claro que ele estava alimentando a minha ansiedade e resolvido a contar a história bem devagar.

Durante toda aquela tarde meu avô me contou, com muitos detalhes, a história da paixão juvenil do meu pai pela bela Leonor Maciel e de como o seu desejo foi recusado pelo orgulhoso pai da moça, o futuro barão. Leonor Maciel, porém, não teve sorte. Casou-se dois anos depois com um rico advogado do Rio de Janeiro e foram passar a lua de mel em Lisboa. Na volta, o navio naufragou na costa da Bahia e os noivos nunca mais foram vistos.

No final, quando já ia escurecendo ainda encontrei ânimo para perguntar se eu era também descendente de negros escravos. Meu avô, quando ouviu isso, deu uma sonora gargalhada.

— Meu filho, você é quem você é, e tem que ter orgulho das suas origens e dos seus antepassados, porque foram eles que te trouxeram até aqui.

Meu tempo de férias na fazenda estava terminando e em poucos dias voltaríamos à vida rotineira. Mas eu agora não era mais o filhinho da mamãe que só andava calçado e era caçoado por aqueles moleques fortes e atrevidos, criados nos matos. Eu era o neto predileto do velho coronel Chicão Junqueira, senhor daquelas terras, que tinha autorização dele para montar qualquer um dos belos cavalos da fazenda e para quem ele contava segredos que ninguém mais sabia. Eu sentia que agora já era grande e impunha respeito aos outros.

No entanto, embora eu já tivesse doze anos e me considerasse um homem feito, chorei quando abracei o meu avô na despedida. Eu já estava crescido, mas o velho era enorme e minha cabeça alcançava apenas o seu peito. No entanto, para o meu consolo, pude ver que seus olhos ficaram molhados também.

Depois desse dia nunca mais vi o meu avô. No ano seguinte ele ficou doente e já saía pouco da casa grande da fazenda. Quando o estado dele se agravou, minha mãe foi para Minas, porém não levou nenhum de nós. Duas semanas depois que ela chegou, ele morreu, com a idade de 82 anos. Segundo mamãe, o seu enterro reuniu uma verdadeira multidão, incluindo gente vinda de longe. Foi sepultado no adro da igreja de São Tomé, junto com os seus antepassados.

Aquela viagem e a convivência com o meu avô marcaram o fim da minha infância e no ano seguinte fui mandado para Campinas para estudar no Ginásio. Em 1909, me mudei para São Paulo para cursar a Academia de Direito do Largo de São Francisco. Foram os melhores anos que eu tive, sei bem disso hoje. Desde o momento em que eu saí da fazenda para estudar, me adaptei imediatamente à vida da cidade. Enquanto cursei a Academia, confesso que não tive um minuto de saudade da vida no campo.

Eu era considerado um estudante promissor, com um futuro assegurado e não tinha motivos para duvidar disso. Meu pai havia conseguido estabelecer uma fazenda que era considerada modelo na nossa região e estava ganhando dinheiro. Depois de 1906, com a implantação do Plano de Valorização do Café, os preços se estabilizaram e foram subindo com firmeza. Em 1912, quando me formei, a safra foi a melhor em muitos anos e os preços do café no mercado internacional eram mais que compensadores. Eu tinha direito de me sentir um jovem rico.

13
Ge'ulah
Benção da Redenção

Reê na veoniyênu, verivá rivênu, uguealênu gueulá shelema mehera lemaan shemêcha, ki El goêl chazac áta.
Baruch ata Adonai, goêl Yisrael.

Vê, por favor, nossa aflição e trava nossa batalha; redime--nos rapidamente pelo Teu Nome, pois Tu és poderoso D-us redentor.
Bendito sejas Tu, Adonai, Redentor de Israel.

Ma mère há de me ajudar.
Ela compreende os pecadores.

14
Dia 7, segunda-feira

Na segunda-feira acordei cedo, ouvindo o ruído da presença da Francisca na cozinha. Enquanto eu me arrumava, senti o cheiro do café que ela fazia, o mesmo que eu sentia desde criança quando minha mãe nos tirava da cama na fazenda. O cheiro do bolo de fubá saindo do forno, as lembranças que esses perfumes traziam me deram uma sensação de conforto e liberdade que eu há muito não sentia. Me lavei e vesti, me sentindo leve, capaz de enfrentar o mundo sem temor. Na cozinha, a Francisca, numa disposição de espírito muito diferente, ia arrumando a mesa enquanto enxugava as lágrimas com o avental.

— Que desgraça, Augustinho! Nunca que eu podia imaginar uma coisa dessas! Quando eu vi a casa da dona Adelaide toda estraçalhada, não consegui acreditar! E a dona Clara, tão boazinha, que tragédia! O Leôncio me contou tudo quando eu cheguei. Foi Nosso Senhor Jesus Cristo que protegeu você, meu filho. Você precisa ir à igreja agradecer! Dona Augusta sabe já disso? E as meninas? O Quinzinho tá no Rio ainda? Será que tem revolução lá também? Ela falou tudo num arranco, sem me deixar tempo de responder. Quando ela finalmente fez uma pausa para respirar interrompi.

— Não disse nada à minha mãe e você também não conte nada. Enquanto essa situação não se resolver não adianta preocupá-la. Além do que, se ela souber, vai querer que eu vá para Campinas e não posso sair da cidade esses dias.

— Mas Augustinho, como é que a gente vai ficar aqui com bomba caindo do céu, Deus me livre!

— Dona Francisca, raios não caem duas vezes no mesmo lugar, disse a ela sem muita convicção. Só é preciso atenção ao sair na rua porque estamos perto do palácio e lá é onde estão se dando os tiroteios. E hoje com certeza chegam as tropas do governo federal e isso tudo se acaba.

Meus argumentos a sossegaram um pouco e ela me serviu o café com leite choramingando.

— Toda essa gente morta no meio da rua, onde já se viu? Tiroteio, Deus que me livre! Você precisa ir à igreja para agradecer a Nossa Senhora Aparecida, que te protege. Foi repetindo essas coisas enquanto colocava o pão coberto com manteiga que ela preparava para mim desde que eu me lembro e que ela cortava em pequenos quadrados quando eu era ainda muito criança e não podia com um pão cortado ao meio. Procurei sossegá-la o melhor que pude e prometi ir à igreja e falar com as minhas irmãs. Também disse que ligaria para o meu irmão do escritório. Nesse tumulto acabei me esquecendo de saber dele. Mas não havia nenhuma notícia de confusão no Rio de Janeiro.

Eu já estava terminando a minha xícara de leite e comia um pedaço do bolo de fubá, quando o telefone tocou. Era o Adalberto, o *factótum* do escritório.

— Dr. Augusto, ainda bem que o apanhei em casa. Estou na barbearia do seu Alfredo. Não se pode seguir adiante! Daqui da esquina da Sé com a rua Quinze não se pode passar. As lojas estão todas com as portas baixadas e os caixeiros que vieram estão sendo dispensados. A Casa Lebre, a Casa Alemã, tudo está fechado e eu vejo daqui os funcionários saindo das Casas Pernambucanas. Seu Alfredo disse que já houve três tiroteios e que lá para o nosso lado está pior. Não se pode ir além da Sé e mesmo aqui está perigoso. Dá para ouvir os tiros, não sei se o senhor escuta pelo aparelho.

— Bem, Adalberto, então volte para casa. Eu já estava saindo para ir ao escritório, mas vou tentar resolver o mais urgente com umas telefonadas. Não entendo isso, as tropas federais iam subir de Santos e acabar com essa confusão toda!

— O seu Alfredo me disse a mesma coisa, mas parece que as tropas da Marinha foram recebidas à bala e uma parte ficou presa na altura da fábrica Sacomã. Os que chegaram foram para o Palácio e estão lá protegendo a sede do governo. Mas ele também acha que não são suficientes e os revoltosos estão no controle. Era isso que a gente estava comentando agora mesmo. Isto aqui está um pandemônio! Para o senhor ter uma ideia, eles ocuparam os altos dos hotéis e lá fizeram ninhos de metralhadoras. De cada hotel dominam um pedaço da cidade. No Esplanada cobrem o Viaduto do Chá, o Anhangabaú até o largo do Paissandu. Do Regina, cobrem a Estação da Luz, o largo e o viaduto de Santa Ifigênia até o largo São Bento e, do hotel Terminus, da estação da Luz até os quarteis da Força Pública. É uma área muito grande. Sem contar os revoltosos espalhados pelas ruas. Qualquer um que se aventure pode tomar um tiro.

— Era o que faltava! Vá para casa e agradeça ao Alfredo pela gentileza de emprestar o telefone.

Quando desliguei, me dei conta que ir até a Líbero e passar o dia no escritório como se nada houvesse acontecido era pura estupidez. O melhor mesmo era contentar a Francisca e ficar em casa.

Falei com quem pude pelo aparelho até a hora do almoço. As conversas não tranquilizavam ninguém. Os tiroteios se espalham e há notícias de enfrentamentos no Cambuci, na Vila Mariana, na região da rua Vergueiro onde existe um quartel, e em muitos outros lugares. Os negócios de café estão paralisados o que é natural e muita gente já se retirou ou pretende se retirar da cidade.

Posso notar esse movimento aqui na minha vizinhança. Enquanto usava o telefone, fui à janela observar o movimento. Apesar do frio, o sol enchia de luz o meu gabinete e no céu azul, quase não havia nuvens, nesse típico dia de inverno na minha cidade. Apesar de ser segunda-feira, o movimento era bem pequeno. É fácil perceber que, desde sábado, muitas residências estão fechadas e os moradores foram se refugiar em lugares mais protegidos. Na rua, quase não se vê ninguém e poucos carros circulam. Mas os que estão transitando, na maioria andam repletos, às vezes se pode contar neles até dez passageiros e é óbvio que são famílias que se retiram. Pouco antes do almoço vi, subindo a minha rua em direção à avenida São João, uma Fiat 502, novinha em folha, com a capota arriada e carregada como se fosse uma carroça, com malas, colchões e uma infinidade de trastes empilhados nos estribos e mais uma meia dúzia de crianças dependuradas fazendo algazarra como se estivessem no corso da avenida. Para onde vai essa gente?

15
Inverno

São Paulo é uma cidade que surpreende quem não a conhece. E a primeira das surpresas é o frio. Eu, que fui criado no interior, senti também o impacto dos invernos quando me mudei para a Capital para seguir o curso de Direito. Mas é claro que eu não fui o primeiro a passar por isso. Muitos, antes de mim, deixaram registrado o seu espanto com o clima de São Paulo. Principalmente os nortistas. Esses sofriam mais.

Entre os rapazes do meu tempo, eram muito lidas as cartas que Castro Alves escreveu, quando ele, como nós, vivia nas repúblicas que se formavam em torno da Faculdade. Castro Alves, poeta e baiano, não se adaptava às noites desertas e frias de São Paulo e suas cartas são a prova disso. Cópias manuscritas delas passavam de mão em mão entre os alunos, muitos as sabiam de cor e acho que elas eram tão recitadas quanto *O Navio Negreiro* ou *Vozes D'África*, seus poemas mais famosos.

Aqui não há senão frio, mas frio da Sibéria; casas, mas casas de Tebas; ruas, mas ruas de Cartago... casas que parecem feitas antes do mundo tanto são pretas; ruas que parecem feitas depois do mundo tanto são desertas... Escrevo-te à noite. Faz frio de morte. Embalde estou embuçado no capote, e esganado no *cache-nez*... Homem feliz que tu és, Augusto! A estas horas suas à fresca nos lençóis de linho, enquanto eu estou gelado com as meias de lã. São Paulo não é o Brasil.., é um trapo do polo pregado a goma arábica na falda da América...

Essas cartas e os rigores dos meses de inverno são lembranças que todos os estudantes carregam quando voltam para casa. Eu me acostumei bem com o clima da cidade e, para ser sincero, gostava dele.

Ao contrário do interior, de onde eu vinha, a Capital parecia mais civilizada, as roupas eram muito mais formais do que as que se usavam lá e as pessoas, no geral, mais elegantes. Logo que cheguei à cidade, minha mãe me fez percorrer todas as melhores lojas do Triângulo, onde ela providenciou para mim um enorme enxoval próprio para o clima da cidade, incluindo um elegante sobretudo de lã cinza, cachecóis, luvas e roupa de baixo de flanela inglesa. Sempre gostei de me vestir bem e em São Paulo era possível fazer isso sem chamar a atenção. As noites frias permitiam uma *toilette* mais sofisticada para as mulheres e até as moças das companhias teatrais, que eu frequentava desde o primeiro ano, pareciam chiques. No inverno, era comum ver no Theatro Municipal senhoras com estolas ou grandes casacos de pele. Isso alegra a vista, pelo menos para mim.

No interior não há nada disso! Na minha terra, calor de mais de 30 graus é coisa corriqueira e no auge do verão a temperatura sobe ainda mais. Nem sempre é fácil manter a gravata ajustada ao colarinho, o peitilho e os punhos engomados como eu sempre gostei. Talvez por isso a vida ali é mais relaxada e os hábitos mais simples. Mas mesmo lá, o tempo não é sempre quente e os invernos, às vezes, podem ser rigorosos. Quem é paulista sabe bem como é isso e todos estão acostumados com as variações bruscas de temperatura.

Na lavoura, o inverno sempre provoca preocupação, porque o inimigo que os cafeicultores mais temem é a geada. Quando a temperatura cai muito, pode congelar o orvalho que se forma sobre as plantas nas madrugadas e assim queimar as folhas e ramos, prejudicando a colheita do ano e, dependendo da intensidade, também a do ano seguinte. Em muitas regiões, sobretudo no centro do Estado, era fenômeno relativamente comum e queimava grandes extensões dos cafezais, plantas sensíveis ao frio, trazendo prejuízos que, às vezes, podiam ser muito grandes.

Os cafeicultores conheciam bem esses riscos e sempre evitavam plantar café nas baixadas e nas zonas menos ensolaradas, as mais vulneráveis. A expansão das lavouras de café, a partir de Campinas, se dirigiu para o oeste e nesse avanço ocupou as terras ao norte do Estado, se aproximando cada vez mais do rio Grande e da fronteira com Minas Gerais. Essas eram regiões quentes e todos acreditavam que eram menos sujeitas ao frio extremo que causava a geada. E de fato, em Cravinhos, desde 1902 não se tinha registro de grandes prejuízos causados por ela. Meu pai era um dos mais otimistas, sempre confiou na sua ousadia, que fizera dele um vencedor. Ele tinha orgulho disso.

Na nossa região essa confiança era partilhada por muitos fazendeiros e era comum plantar café nas baixadas e na face sul dos morros, mais frias e vulneráveis. Todos sabiam que mais hora menos hora haveria geada e se perderia algum café, mas havia um consenso entre os produtores de que os riscos compensavam. De fato, desde que o café tomou conta das terras em Cravinhos o clima nunca provocou grandes prejuízos.

No final de abril meu pai veio a São Paulo para tratar da

renovação dos empréstimos com o Banco de Crédito Agrícola e Hipotecário, que era o banco dos fazendeiros, e tratar da venda da safra. Para ele a situação estava clara.

— Neste ano não quero ser o primeiro a vender. Se acertarmos a nossa situação com o banco, vamos ter um pouco de folga e vender só lá por julho, com preços melhores — ele me disse. Vou fazer o Carvalhinho esperar um pouco, se referindo ao dono da casa comissária, com quem meu pai fazia negócios há mais de trinta anos, desde quando o velho Carvalho montou a casa em Santos.

Eu o acompanhei em todos esses compromissos, porque sabia que ele gostava que eu estivesse ao lado dele quando havia negócios importantes para tratar. Dizia, brincando, que foi para isso que fez tanta despesa para ter um filho doutor.

No banco a conversa foi rápida. Meu pai tinha bom crédito e os negócios prosperavam. Ele prorrogou os compromissos por cinco anos e os juros não subiram. Essa era a sua maior preocupação. Com o Carvalhinho a conversa já foi mais difícil.

— Coronel, o senhor sabe que pode contar com a nossa casa em qualquer ocasião. O senhor é um dos nossos clientes mais antigos e foi um dos primeiros que apoiaram o meu pai, quando ele se estabeleceu. Ele sempre me repetia que o Coronel Souza Campos era um dos principais esteios da firma. Foi com o seu apoio que saímos de Santos e abrimos filial em São Paulo. Até pelo respeito que eu tenho pela memória do meu pai, aqui o senhor manda, não pede.

Meu pai respondeu na mesma linha.

— Com a morte do teu pai, ano passado, eu não perdi apenas o meu representante por mais de trinta anos, senti que perdi um grande amigo, que é o que ele era na realidade.

— Mas eu estou aqui, justamente para manter os compromissos e respeitar as relações que ele construiu a vida toda. E o senhor é a primeira delas. Mas o senhor precisa também compreender a nossa posição, disse ele. Temos em haver junto aos nossos fazendeiros para mais de quinhentos contos. Se não realizarmos algum café, não sei se poderemos aguentar, com o mercado instável como está. Hoje o café estava a 5$100 à vista e 5$000 para setembro, veja bem.

Meu pai era rápido.

— Sim, mas *onti, pro cê vê*, estava a 4$825 ou seja 28$950 a saca. Na cotação de hoje a saca sai por 30$000 pra setembro. Todo o ano é assim. Minha mãe já dizia que apressado come cru. Quem vende antes leva menos. Pra julho *vamo* ter preços melhores. Meu pai, quando negociava com gente que ele classificava como "emproada", gostava de parecer matuto e caprichava no sotaque mineiro, que ele de fato tinha. E o Carvalhinho na opinião dele, era o emproado máximo. Desde que entrou na firma do pai, reformou os escritórios, cobriu as paredes de madeira e quadros, colocou os móveis mais finos para decorar os ambientes. Segundo meu pai, o velho Carvalho, no fim da vida havia deixado o filho tomar conta e transformado os escritórios em "casa de modas". — Ficou parecendo a seção de móveis do Mappin, ele dizia.

Mas o Carvalhinho não pretendia ser vencido facilmente.

— Quem sabe, coronel, quem sabe? Mas a nossa conta com o senhor está negativa em mais de 60 contos e nos ajudaria muito vender pelo menos alguma coisa imediatamente.

Quando ele falou em 60 contos, meu pai apenas se mexeu na cadeira e tirou o sorriso que vinha mantendo no rosto desde que entrara na sala do Carvalhinho. Ele percebeu que dera um passo em falso e rapidamente procurou se explicar.

— Não pense o senhor que eu o estou pressionando, longe disso. São as dificuldades do nosso negócio que pressionam a gente, o senhor me entende. Mas eu já disse, aqui o senhor manda. Não se preocupe! Para um amigo da casa como o Coronel, não se pede nada.

Meu pai encerrou a conversa cordialmente, mas se manteve sério. Logo que saímos ele pegou no meu braço e disse.

— Esse Carvalhinho é um finório, que nem o pai dele. Eu, quando entrei lá, ainda tinha dúvidas se valeria a pena segurar o café mais um pouco. Mas você viu, ele está tão ansioso para ter o café logo, que só confirmou as minhas ideias. Se ele achasse que os preços iam baixar não teria insistido daquele jeito. O pai dele nunca teria essa ousadia de mencionar a nossa conta na casa. Vamos segurar até julho, conforme for, até agosto. Esse menino há de ver com quem está lidando. Falar em 60 contos, veja só você! E de mais a mais ele não ia liquidar café coisa nenhuma. Ele tem é mais de dez mil sacas de estoque que eu sei muito bem. Ele, como o pai, quer comprar logo e esperar os preços levantarem. Conheço a raça.

Concordei em silêncio. Ele era muito experiente e conhecia o negócio do café como poucos. Mas por dentro, eu ri do susto que o Carvalhinho levou com a reação do meu pai.

— Vamos aproveitar esse solzinho meu filho e correr o Triângulo para ver quem encontramos. E depois toca almoçar na Leiteria Campo Belo.

No almoço ele me explicou melhor qual era a sua ideia sobre a venda da safra.

— O inverno deste ano está prometendo. Onde já se viu um frio como esse e maio nem começou. Pode haver geada e quem está mais para o sul vai sofrer. De todo o modo, mesmo que não ocorra nada, a perspectiva de inverno forte e geada no sul do Estado vai puxar para cima as cotações. Eu tenho certeza de que o Carvalhinho pensa o mesmo. Eu rezo para uma safra boa. Temos que diminuir nossas dívidas. Não quero ter saldo negativo com a Casa Carvalho. Se conseguirmos nos dar bem este ano, podemos pensar em pagar tudo em três anos. Aí vamos ter muito mais liberdade. E quem sabe, em cinco anos nos livramos do banco. Basta Deus ajudar e economizarmos um pouco.

Mas meu pai, como eu, não era amigo de economias. E o pequeno tranco, que ele sutilmente dera no Carvalhinho melhorou o seu humor. Quando já estávamos terminando o almoço, o capitão João Magalhães, amigo de meu pai desde o tempo em que ele chegara a São Paulo, veio à nossa mesa. Eles pediram café e conhaque e começaram a conversar. O primeiro assunto, naturalmente, era o tempo e ambos recordaram os invernos de antigamente. Os antigos, da geração do meu pai, sempre que fazia mais frio, se lembravam do inverno de 1870.

— E esse frio que está chegando Totonho? perguntou o capitão. Eu, na semana que entra vou descer para São Vicente. Minha mulher planejava ir só em junho porque queria já levar os netos, mas não consenti. Nossa filha que leve as crianças depois, quando as aulas acabarem, eu não tenho mais idade. E nem o reumatismo me permite aguentar essas temperaturas.

— É fato, seu Magalhães, é fato. Eu já não tenho esses problemas. Sou visita na Capital, minha toca é em Cravinhos, terra quente e sem essa umidade de São Paulo, que entra pelos ossos. Isso agora é problema do Dr. Augusto que fica aqui *pra tocá* os negócios, disse meu pai apontando para mim. Mas esses invernos de hoje não assustam ninguém! Duvido que esses moços aguentassem o inverno que nós enfrentamos em 1870! E foi logo no meu primeiro ano na Capital, disse. Meu pai contava sempre que, terminada a Guerra do Paraguai, seu regimento foi desmobilizado e dissolvido em São Paulo, onde ele se instalou em maio de 1870. Cada vez que esfriava, ele lembrava que só quem sofreu o inverno daquele ano é que sabia o que era frio de verdade. A conversa seguiu esse rumo e os dois desfiaram uma sequência de casos daquela época em que a cidade, pequena e provinciana, não tinha nem 30 mil habitantes, e era menor que Campinas, onde ainda viviam os cafeicultores mais ricos.

— Você se lembra de quando foram publicados os resultados do Censo de 1872 e Campinas apresentou doze habitantes mais que a Capital? Foi um Deus nos acuda. Recordo que um dos pasquins daquele tempo ensaiou um pedido de recontagem e chegou a mandar um ofício para o Rio de Janeiro, reclamando. Mas no final a discussão morreu. A realidade é que a cidade de São Paulo só era habitada por forasteiros, como nós. Os nascidos aqui mesmo eram pouquíssimos. Aliás, como ainda hoje. O Coronel Totonho adorava falar dos velhos tempos.

Quando saímos do Campo Belo, já eram quase duas da tarde e meu pai estava de ótimo humor.

— Meu filho, você bem que podia levar o seu velho pai ao teatro. Não quero voltar para aquelas brenhas sem tomar pelo menos um gole de civilização!

— Sendo assim, posso lhe oferecer um trago finíssimo. Hoje temos a Pavlova no Municipal com a companhia de balé russo. É pitéu civilizadíssimo!

— Tem razão meu filho! Tem razão! Mas eu estou há muito tempo no mato e acho que já não sou capaz de enfrentar duas horas desses bailados. Pensei em algo mais alegre.

— Bem, podemos ver a comédia da companhia do Arruda, "São Paulo do Futuro" que está no Boa Vista. Lá com certeza o senhor vai dar risada e quem sabe, descobrimos o que o futuro nos reserva!

Fomos e, depois do teatro, terminamos a noite no Galo Verde, um cabaré repleto de artistas, onde eu era freguês conhecido. Quando chegamos em casa já passava de uma da manhã.

No dia seguinte acompanhei meu pai até a estação. Antes de embarcar ele me fez mil recomendações para formalizar o seu trato com o banco tão cedo quanto possível e sobretudo insistiu para que eu ficasse atento aos movimentos do Carvalhinho. Prometi acompanhar os negócios de café e avisá-lo sobre qualquer mudança mais brusca. Ele partiu otimista, como nos seus melhores tempos. Prometi também ir a Cravinhos em junho e passar as festas lá e rever minha mãe que sempre se queixava das minhas ausências.

Apesar das histórias do meu pai, nada pôde se comparar àquele inverno de 1918. Na Capital, acho que ninguém havia enfrentado um clima tão rigoroso. Muito antes de julho, em teoria o auge do inverno, as temperaturas começaram a descer e a cidade foi invadida por um frio nunca visto. O tradicional veranico de maio, a onda de calor que atingia São Paulo nesse mês, simplesmente não apareceu e as famílias anteciparam o início da temporada, fugindo para São Vicente ou para o Guarujá mais cedo do que o habitual. Quem não é de São Paulo não sabe, mas aqui, ao contrário da Europa, o auge da temporada de férias e de veraneio é sempre no inverno, entre maio e agosto, quando a temperatura esfria e as boas famílias vão para as praias ou para as fazendas no interior. Esse movimento anual naquele ano se acelerou e muitos adiantaram a viagem. Só quem ainda tinha filhos na escola foi obrigado a esperar o fim das aulas nos primeiros dias de junho para fugir da Capital.

Conforme o mês de maio avançava as baixas temperaturas foram dominando a cidade e os jornais, que, desde o início da guerra tinham o conflito como assunto principal, agora abriam espaços generosos para comentar os rigores do tempo. O tempo era o assunto geral e nos cafés, a política, a guerra na Europa, ou as novas companhias de teatro que chegavam, perderam a primazia para o clima. O frio era o primeiro assunto de todas as conversas e, ao invés de bom dia ou boa tarde — as saudações corriqueiras, agora os encontros começavam com um inevitável "– Então? E este frio?", antes de qualquer outra pergunta. Era isso o que os jornais publicavam, todos os dias:

> O frio... Nem a guerra, nem a derrota dos austríacos. O frio é o assunto capital, o motivo de todas as palestras. Tudo caiu na banalidade, no lugar comum, bastou, para isso, que, à medida que os austríacos recuavam no Piave, o frio avançasse sobre São Paulo a grandes passadas de exército ocupante. Os velhos contam que nem em 1870 se registrou um tal caso de frio e que nem em 1902 gelou tanto. O frio é a saudação, é a senha, é o "como vai você?" de todo o encontro.

No interior, segundo a gente lia nos jornais, o frio também se espalhava. Eu pretendia seguir para a fazenda logo no início de junho, mas fui adiando a partida. Me envolvera com uma jovem que havia sido amante de um dos poderosos da cidade, um caso começado numa festa de rapazes e que me reteve em São Paulo por semanas. Mas com o passar dos dias, eu me dei conta de que não poderia adiar mais a partida. Minha ansiedade foi aumentando e, pelas notícias, qualquer um percebia que aquele inverno estava se transformando no terror dos fazendeiros. Mas nem era preciso ler os jornais. As temperaturas eram cada vez mais baixas e as mínimas chegavam facilmente a menos de 10 graus. As notícias de geada eram diárias, e embora não atingissem ainda a nossa região, não era difícil prever que se a temperatura continuasse a cair, havia de fato a possibilidade de sermos atingidos. Eu havia vivido o duro inverno de 1902 e, embora só tivesse doze anos na época, era capaz de lembrar que aquilo não era nada comparado com o que estávamos enfrentando.

Em 1902, a geada nos atingiu, mas os prejuízos não foram grandes. Como seria agora?

Dependendo da região e da posição dos cafezais no terreno, a geada podia trazer grandes prejuízos. Eu sabia que meu pai estava preocupado. Ele vinha assim desde quando ficou claro que o inverno seria rigorosíssimo. Minha mãe havia falado comigo pelo interurbano e reforçou os meus receios. Prometi a ela, pelo aparelho, que naquele fim de semana iria a Cravinhos e aproveitaria para passar o São João na fazenda. Na nossa região, a festa de São João era a maior das festas juninas e o trabalho parava, embora fosse época de colheita.

Cheguei no trem da tarde na sexta-feira e encontrei o meu pai à minha espera. O seu rosto deixava transparecer a apreensão, mas não era o receio comum de todos os fazendeiros nessa época do ano. Era algo mais.

— Augusto, a situação não parece nada boa e os dias estão cada vez mais frios. Esta semana tive a nítida sensação de que viria geada grande. O céu não tinha uma nuvem e o vento no fim da tarde era de gelar os ossos.

— Em São Paulo também está muito frio, pai, para dormir à noite é preciso no mínimo dois cobertores bons. E meias de lã, eu respondi. Mas isso é São Paulo. Lá todo o inverno é gelado.

— Nós temos muito café plantado na baixada, você sabe. E no primeiro talhão, atrás da casa, o café dá a volta no morro e boa parte está na face sul. É o que mais me preocupa. Uma geada não poderia vir num momento pior. Temos muito o que pagar e este ano vai ser decisivo, ele completou.

Hoje, eu vejo que o que mais preocupava o meu pai eram os compromissos. Nós tivemos bons anos, nem há dúvidas, mas as despesas sempre foram altas. A casa nova, a rica mobília que tanto orgulhava o meu pai, a minha manutenção durante os estudos, a viagem à Europa, onde eu fiquei quase dez meses, meu irmão que agora estudava no Rio de Janeiro, tudo eram contas que tinham que ser pagas e nem sempre eram cobertas pelas receitas do ano. E havia a expansão dos cafezais que meu pai nunca interrompeu e no qual depositava todas as suas esperanças de estabilidade no futuro.

Uma verdadeira fazenda de café está sempre em expansão. Quem vive na cidade não compreende isso e considera os cafeicultores uns tipos irresponsáveis e vorazes, que só querem ganhar sempre mais e mais. O resultado é que a produção aumenta a cada ano e o café colhido não tem saída, encalha nos portos e nos armazéns, derrubando os preços e a economia do país. Mas o café é uma cultura complexa, difícil de entender. Boa parte da renda dos colonos que trabalham a terra vem daquilo que eles plantam entre as fileiras, enquanto os pés crescem. Quando o cafezal está formado essa renda desaparece. Qualquer fazendeiro sabe que a cada quatro anos tem que abrir uma área nova para poder manter os seus melhores colonos. Se não houver compensação eles simplesmente se retiram para outra fazenda mais promissora. Essa é a regra da vida do café, todos de alguma forma querem ganhar mais. Seja pouco ou muito, a regra é essa. Ganhar sempre mais. Não é apenas um negócio, é uma febre, que atinge tanto os grandes capitalistas, quanto os fazendeiros e seus empregados e alcança até quem vive com uma enxada na mão. Nossa terra é assim. Em 1906, quando se fez o primeiro Plano de Valorização do Café, o mundo consumia 17 milhões e meio de sacas, mas o Brasil produziu 20 milhões, sendo 15 em São Paulo. E ninguém queria parar de plantar novos cafezais. Pode parecer estranho eu me lembrar desses números, mas eles me perseguiram toda a vida. Gente como eu passa todo o tempo com números como esses na cabeça. A cotação da saca em Londres e Nova York, o câmbio, os estoques em Santos. E em Hamburgo... Os preços vão subir? Vão cair? É assim a vida por aqui, pelo menos para quem tem ambições. E ademais, ninguém sabe se ao final de uma safra vai ganhar ou perder. A vida de um fazendeiro é um cassino, e a bolinha gira nessa roleta o ano inteiro. Enquanto ela não parar, não se sabe se virá a fortuna ou a ruína. Eu sei bem como é isso.

Mas a verdade era que a estabilidade com a qual o meu pai sonhava estava sempre no futuro. E eu, vivendo em São Paulo, numa casa grande e mobiliada com apuro, até aquele momento não contribuía com quase nada e, não posso deixar de confessar, o grosso das minhas despesas ainda eram pagas por ele, embora eu já estivesse formado e contasse vinte e oito anos. Nisso não era muito diferente da maioria dos rapazes da minha roda, que, enquanto solteiros, também se mantinham dependentes da família. As exceções eram poucas e notórias. Ele não fazia conta disso. Para meu pai, o importante era assegurar o meu futuro e o do meu irmão. E o futuro era o café, ninguém jamais duvidou disso.

O futuro...

Seguimos direto para a fazenda e o jantar foi alegre como sempre. No entanto, meu pai se levantou da mesa duas vezes para assuntar o tempo e olhar o barômetro da varanda. O termômetro marcava 17 graus e estava firme. Firme o suficiente para minha mãe reclamar com ele.

— Totonho venha para a mesa. Isso assim não é possível. Se você não sair desse sereno ainda vai ficar doente!

A temperatura foi amena no fim de semana. Embora tenha havido relatos de geada em vários municípios e até em Ribeirão Preto, não fora nada além do normal. O maior medo do meu pai era o vento. Ele sempre dizia que o frio apenas, causava poucos danos. Mas com o vento...

No fim da tarde de sábado, vários fazendeiros vizinhos vieram prosear. Minha mãe gostava muito dessas reuniões que animavam a vida na fazenda e sempre queria ter a casa cheia. Nunca faltava bolo de fubá, broas de milho, sequilhos e muito café para as visitas.

O assunto era um só, o frio que assustava a todos. Meu pai, intimamente preocupado, em público tentava aparentar tranquilidade. Mas era só aparência.

— Totonho, que tal esse frio? É de assombrar, disse o Cel. Fabrício, nosso vizinho de cerca e muito amigo do meu pai.

— Com certeza vamos passar um inverno forte, mas nós nunca tivemos geada grande. Não nego que a zona mais ao sul, abaixo do Rio Claro, corra riscos. Mas estamos bem no norte e aqui é terra quente.

— É fato, Totonho. Em janeiro tivemos que parar o trabalho as 10 e meia da manhã e os colonos só voltavam as 3 da tarde, porque ninguém aguentava o mormaço.

— Por essas e outras que eu plantei mesmo nos baixios. Nunca houve frio que causasse um desastre na nossa zona. Por que haveria um agora? Meu pai, no fundo, queria acalmar a minha mãe, assustada com a intranquilidade dele.

No domingo o sol abriu e o tempo esquentou. Meus pais foram à missa na cidade e eu aproveitei para dormir até mais tarde. No almoço, minha mãe estava animada porque minha irmã Tonica viria passar uma temporada na fazenda com os filhos e chegariam para o São Pedro. Por isso, ao contrário do que meu pai dissera no dia anterior para as visitas, ela não planejava fazer festa de São João. Ela desfazia os projetos dele com facilidade.

— Vamos armar a fogueira e festejar no dia de São Pedro. Além de ser o último dia das festas, as crianças vão estar aqui e vai ser mais alegre. E você, Augustinho, pode passar na cidade e comprar uns traques para os meninos. Mas nada muito grande porque você sabe que eu tenho medo e não quero ninguém queimado aqui em casa.

— Mas mãe, lá não há muito o que escolher. Vou pedir na Loja do Japão da rua São Bento uma caixa que eles têm lá. São próprios para crianças e, além de uns balões pequenos, tem muitos bastões de cor que fazem figuras e estrelas e não têm perigo nenhum. As crianças vão adorar. Quando for à cidade, vou encomendar pelo telefone

No dia seguinte, dia de São João meu pai, de fato, não só cancelou a festa, mas também pediu aos colonos que não suspendessem o trabalho. Fez questão que eu fosse correr a fazenda com ele e verificar a colheita. No primeiro talhão, atras da casa notei que ele punha pressa nos trabalhadores.

— Pai, eles estão colhendo frutos que estão muito verdes ainda. Não é melhor esperar mais um pouco?

— Eu sei filho. Mas esse talhão é o que mais me preocupa. Está quase todo virado pro sul e tirando o topo do morro o resto é bem baixo. É mais certo colher um café pior do que esperar e correr o risco de perder com a geada.

— Mas ninguém sabe se vai dar geada pai. O senhor assim antecipa o prejuízo.

Mas ao contrário do otimismo que ele esbanjou no sábado, seu rosto não deixava margem para muitas dúvidas. Me assustei com a resposta e aquele foi o primeiro grande susto que enfrentei naqueles dias.

— Pode ser filho, pode ser. Mas já estou há 37 anos enfiado nestas terras. Já vi muito. É tempo de geada, acredite. Só temos que rezar para ela vir de leve e não nos causar um prejuízo muito grande.

— E quanto já tem na tulha, perguntei.

— Por volta de mil e duzentas sacas, é preciso conferir o inventário. Menos da metade do que eu espero nesta safra. Temos mais um pouco no terreiro. Se não fosse esse tempo frio, o café teria amadurecido mais depressa e já teríamos colhido quase tudo.

Quando o sol já estava alto, voltamos para a casa para almoçar. Não havia nuvem no céu e não me lembro de ter visto alguma vez um céu tão limpo. O sol do meio-dia, que em geral era capaz de derreter ferro, dessa vez mal esquentava. O almoço foi rápido e meu pai quis sair logo para supervisionar a colheita. Eu via que ele estava cada vez mais preocupado, mas não comentei nada. Preferi não ir com ele e fui para a cidade para telefonar para São Paulo.

Durante a tarde o tempo esfriou deveras. Quando eu voltei, lá pelas três horas, minha mãe entrou no meu quarto com café e bolo e foi direto para o meu guarda-roupa.

— Ponha mais agasalho, que está esfriando. Não quero ninguém resfriado aqui.

Mas pude ver no seu rosto que não era nisto que ela estava pensando.

— O pai já voltou? perguntei.

— Ainda não. Deve estar no talhão do Português. Disse que ia organizar uma turma e começar a colher lá na parte de baixo.

— Você quer que eu vá lá com ele?

— Acho que não. Logo, logo escurece e os colonos vêm de volta e ele vem junto.

Às quatro horas, o sino da fazenda bateu encerrando a jornada, mas poucos trabalhadores retornaram. Só quando já escurecia, eu, da varanda, pude vê-los voltando para a colônia. Meu pai vinha por último e quando desmontou era bem visível a fumaça branca que saía das ventas do seu cavalo. Ele subiu os degraus esfregando as mãos e nem me olhou e foi direto para o barômetro.

— Onze graus e são só 5 horas. Vamos ter geada hoje!

Achei melhor não responder. Não sabia o que dizer.

À medida que a noite ia caindo a temperatura caiu também. Não era uma queda normal, típica das noites frias do inverno da nossa região. Era uma queda rápida que a gente sentia nos ossos. Depois do jantar, um jantar desanimado e silencioso, voltamos à varanda para conferir os instrumentos. A temperatura, às oito da noite, já era de 8 graus. Na colônia, podíamos ver a fogueira de São João acesa no terreiro, mas não havia ruído de festa. Apenas se ouviam as crianças correndo em volta e os trabalhadores, que procuravam se aquecer, conversando baixo. Minha mãe sugeriu que fôssemos até lá, como era costume, mas meu pai nem respondeu. Eu e ele ficamos na varanda até tarde, para a aflição da minha mãe. Quando já me era impossível aguentar o frio pedi ao meu pai que entrasse. Ele obedeceu sem dizer nada. Quando entramos, ele nem olhou os aparelhos, mas eu verifiquei disfarçadamente e o termômetro já marcava 7 graus, temperatura de geada. Em pouco mais de cinco horas a temperatura havia caído 4 graus. E a madrugada estava apenas começando.

Aquela foi a pior noite que passei em minha vida. Eu não ignorava que, se o nosso termômetro marcava aquela temperatura, no abrigo da varanda, no campo aberto, perto do solo, registraria 3 a 4 graus menos. Os agricultores sabiam que a temperatura na altura da relva é que decidia a intensidade da geada. Foi impossível dormir. Meu quarto estava gelado como nunca e o ruído do vento foi aumentando durante a madrugada. Por volta das 3 horas o sino da fazenda começou a tocar e eu me levantei rapidamente. Encontrei minha mãe na cozinha, preparando café.

— O pai onde está, perguntei.

— Saiu faz tempo. Por volta de uma da manhã se levantou e selou o cavalo e está pelos campos. Foi medir pessoalmente a extensão da desgraça. Não sei o que vai ser de nós, meu filho. E o pior, não sei o que vai ser dele. Estou com medo. Nunca o vi assim, tão transtornado.

— Talvez o prejuízo não seja tão grande e a geada sempre foi um risco. No final não há de ser nada. Eu vou atrás dele e voltamos para o café.

Quando saí pela cozinha, o vento, que assobiava nos meus ouvidos, quase não me deixou abrir a porta. Não consegui acreditar no que estava vendo. As roupas penduradas no varal dos fundos estavam rígidas, congeladas pelo frio e a água dos tanques brancas e duras como pedra. Dando a volta, pude ver melhor o entorno, que a luz azul do luar clareava. Era uma luz tão intensa que iluminava como se houvesse um farol. O campo, até onde a vista alcançava, estava completamente branco. Tudo parecia uma paisagem europeia, as árvores do pomar, a relva, o talhão de café atrás da casa, tudo estava branco e coberto de gelo. O beiral do telhado parecia decorado pelos pingentes de gelo, como nas estampas das folhinhas. O frio cortava e, mesmo muito agasalhado como estava, comecei a tremer.

Selei eu mesmo um cavalo e segui para a área de mais risco, o primeiro talhão de café que meu pai plantara em 1881. Essa área meu pai replantou em 1905 e era agora a mais produtiva da fazenda. Assim que dei a volta no morro e fui descendo para a baixada, tive consciência plena do desastre. Tudo estava branco, tanto os cafeeiros quanto o terreno e, nas partes mais úmidas, a água havia congelado e se quebrava sob as patas do cavalo. Não demorei a encontrar o meu pai, a mais ou menos um quilômetro da sede, no talhão do Português, uma área menos sujeita à geada do que o resto da fazenda. Lá a situação era a mesma. Todos os pés estavam brancos como se houvesse nevado e a paisagem lembrava a Suíça. Meu pai estava ajoelhado, ao lado de um pé de café e tentava cavar com seu canivete a terra junto as raízes. Quando eu apeei, ele falou comigo como se eu estivesse ali há muito tempo.

— Está tudo congelado. É quase impossível cavar para expor as raízes. Mas nem é preciso. Gelou tudo. Acho que é geada negra! Se for, não vai sobrar nada.

A geada negra era o pavor dos cafeicultores. A geada comum, congelava o orvalho na superfície da vegetação e assim queimava as folhas e os frutos ainda no pé, danificando a superfície externa das plantas. Dependendo da intensidade, podia arruinar a colheita de um ano e diminuir consideravelmente a produção do ano seguinte. Porém, em caso de frio extremo e com ajuda do vento, a temperatura podia ficar muito baixa junto à relva. Essa situação era muito perigosa porque podia congelar a seiva dos cafeeiros, a partir da parte mais baixa do tronco, matando de imediato a planta. Era a geada negra, chamada assim porque nos dias seguintes as plantas secavam inteiramente adquirindo um tom marrom muito escuro. Cafeeiros queimados dessa forma estavam mortos e nada podia salvá-los. A única alternativa era cortar a planta um palmo acima das raízes e esperar no mínimo três anos para o pé brotar e voltar a produzir. Isso se o cafezal fosse novo, porque em caso contrário era melhor arrancar tudo e plantar novamente. Nenhum fazendeiro tinha meios de resistir àquilo. Eu logo compreendi que meu pai não estava exagerando e senti o chão me faltar. Mas não podia abandonar meu pai e ainda tentei animá-lo.

— Pai, ainda não sabemos qual é a extensão dos prejuízos. Pode ser que tenhamos áreas melhores.

— Qual o quê meu filho. Já percorri todos os talhões e está tudo assim. A água no rego da serraria congelou e, na beira do rio, o gelo sustenta o peso de um homem. Não há como ter ilusões.

— Que é isso pai, vamos ver quando o sol nascer. Com certeza de manhã poderemos ter uma visão melhor, tentei inutilmente animá-lo. Vamos para casa que aqui não adianta ficar. E mamãe está aflita com o senhor aqui fora nesse frio. Ela está preparando o café. Vamos lá, pelo menos para tranquilizá-la.

Voltamos lentamente e em silêncio. Eu queria animar meu pai, mas eu mesmo não encontrava forças para me manter sobre a sela. O ruído das patas dos cavalos quebrando o solo congelado não permitia enganos. Eu imediatamente antevi as consequências tenebrosas desse desastre. Se, de fato perdêssemos grande parte da colheita e não pudéssemos acudir aos compromissos, seríamos massacrados pelos credores. Perderíamos muito, talvez até a fazenda. Não queria nem pensar nisso. Quando chegamos em casa, o pessoal já estava no terreiro amontoando o café posto para secar. Procuravam salvar alguma coisa. Minha mãe tinha a mesa posta, embora o dia ainda não houvesse clareado e insistiu para que comêssemos. O cheiro do café e do bolo de fubá tomava a cozinha e parecia irônico, frente àquele desastre, sentirmos com prazer o cheiro do café recém-coado. Meu pai se sentou em silêncio e eu também. Minha mãe, com os olhos vermelhos que ela não podia disfarçar, começou a reclamar com ele, dizendo que era loucura ficar no sereno com um frio como aquele e que, com certeza, ele iria pegar uma gripe ou coisa pior.

— Você não tem mais idade para sair assim no frio e ficar a noite inteira exposto. Vai pegar uma constipação ou, pior, uma pneumonia. Era só o que faltava! Ela falava sem parar movida apenas pelo desespero e talvez pelo medo de que meu pai dissesse aquilo que ela, como eu, já desconfiava. A plantação estava arruinada e a fazenda, quem sabe, perdida. Comemos em silêncio, apenas ouvindo minha mãe que falava sem parar.

Quando o sol começou a nascer, saímos de novo para ver o que havia restado. A paisagem era de sonho. O campo, todo branco, estava envolto em uma nevoa que brotava do chão como se fosse fumaça ou melhor, vapor que escapa de uma chaleira quente. Mal se podiam ver os morros. Não era neblina, parecia que aquilo subia da terra como se estivéssemos sobre um vulcão. Por alguns minutos, meus pais e eu na varanda da casa grande, os trabalhadores no terreiro e até as crianças da colônia, ficamos estáticos observando aquele espetáculo da natureza que nenhum de nós nunca havia visto.

À medida que o sol subia e o tempo esquentava fomos tomando consciência do tamanho verdadeiro do desastre. O mar de cafeeiros verdes que estávamos habituados a ver da varanda de casa estava se tornando marrom enquanto o sol derretia os restos de gelo sobre a vegetação. Era rápido e parecia que os pés de café morriam diante dos nossos olhos. Por volta do meio-dia, não se podia ver um único pé ainda verde e no campo se sentia nitidamente um cheiro de queimado, como se uma gigantesca fogueira houvesse consumido a plantação. Era um odor penetrante que entrou pela casa, ficou impregnado nas nossas roupas e demorou muitos dias para desaparecer. Nunca mais vou esquecer desse cheiro.

Era o cheiro da ruína.

Tudo foi coberto por um manto marrom de plantas mortas e secas. O mesmo aconteceu com meus pais e um véu sombrio caiu sobre eles. Pela primeira vez eu vi um casal de velhos. É curioso, mas eles sempre me pareceram vigorosos, imunes à idade e capazes de determinar o rumo da minha vida como sempre fizeram. Nunca antes daquele dia havia pensado que meu pai estava às vésperas de completar setenta anos e que, talvez, coubesse agora a mim cuidar dele.

Nos dias seguintes meu pai se recolheu e mal falou conosco. Ao contrário do seu hábito, não se sentou nenhuma vez na varanda, nem quando o tempo melhorou. Acho que não queria voltar a ver o seu patrimônio naquele estado de ruína irremediável. Na sexta feira, minha irmã Tonica chegou com os filhos e animou a casa. A presença das crianças fez muito bem aos meus pais e aliviou um pouco a minha angústia. No sábado, chegou Quinzinho, vindo do Rio. Fui buscá-lo na estação e logo que eu o vi, percebi que ele não me ajudaria em nada. Pelo contrário, estava pálido e transtornado e quase não conseguia falar. Tive receio que ele começasse a chorar ali mesmo na plataforma. Achei melhor pararmos no Bar da Estação, logo em frente, e tomarmos alguma coisa antes de seguir para a fazenda. Nos sentamos no reservado e eu tentei contar, o melhor que podia, como estava a nossa a situação.

— Você procure se acalmar e se prepare porque não podemos preocupar ainda mais os nossos pais. A fazenda não tem um pé de café que se salve, morreram todos, essa é a realidade, não temos como nos iludir. A saída para essa desgraça eu não sei. Acho que o pai também não sabe, está calado desde a madrugada do desastre. Eu recolhi todo o café que podia e ele vale alguma coisa. Temos apenas a metade da safra, mas os preços vão subir, com certeza. Isso é o que temos. O resto são dívidas.

— E as casas? — ele perguntou.

— Temos também a casa de Campinas, em nome das nossas irmãs, e a de São Paulo, no nosso nome. Duvido que alguém consiga pôr a mão nelas. Nem nós, nem as meninas temos participação na fazenda ou nos negócios do pai. Ele teve muito cuidado em nos separar. Isso agora está a nosso favor.

— Você acha que o pai pode falir?

— Quinzinho, nós já estamos falidos. Quanto a isso não há dúvidas! Mas não somos os únicos, muita gente quebrou também. Agora temos que salvar o que for possível e encarar o que vier pela frente.

Depois de uma hora de conversa e dois conhaques consegui acalmar o meu irmão o suficiente para deixá-lo apresentável para encontrar com nossos pais.

Nessa noite, depois do jantar, meu pai pediu para a minha mãe colocar as crianças na cama e expôs aos filhos as suas alternativas.

— Essa é uma conversa que eu nunca pensei em ter com vocês, mas agora não posso evitar. Sinto que a Candinha não esteja aqui também, mas esperando criança é melhor mesmo que ela fique em Campinas, ao invés de vir aqui e assistir a essa desgraceira. A situação nossa é muito ruim, mas eu ainda posso lutar. Na segunda-feira vamos eu e o Augusto para São

Paulo, tentar negociar uma saída. Nossos maiores problemas são o banco e a Casa Carvalho. Temos que começar por aí. Eu sei que o Carvalhinho não é boa bisca, e quem sabe, se o velho estivesse vivo, talvez fosse mais fácil. Ele não pode esquecer que eu sou cliente da casa há mais de trinta anos e ajudei o pai dele no começo. Sem meu apoio ele não teria conseguido se firmar. Aqui nesta zona, ninguém estaria com ele se eu não tivesse entrado. Mas enfim... isso são coisas de gente antiga, vamos ver se ele se lembra. Eu sinto que tenho que começar por ele.

Ficamos em silêncio enquanto nosso pai foi até a étagère da sala, se serviu de uma dose da sua pinga favorita, que ele só bebia muito de vez em quando, e voltou para a mesa.

— Vou pedir um adiantamento de cem contos para ele, contra a entrega do café que conseguimos colher e as casas de Campinas e de São Paulo. Eu nunca pediria isso a vocês meus filhos, mas não tenho outra saída. Eu ainda sou capaz de trabalhar e sinto que posso vencer esta prova que Deus colocou no meu caminho. Eu sei que eu não tenho direito de pedir isso e vocês fiquem bem à vontade para decidir livremente. Não vou recriminar meus filhos se vocês não concordarem. Vocês consultem sua irmã e me deem uma resposta amanhã. Mas na segunda-feira temos que ir a São Paulo com uma alternativa. Essa é a melhor que me ocorre.

Ele disse isso, se levantou da mesa e se recolheu, arrastando a minha mãe. Ficamos apenas nós. Ninguém queria ser o primeiro a falar. Depois de um longo silêncio, meu irmão me perguntou.

— Augusto, você acha que podemos perder tudo?

Tonica nem me deixou responder. — Tudo o que temos é deles! Foram o pai e a mãe que compraram as casas e puseram no nosso nome. Não se pode nem discutir isto.

Mas Quinzinho tinha medo. Se via o medo nos olhos dele, desde que chegou e eu o encontrei na estação. — Mas você e Candinha têm marido e eles estão bem. Pra vocês não faz diferença. Não quero largar a escola de engenharia. Como é que eu vou me manter lá?

Achei melhor interferir antes que a conversa desandasse. Meu irmãozinho era o caçula da família, tinha só dezoito anos e sempre foi protegido por todos, principalmente pelas irmãs. Era óbvio que não estava preparado para aquela situação, que nunca, nem em sonho, havia passado pela sua cabeça. Tonica sabia disso, mas vi seus olhos fuzilarem o meu irmão.

— Se perdermos tudo vamos ter que achar outra solução. Mas por enquanto a Tonica tem razão. Se não concordarmos, o jogo acaba agora mesmo e, mais dia menos dia, os credores vêm bater à porta. Essa é a realidade. E, depois, de que adiantam as casas? Delas não vamos tirar renda nenhuma. Melhor tentar levantar um dinheiro com elas.

A conversa foi até altas horas. Acho que nunca, desde que deixamos de ser crianças, havíamos conversado entre nós por tanto tempo. Mas a decisão estava tomada desde o início. Tínhamos que reunir nossos esforços e ajudar o pai a sair daquele buraco. Tonica nem quis consultar a irmã. Tinha certeza da sua decisão.

Na segunda, logo cedo embarcamos no trem para São Paulo. O coronel Totonho estava sério, mas confiante.

— Temos que conversar com o Carvalhinho. É ele que tem a corda em volta do nosso pescoço. Com o banco, acabamos de renovar e, mesmo se atrasarmos um pouco, podemos ir levando até as coisas se ajeitarem e acharmos uma solução.

A viagem era longa e o Coronel foi aproveitando o tempo para me contar as histórias antigas, que ele tanto apreciava. Mas voltou muitas vezes ao Carvalhinho.

— Esse seu Arnaldo de Carvalho nunca me inspirou grande confiança. Temos que ter muita habilidade para lidar com ele. No tempo do velho Carvalho era outra coisa. Me lembro ainda de quando eu ia até Santos para negociar melhor a safra. Ele sempre me esperava na estação e levava um funcionário para carregar as minhas bagagens até o Hotel dos Estrangeiros, que era o melhor na época. Desde que descia do trem até a hora de embarcar de volta, tudo era por conta dele. Por mais que insistisse nunca consegui pôr a mão no bolso e gastar um tostão que fosse. Ele tinha escritório num sobrado da Rua Santo Antônio. No térreo, ficavam os armazéns e ele atendia em cima. Naquela época, o café era ouro e os comissários disputavam os lavradores. Eu passava três, quatro dias lá, e ele não me largava. Deixava a sala dele à minha disposição e corria a cidade de braço comigo. Uma vez me levou para almoçar no Grand Hotel no Guarujá. Era todo de madeira, diziam que veio desmontado dos Estados Unidos e logo pegou fogo, mas era uma coisa que valia a pena se ver. E a praia, linda, mar verdinho. Gente da roça como eu se impressiona com o mar, você sabe bem. Até em cabaré ele me levou! Mas isso era naquele tempo em que comissários disputavam os coronéis e garantir um fornecedor grande era tudo para eles. Esse Carvalhinho, eu só fui conhecer quando já era molecote e ajudava o pai em servicinhos. Depois, ele mandou o filho para a Inglaterra, para estudar. Por isso ele tem essas fumaças. Mas é esperto, mais que o pai. É preciso cuidado!

A Casa Carvalho tinha agora escritórios num prédio moderno na rua Álvares Penteado. Subia-se de elevador e a firma ocupava o quinto andar inteiro. Tinha paredes forradas de madeira, poltronas macias de couro, gravuras sobre o café nas paredes. Sobre um aparador na antessala, havia uma coleção de potes de vidro com diversos tipos de café e o perfume que os grãos exalavam se espalhava pelos ambientes. Mas o que mais se sentia era o cheiro do dinheiro. Meu pai tinha razão, o filho do velho Carvalho fizera a casa prosperar, nem havia dúvidas.

Assim que chegamos, o funcionário nos fez sentar nos amplos sofás de couro da antessala. Percebi imediatamente o desconforto do Coronel. O Carvalhinho sempre vinha nos receber quando entrávamos e nunca fazia meu pai esperar.

— Começamos mal, ele disse apenas. E tinha razão. Ele nos fez esperar vinte e cinco minutos e quando a porta do gabinete se abriu, foi um funcionário que nos convidou a entrar. O Carvalhinho estava sentado, em mangas de camisa e só levantou para nos cumprimentar estendendo a mão por sobre a mesa forrada de papeis e pastas. O papelório estava cuidadosamente misturado, mas era possível distinguir com facilidade uma pasta verde, muito grossa onde se podiam ler as palavras Souza Campos e Retiro. Meu pai sentou-se e aguardou que o Arnaldo abrisse a conversa. Depois de uns segundos de silêncio ele falou.

— Vocês me desculpem a bagunça, olhando para a própria mesa, mas estamos numa crise como nunca se viu igual. A geada está acabando com a lavoura e ninguém sabe quanto café restou desta safra. Logo no dia seguinte coloquei os nossos agentes para percorrer o interior e a situação é de calamidade geral. Na Mogiana, de Casa Branca para frente quase não sobrou nada. Se pode ver das janelas do trem os cafezais queimados. E a situação de quem vive do café, como nós, se já não era boa, agora é dramática.

Percebi que a mão direita de meu pai, pousada sobre a perna, tremia um pouco, não sei se por nervosismo ou raiva. Mas ele expôs calmamente o seu projeto.

— Arnaldo, mantenho meus negócios nesta casa desde quando teu pai era um simples corretor de café e decidiu montar uma comissária. Você era meninote e andava ainda no colo da tua mãe. Eu e seu pai começamos juntos e trabalhamos como burros de carga todos esses anos. Agora, eu sinto que cheguei num ponto que preciso contar com o apoio da Casa Carvalho. Os próximos três anos serão duros. Se abandonarmos os cafezais velhos que já não produzem muito, temos setenta alqueires de pés bons que podem dar uma safra em três anos. Nós apenas precisamos nos aguentar até lá. Eu sei que você já tem o penhor da safra deste ano, e devemos salvar umas mil sacas. Mas eu penso em lhe oferecer além desse café que conseguimos salvar, o penhor das três safras seguintes ao reinício da produção. Em troca necessitamos de um adiantamento de 150 contos, não de uma vez é claro. Podemos receber em três anos, 50 contos por ano até nos recuperarmos.

O Carvalhinho não esboçou o menor movimento e o Coronel sentiu que devia pôr todas as suas fichas na mesa.

— Além da safra deste ano, ou o que restou dela, podemos lhe hipotecar a nossa casa de Campinas que vale 30 contos e a de São Paulo, que vale no mínimo 50. Com mais o café que temos somamos 100 contos, pelo menos. Para os outros 50 contos só posso lhe oferecer as safras futuras.

A resposta veio rápida deixando a impressão nítida de que já estava ensaiada.

—Coronel, você tem que compreender que a situação é dramática para todos nós. Nossos compromissos com os fazendeiros são altos e teremos que realizar os títulos que temos imediatamente. Acima de tudo eu tenho que zelar pelo patrimônio da firma e manter a casa, ainda que sacrificando muitas das nossas melhores relações do passado. Eu penso, que no seu caso, a melhor alternativa seria liquidar e evitar a falência e a penhora. Aos preços de hoje, a safra que vocês conseguiram salvar não cobre a metade das letras que temos. E no ano que vem, não haverá um grão de café para vender e nem no próximo. Isso sem contar a hipoteca com o banco, que vocês não vão conseguir pagar nos próximos três anos. Acho honestamente que o melhor seria liquidar já.

— Mas os preços do café só vão subir daqui para frente e, até o fim do ano, o café vai valer o dobro, eu disse isso exaltado, apesar da mão pesada do meu pai sobre o meu braço. Mas o Carvalhinho nem me olhou e continuou se dirigindo apenas ao meu pai.

— O caso é que ninguém sabe qual vai ser o preço no futuro, o governo tem muito estoque e pode aproveitar para desová-lo. Mas, mesmo que os preços subam em novembro, no caso de vocês, a questão é como chegar lá. Eu sinceramente não vejo como.

— Então Arnaldo, você se recusa a nos ajudar. Apesar do seu esforço, a voz do meu pai saiu trêmula e um pouco mais aguda do que o normal.

— De forma nenhuma, Coronel. O Carvalhinho respondeu impassível. — Acho que consigo lhe propor uma solução adequada. São Paulo, apesar da crise, tem muita gente com dinheiro para investir. Acho que com um pouco de trabalho, e eu me empenharia nisso pessoalmente, posso reunir um grupo de capitalistas que assuma as dívidas evitando a liquidação. Se negociarmos bem, vocês podem se livrar do banco, resgatar os penhores que têm com a nossa casa e ainda sair com um bom dinheiro, suficiente para você, Coronel, ter uma velhice tranquila, sem as atribulações da fazenda.

— Mas a fazenda vale mais de 500 contos, eu disse!

— É claro, mas no momento presente não vale nada. Nesta crise, faremos um grande negócio se conseguirmos passá-la adiante por 200, 250 contos. Isso é o que eu penso. Mas vocês decidem. Não quero pressionar e compreendam que eu só faço este esforço porque se trata de você e o faço para honrar os compromissos do meu pai. Mas pensem bem e lembrem-se que o tempo, nessa situação, corre rápido.

Saímos do escritório sem que ninguém nos acompanhasse até a porta e meu pai estava tão alterado que nem pensou em esperar pelo elevador e desceu pelas escadas, pulando os degraus. Eu queria falar, mas ele me calou com um gesto. Descemos os cinco andares e uma vez na rua meu pai apertou o meu braço e seguiu pela rua Álvares Penteado quase às carreiras. Só paramos no largo do Café e entramos num bar que havia lá, que só era frequentado por caixeiros e a gente que trabalhava nas imediações. O coronel estava roxo, quase apoplético e tive medo de que ele tivesse alguma coisa.

— Esse moleque que eu conheci nos cueiros teve a ousadia de me tratar por você! Eu dei a mão para o pai dele quando ele não era nada, não passava de um corretorzinho de merda, que só tinha vontade e quase nada de seu. Ora, veja só! Me tratar por você e se aproveitar da nossa situação com essa desfaçatez! E ele não procurou nem disfarçar. Por essa eu realmente não esperava! Ele até podia negar, mas me dar lição, era só o que faltava! Era isso que eu mais temia, Augusto. É sempre difícil achar companhia na desgraça.

Eu ainda tentei argumentar. — Talvez se melhorarmos a nossa proposta e pedirmos ... Mas o Coronel nem me deixou terminar.

— Augusto, me desculpe meu filho, mas você não conseguiu alcançar os cálculos do Carvalhinho. Eu, quando tinha a sua idade, achava que sabia muita coisa e essa história de experiência era coisa de gente velha, que pensava como os antigos. Hoje eu percebo que a gente aprende com o tempo, freia os impulsos, raciocina com mais cuidado. Se o Carvalhinho ficar com todo o nosso café, e guardá-lo para quando os preços subirem, ele é bem capaz de apurar uns 50 contos de lucro. Para nos manter como clientes extraindo o suco do nosso trabalho todos os anos, ele tem que dispor de imediato de 100 contos. Se, ao contrário, executar as letras no vencimento e se acertar com o banco, coisa que ele já deve ter feito, pois sabe bem a nossa situação, liquida a fazenda, entrega a terra ao Banco Hipotecário e apura pelo menos 100 contos limpos sem precisar gastar um real. Essa é a escolha dele. Colocar mais 100 contos e manter o que o pai dele e eu construímos, correndo os riscos todos, ou não colocar nada, não correr risco nenhum, esquecer do passado e embolsar cem contos limpos. Era essa a conta que eu temia!

Demorei para entender os cálculos que meu pai fazia, mas aos poucos fui também raciocinando e tive de lhe dar razão.

Meu pai nem quis ficar mais tempo em São Paulo e cancelou a ida ao Banco Hipotecário. Me disse que aquilo não iria adiantar nada e ele provavelmente teria que enfrentar uma outra humilhação. Voltamos para a fazenda no trem da tarde, saindo de casa às pressas. O coronel que me acompanhou na volta não era o mesmo que viera comigo e quase não falou. Achei melhor deixar ele em paz e me concentrei na leitura do *Estado*. Minha cabeça vinha tumultuada por um turbilhão de pensamentos e de projetos de revanche que eu sabia que nunca se realizariam. O jornal fazia um retrato dramático da situação.

Temos ouvido inúmeros fazendeiros que voltaram das suas propriedades, para onde foram às primeiras, alarmantes notícias da geada e de seus enormes estragos, Voltaram, com raras exceções, desolados, porque raros são os que a desgraça não feriu e todos confirmam a extensão e a intensidade do mal, conforme os nossos telegramas logo o descreveram. Alguns a ele se referem em linguagem ainda mais negra, mais triste e mais contristadora. Há fazendas, e não poucas, nem pouco importantes, das quais se pode afirmar que só escaparam as terras e as benfeitorias, agora por muito tempo inúteis. Morreram, o que se chama morrer, ficaram requeimados até a raiz, os cafezais de todas as idades, que nunca mais reverdecerão. Faz-se necessário, nestas fazendas excepcionalmente devastadas, um serviço de replantação total. Em épocas como esta, há sempre exageros. Exagera-se na esperança de que os mercados se animem, e suba o preço da mercadoria. Desta vez, porém, percebe-se bem que as descrições da calamidade são exatas e que a questão do preço passou para o segundo plano. As vítimas do grave desastre, em geral, antes de se preocuparem com o preço da venda do café, preocupam-se com o café que vendiam e que já lhes não é possível vender, porque os cafeeiros, em muitas regiões do nosso Estado, ainda ontem tão justamente orgulhoso da sua riqueza, é como se, de repente, os tivesse envolvido a imensa labareda de um vastíssimo incêndio.

Essa era a descrição perfeita da nossa situação. Nem quis comentar as notícias com meu pai e o deixei calado, imerso na sua angústia. Chegamos na fazenda, já no escuro e ele se recolheu para o quarto quase imediatamente.

No dia seguinte, passei a tomar as providências mais frenéticas, tentando salvar pelo menos alguma coisa que permitisse o sustento dos meus pais. Mandei recolher todo o café disponível e o fizemos secar da melhor forma que podíamos. A fazenda, de 175 alqueires comprada em 1880, tinha quase 100 alqueires plantados com café. Meu pai era bom agricultor e tínhamos mais de 180 mil pés produzindo e 10 mil pés novos. A geada destruíra tudo sem dó. Nenhum pé iria sobreviver, isso era certo. Nas semanas seguintes, a geada ainda voltou duas ou três noites. Mas já não havia o que destruir. O destino daqueles imensos cafezais só podia ser um. Seria preciso serrar o tronco e esperar que a planta brotasse novamente. Era um trabalho insano e ia exigir muito dinheiro e mão de obra, coisa que não tínhamos. Os pés cortados só serviam como lenha e já não valiam nada. A ruína estava consumada e nem meu pai, nem minha mãe, encontraram forças para reagir. Meu pai esperava tirar 3000 sacas, mais ou menos 30 sacas por alqueire, uma boa produção. Um dia antes da geada o café valia 32$400 a saca e poderíamos esperar mais ou menos 100 contos brutos pela safra, se fosse bem vendida. Agora...

No final, recolhendo tudo o que se podia aproveitar até os grãos que restaram nos pés queimados, obtive 1600 sacas de café de qualidade sofrível, pouco mais que a metade da safra normal, que era sempre de primeira qualidade. A geada havia atingido todo o Estado de São Paulo e até Minas Gerais e os preços iriam subir. Eu sabia bem que havia muito café estocado pelo Governo, por conta da persistente superprodução, mas a calamidade havia sido enorme e os estoques talvez não fossem suficientes para atender a demanda do ano e do ano seguinte porque todos sabiam que a produção cairia drasticamente na próxima safra. A evolução dos preços nos primeiros dias refletiu isso e no início de julho o café estava cotado a 6$650 ou 39$900 a saca e havia a expectativa de que iria subir mais. Era uma esperança.

Depois de recolher todo o café possível, minha ideia era tirá-lo rapidamente da fazenda, antes que o Carvalhinho ou o banco, se apresentassem. Consegui com o meu amigo Haroldo, que era corretor em São Paulo, um armazém discreto num lugarejo chamado Estiva, um pouco antes de Mogi. Lá eu podia manter esse pequeno estoque longe dos credores e vendê-lo melhor quando os preços subissem.

O Carvalhinho, como meu pai esperava, executou os títulos no mesmo dia em que venceram e nem sequer consultou o coronel sobre o pagamento. Ele evidentemente reagia ao fato de que nós havíamos recusado entregar a ele o nosso café, quando os preços ainda estavam baixos. Eu, pretendia segurar aquelas 1600 sacas até o último minuto. Era o último recurso que nos restava. Meu pai, a princípio não concordava e preferia entregar esse café e tentar evitar o protesto das letras. Mas eu acabei convencendo-o de que o preço que a Casa Carvalho nos daria por aqueles sacos de café ruim, não cobriria mais que a metade do valor das letras a vencer e o Carvalhinho nos executaria de qualquer forma.

Mas aquela foi a nossa única e pequena vitória. Com o passar das semanas, a crise foi se agravando e muitos fazendeiros tiveram que entregar as suas terras. Todos os nossos vizinhos foram duramente atingidos, porém nenhum com a mesma intensidade que sofremos. A ruína dos negócios arruinou também o ânimo e a saúde do coronel Souza Campos. A sua decadência física e mental era escancarada e todos nós a assistimos impotentes. Sem a sua energia para os negócios, coube a mim assumir a liderança e buscar uma saída para a família. Me sentia incapaz de lidar com tudo aquilo sozinho e apelei para o Rao, meu colega da São Francisco, que embora fosse mais jovem que eu, já era advogado experiente e trabalhara no escritório do dr. Estevam de Almeida, um dos maiores da cidade. O Rao negociou com todos os credores e nos ajudou da melhor forma possível. Mas a Fazenda do Retiro estava perdida, isto todos sabíamos.

No final, foi o Carvalhinho quem decidiu a situação e apesar da minha resistência, o Rao conseguiu um acordo com ele, que arrematou a propriedade em troca das dívidas com a Casa e o Banco e mais 80 contos. Somando as dívidas todas, ele arrematou a fazenda por menos de 300 contos, a metade do que ela valia no dia anterior à geada. Mas salváramos as casas de Campinas e São Paulo e as sacas de café que eu escondi. Os preços passaram de Rs.50$000 a saca e eu consegui negociar bem a maior parte do estoque.

Depois do inverno e até o fim daquele maldito ano de 1918, muita gente acreditou que o apocalipse desabara sobre São Paulo.

Logo ficou claro que o desastre que atingira os fazendeiros iria atingir a todos. Ninguém ignorava que a colheita daquele ano estava perdida, mas o que disseminava o pânico era a convicção de que a produção no ano seguinte seria muito pequena e a recuperação levaria anos. As lavouras atingidas pela geada negra teriam que ser replantadas e só produziriam de novo em cinco anos e as outras, que tiveram a sorte de ser menos afetadas, não voltariam a produzir plenamente por pelo menos dois anos. A desgraça era tão grande que não se podia dizer que havia apenas sacrificado uns infelizes ou imprevidentes que se deixaram apanhar desprevenidos. Em São Paulo todos tinham medo e viam o futuro com preocupação. Mesmo quem não era fazendeiro ou vivia diretamente do café partilhava desses receios.

Era uma conta fácil de fazer e todos já a haviam feito.

Em São Paulo o café era o motor de tudo. Por aqui, se diz que até a Light vende mais passagens de bonde quando o café prospera. Com menos café disponível, os negócios iriam encolher e quem não tinha muito capital e podia se aproveitar da situação, como fez o Carvalhinho, tinha medo. Com menos dinheiro circulando, a queda dos negócios era certa e até os preços dos imóveis começaram a cair, porque muita gente estava vendendo o que tinha para enfrentar as perdas e evitar a ruína.

Essas eram as palavras que mais se ouviam nas ruas.

Ruína, crise, debacle, falência...

Foi assim naqueles meses de agosto e setembro de 1918. Eu ia e vinha entre São Paulo e Cravinhos, me dividindo entre infinitas visitas ao escritório do Rao e o cuidado com meus pais e do que restou da fazenda. Mais de uma vez tive que embarcar no vagão de segunda classe e usava a linha de baldeação, em vez da linha principal, onde era menos provável encontrar algum conhecido.

Nos jornais, se lia que a guerra ia terminando na Europa e uma nova epidemia, desta vez de gripe, assolava as populações sobreviventes. Já se liam notícias de um grande número de mortos no Velho Mundo, onde essa nova gripe atingiu até o rei da Espanha, mas todos consideravam que ela era resultado da fome e da devastação provocada pela guerra, que haviam tornado essas populações vulneráveis. Era uma situação totalmente diferente do Brasil e parecia não haver por que se preocupar.

Porém, no final de setembro, a gripe chegou e se espalhou com uma notável rapidez. Entrou pelos portos e atingiu primeiro as capitais do Norte e Nordeste, mas no início de outubro explodiu no Rio e logo as notícias vindas de lá espalharam o medo em São Paulo. Um colunista chegou a escrever que na Capital Federal se viam mortos abandonados "pelas ruas onde trafegam os bondes". Muitos argumentaram que, no Rio, "o clima africano" favorecia a disseminação da doença e que em São Paulo não se corria o mesmo risco. Mas no meio de outubro a gripe espanhola surgiu na cidade e rapidamente se espalhou.

A primeira ideia foi isolar São Paulo, fechando as entradas e interrompendo o tráfego de trens. Mas isso era impossível. O governo, através do Serviço Sanitário, recomendou que "*para evitar a influenza todo indivíduo deve fugir das aglomerações, principalmente à noite; não frequentar teatros, cinemas; não fazer visitas. Deve-se evitar toda a fadiga ou excesso físico.*" Com os mais velhos os cuidados deveriam ser redobrados porque "*neles a moléstia é mais grave*". Embora os comunicados tivessem o objetivo de tranquilizar a população, as escolas foram fechadas e logo depois também as igrejas. O comércio principiou encerrando o expediente mais cedo, mas em menos de duas semanas todas as lojas do Triangulo baixaram as portas e já não se via quase ninguém nas ruas. No início de novembro a cidade parou e só circulavam os veículos da assistência e os bondes que eram utilizados no auxílio à remoção dos cadáveres. Para atender à demanda, foi instalada iluminação provisória no Cemitério da Consolação e os enterros eram realizados também à noite.

Só quem viveu esse ano de 1918 pode avaliar o que foi e acho que no futuro, quem tentar contar não vai ser levado a sério, tal a sucessão de desgraças. Depois da geada, em São Paulo duzentas mil pessoas ficaram doentes com a gripe espanhola e mais de cinco mil morreram.

O medo se instalou e ele era tão presente que quase se podia ver, bastava andar pelas ruas. Primeiro o medo da ruína, depois o da morte.

O Coronel Antônio de Souza Campos ainda conseguiu assinar os papeis da venda, mas graças a Deus, não assistiu a nossa mudança do Retiro. No fim de outubro, a gripe espanhola chegou à nossa região e atingiu meu pai, minha mãe e muitos empregados da fazenda. Minha mãe, apesar da idade, se recuperou logo, mas meu pai, debilitado como estava, não resistiu e morreu no Dia de Finados de 1918, às vésperas de completar 70 anos. Duas semanas depois, deixamos a fazenda. Minha mãe quis ficar em Campinas junto com as filhas, e se instalou provisoriamente na casa da minha irmã Candinha.

Apesar da nossa insistência, ela deixou para trás a sua linda cama de latão e bronze, seu sonho de menina, um dos muitos sonhos, que ela havia realizado junto ao meu pai.

16
Sobrevivência

Enterramos meu pai em Cravinhos, sabendo que o seu túmulo seria a nossa única ligação com aquela cidade a partir dali. Nenhum de nós pretendia voltar; todos concordávamos que seria impossível. Para minha mãe era penoso se separar de amigos de tantos anos, que sofreram junto com ela todas as dificuldades dos primeiros tempos, mas a sua decisão de abandonar a cidade parecia definitiva. Acho que, também nisso, ela seguiu a opinião do coronel. Poucos dias antes de morrer, quando ele ainda conseguia conversar um pouco, ele nos disse.

— Esta terra nos derrotou, não há mais lugar para nós aqui. Vocês meus filhos, têm que reconstruir suas vidas em outra parte.

Depois que entregamos a Fazenda do Retiro, minha mãe virou as costas para esse passado e nunca mais falou dele. Apesar disso todos os anos, no dia de Finados, ela fazia a viagem entre Campinas e Cravinhos e levava flores ao túmulo do meu pai. Apanhava o primeiro trem e chegava a Cravinhos pela hora do almoço. Ia ao cemitério e à noite, pousava na casa de um dos nossos amigos, a cada ano um diferente, e evitava outras visitas. No dia seguinte, ia à missa logo cedo e apanhava o trem de volta para Campinas. Logo depois do enterro, quando saíamos do cemitério de Cravinhos, prometi à minha mãe que, passados os cinco anos necessários, levaríamos os seus restos para descansar definitivamente em São Tomé, entre os seus. Cumpri a promessa e depois disso nenhum de nós voltou mais à cidade.

    Assim como a minha mãe, pouco falávamos dos bons tempos em Cravinhos, e nunca na frente dela. A vida da nossa família se reorganizou em Campinas. Minha irmã Tonica havia se casado com o Ricardo Withaker, um advogado da cidade. Candinha conheceu na casa dela, um primo do meu cunhado e casou-se com ele seis meses antes da geada, na última festa que desfrutamos no Retiro. Arthur, fazendeiro em Jaguariúna, já era muito rico e a geada não afetou a sua propriedade. Partilhava da mesma opinião do meu pai e não vendeu antecipadamente a sua colheita. O que para nossa família foi a ruína, para ele foi um prêmio da loteria e, quando a crise se abateu sobre nós, ele quase comprou a nossa terra. Meu pai preferia vender a qualquer outro, que não o Carvalhinho, mas no final o Arthur ponderou que nossa fazenda tinha que ser reconstruída quase do zero e seria de fato impraticável enfrentar essa tarefa pesada tendo a obrigação de manter a propriedade de Jaguariúna, que ao contrário da nossa, ia de vento em popa. Foi pena e sei que meu pai ficou desapontado, porque, se o Arthur houvesse ficado com a terra, pelo menos alguns dos seus netos a herdariam. Mas mesmo esse pequeno consolo lhe foi negado.

    Esse é o final da história, enquanto uns enfrentavam a falência, outros mais felizes, enriqueceram ainda mais. Mas o importante era que minhas irmãs estavam a salvo. Ambas se estabeleceram com os maridos em Campinas e procuraram, junto com minha mãe, reconstruir a vida lá.

Graças ao Haroldo e sua intimidade com os zangões da praça, consegui apurar quase 50 contos com aquelas sacas de café ruim que eu havia escondido. É curioso observar as voltas que o mundo dá. Aquele café que eu praticamente roubei do Carvalhinho (era isso que ele pensava!), nos deu no final uma receita quase que equivalente àquela que obtivemos entregando todo o nosso patrimônio ao petulante dr. Arnaldo de Carvalho, filho do Anthero Carvalho, o parceiro de negócios de toda a vida de meu pai.

Esse dinheiro resolvi reter comigo. Os oitenta contos resultantes da venda da fazenda consegui transformar em diversos títulos que permitiriam uma renda estável para a minha mãe. Mas a taxa de 7%, que eu consegui a duras penas, gerava uma renda mensal de menos de 500 mil réis, um salário de chefe de repartição pública. Minha primeira ideia era fazer minha mãe morar com uma das filhas e vender a casa de Campinas que é enorme e poderia obter mais de 30 contos com facilidade, mas dona Augusta se opôs terminantemente. Ela queria morar na sua casa e insistia que esse seria o único bem que deixaria de herança para as filhas. Depois de muitas discussões entre nós, minha irmã Tonica, que já tinha três filhos e pensava em se mudar para uma casa maior, foi morar com ela. A casa era suficientemente ampla para acomodar bem a todos. Meu cunhado alugou a casa em que moravam e dividiu a renda com minha mãe. Com isso e morando com a filha ela poderia se manter com uma certa independência. Meu irmão, que estava longe de se formar e ainda por cima vivia no Rio de Janeiro, ficou por minha conta. Com os recursos da venda do café e o que eu conseguisse nos negócios que pretendia iniciar, tinha certeza de que poderia mantê-lo com alguma dignidade até que ele terminasse o curso.

Feito isso, decidi enfrentar a vida em São Paulo e lutar para reerguer a minha família depois daquela derrocada. Confesso que nos primeiros meses a sensação que me dominava era o medo. Era a primeira vez que me via frente à obrigação de cuidar de mim mesmo e garantir a minha sobrevivência e a dos meus. Não tenho como esconder que o coronel Totonho me fazia muita falta. Minhas duas irmãs tinham maridos que podiam cuidar delas, mas eu não podia abandonar a minha mãe e meu irmão. Sendo o filho mais velho, sabia que havia herdado as obrigações do meu pai. Não duvidei disso. Mas era uma situação que eu nunca havia enfrentado, resultado de mudanças muito rápidas que eu jamais havia esperado. E sobretudo, para as quais nunca havia me preparado.

Eu sabia que não era o único, havia muitos arruinados tentando se reerguer. Eu não queria fracassar. Faria o que fosse preciso.

17
Dia 8, terça-feira

Na terça-feira logo cedo, eu lia *O Estado* enquanto terminava o meu café da manhã. Mas não era o jornal costumeiro. A revolução já o atingira e a edição daquele dia tinha apenas quatro páginas e tratava quase que exclusivamente dos eventos que transtornavam a cidade. Informava que, de acordo com o decreto do governo federal teríamos feriados por uma semana, até 15 de julho, com comércio, bancos e repartições fechados e suspensas as obrigações e vencimentos de promissórias e duplicatas. Enfim, um alívio para os devedores, provando que até das piores desgraças se pode tirar algum proveito.

Em destaque, na segunda página, numa nota publicada em negrito e duas colunas, o jornal – que podia ser acusado de qualquer coisa, menos de governista – dizia:

Última Hora
Às 19 horas tivemos informações de que o governo era inteiramente senhor da situação.

As posições ocupadas pelas forças legalistas continuavam cada vez mais sólidas, estando os setores por elas ocupados inteiramente a coberto de qualquer surpresa.

São esperados a todo o momento mais 900 marinheiros que virão reforçar o contingente naval.

Sendo verdade, era de fato animador. No entanto, uma pequena nota perdida no meio da página também informava que "*nas imediações do quartel do 4º. Batalhão de polícia e na zona intermediária, entre os postos das forças legais e dos rebeldes, jazem numerosos mortos, sem que possam ser removidos.*" O título – *Mortos Insepultos* – não estimulava o excesso de otimismo.

O melhor resumo da situação em que nos encontrávamos estava sintetizada na manifestação das elites, representadas pela Associação Comercial, que reunia o alto comércio e a indústria. Ela fazia publicamente a pergunta que estava em todas as bocas: afinal o que pretendiam de fato os rebeldes e quem estava à frente dessa revolução?

Associação Comercial de S. Paulo

As classes conservadoras de S. Paulo, que só dentro da ordem podem manter-se e prosperar, veem, com suma inquietação, os acontecimentos que desde anteontem se vão desenrolando nesta cidade.

Há 48 horas a população de S. Paulo assiste estupefata ao bombardeio de uma cidade aberta e inerme, levado a efeito pelas armas que para sua defesa a nação confiara a tão inesperados agressores.

Há 48 horas a população de S. Paulo interroga, debalde, em nome de que princípios ou ideais está sendo metralhada com tamanho prejuízo para o sossego de seus lares, com tamanho desrespeito às instituições políticas do país, com tamanho menosprezo pelo periclitante crédito nacional.

Há 48 horas, a população de S. Paulo vê convergirem por sobre o palácio dos Campos Elíseos as granadas e obuses que, atentando contra a residência da família do presidente do Estado, parecem visar a deposição de um governo, apenas no seu início, que não deu ainda a menor prova de falta de exação, e que, pelo contrário, se tem revelado um governo profundamente democrático, e inteiramente dedicado aos interesses e prosperidade do Estado de S. Paulo.

A Associação Comercial de S. Paulo, diante de tão injusta quão imerecida agressão, aconselha às classes conservadoras que acompanhem com a máxima simpatia e apoio a heroica resistência que vem desenvolvendo o governo do estado, e se mantenham confiantes na ação resoluta do presidente Carlos de Campos.

S. Paulo, 7 de julho de 1924 – José Carlos de Macedo Soares, presidente da Associação Comercial de S. Paulo

Mas esse jornal, tão magro e com tão poucas notícias era incapaz de satisfazer a minha curiosidade e enquanto lia, pensava em ir à Cidade depois do almoço e comprar a *Gazeta* e o *Combate*, que saíam depois das três da tarde para saber notícias mais frescas e quem sabe mais detalhadas.

Enquanto eu tomava um último gole de café soou a campainha e a Francisca foi ver quem estava na porta. Me perguntei, intrigado, quem poderia ser, nesse horário tão matinal. Ela voltou num minuto.

— Augustinho, *tá* aí uma freirinha com cara de espanto que diz que tem que falar urgente com você.

Me arrumei rápido e fui ter com ela. Era com certeza a Irmã Paulina. Todos se referiam a ela como "a freirinha". A razão era simples: ela era de fato pequena e não media mais do que um metro e meio, se tanto. Era francesa, tinha a pele muito clara, os olhos azuis cor de água e as mãos, pequenas como as de uma criança. Deveria ser loira, talvez, mas quem poderia saber? A touca que envolvia todo o rosto e o escapulário brancos destacavam a sua palidez e aparente fragilidade que o contraste com o hábito preto acentuava.

— *Ma petite Martha a été tuée!* — ela me disse enxugando os olhos. Compreendi imediatamente.

Era desconcertante ver a freirinha chorando na minha porta logo cedo. Procurei acalmá-la, mas assim que se sentou no sofá da minha sala, ela aparentemente não pode mais conter a angústia que a fez me procurar e chorou por alguns minutos. Pedi à Francisca que trouxesse um café e um copo d'água para que ela se tranquilizasse um pouco e aproveitei esses momentos para organizar as ideias. A entrada imprevista da Irmã Paulina me surpreendeu tanto quanto as bombas que caíram no sábado. Que tempos estes! Esperava qualquer coisa, menos isso. Nunca pude imaginar que o fantasma de Martha entrasse pela minha porta dessa maneira. Fiquei ali em pé sem saber muito bem o que fazer e depois de uns instantes tentei entender o que afinal ela sabia.

— Como assim, quem lhe contou? — perguntei.

— Uma vizinha, amiga dela, me avisou e chamou a polícia. Com estes tumultos e o barulho dos tiros, ela acordou de madrugada no domingo e notou a luz acesa na sala da frente. As ruas quase não têm iluminação por causa do racionamento e a lâmpada acesa lhe chamou a atenção. Ela agora falava português e certamente foi a emoção que a fez falar na sua língua natal quando chegou. Apesar de francesa, Mère Marie Pauline estava há muito tempo no Brasil e falava um português corretíssimo, quase sem sotaque e isso chamava a atenção, já que quase todas as freiras que circulam na cidade são estrangeiras.

Ela havia servido inicialmente em Juiz de Fora, onde as irmãs do Sion mantiveram uma escola que, depois de uma epidemia de febre amarela que devastou aquela região, foi transferida para São Paulo. Depois de tantos anos, mantinha um discreto acento mineiro, que tornava ainda mais curiosa a sua figura. A freirinha não tinha nenhuma dificuldade com a nossa língua. Apesar de francesa, nascida e criada em Nice, era tão competente e preparada que dava aulas de Português no colégio. Por tudo isso, fora da escola poucos à chamavam pelo seu nome formal e todos se referiam a ela como Irmã Paulina.

— De manhã, a moça percebeu que a luz continuava acesa e, depois de algum tempo tocou a campainha. Como ninguém atendesse, no fim da tarde ligou para a Polícia. Os guardas arrombaram a porta e a encontraram no quarto, morta. A vizinha entrou com eles e assim que pode, me chamou. Quando eu cheguei à rua dos Clérigos, já havia um carro da Assistência e a polícia estava levando o corpo para exame. Eu mal pude vê-la, mas o policial me disse que ela havia bebido e tomado uma dose excessiva de cocaína. Havia uma seringa e restos dessa droga amaldiçoada. Me disse que poderia ser acidente ou suicídio. Mas eu sei que não foi suicídio. Ela não tinha motivos para isso e eu duvido que ela fosse descuidada a ponto de se matar por acidente. Uma moça inteligente como ela!

— Mas, então, o que a senhora acha que foi? — perguntei, já preocupado.

— Não sei. Mas eu sei que essa nossa polícia é muito desatenta e ainda mais com essa situação na cidade, não creio que eles vão perder tempo investigando. Quando eles saíram eu dei uma busca em tudo, uma providência óbvia, que eles não tomaram, veja só! O senhor imagine que os investigadores entraram arrombando a porta da frente e a primeira coisa que eu verifiquei foi que a porta dos fundos estava destrancada. Alguém poderia facilmente passar por ali sem que ninguém percebesse. A casa é de esquina e aquela rua lateral não passa de um beco escuro e seria muito simples entrar e sair pelo portãozinho do quintal sem que ninguém visse. Ainda mais com as ruas mal iluminadas como estão.

— Mas havia algum sinal de violência ou qualquer outra coisa que levante suspeitas, questionei já um pouco inquieto.

— Não havia; porém as coisas dela estavam muito em ordem, tudo mais ou menos no lugar, como se alguém houvesse acabado de arrumar a casa. Além disso ela estava usando um dos vestidos bons. Se estivesse sozinha em casa, por que estaria com uma roupa de sair? O doutor não acha estranho? perguntou.

Pensei em dizer à freirinha que havia alcançado um ponto da minha vida que me impedia de estranhar qualquer coisa. Basta ver que, nesses últimos dias, na cidade tão moderna e pacata onde vivemos, estamos sendo obrigados a nos adaptar à ideia de que bombas podem cair do céu e acabar com tudo à nossa volta.

Mas o momento não era propício para essas divagações, eu não disse nada disso e cheguei a sentir um pouco de pena da Irmã Paulina. Desde que comecei o meu trabalho para o colégio e ela acabou sendo escalada para me auxiliar, percebi que ela gostava de mim, acho que gostou desde que me viu pela primeira vez. Deixava isso claro para todos e vivia me adulando com pequenos mimos, o que chegava a ser um pouco embaraçoso. Mas não era nada parecido com a relação que ela mantinha com Martha, que ela havia adotado assim que a menina entrou no colégio e a considerava quase como uma filha. A morte dela a apanhou de surpresa e seu abalo era sincero. Eu já conhecia bem a Irmã Paulina e sabia como ela era curiosa e obstinada e que não iria sossegar enquanto não descobrisse o que havia acontecido com Martha. Acho que ela imaginava que o seu melhor aliado seria eu.

18
A casinha perto dos trilhos

Passei diversas noites naquela casinha perto dos trilhos e, muitas vezes, Martha e eu conversávamos até muito tarde. Ela me falou da sua terra e dos seus pais. Contou que os judeus tinham igualdade legal na Croácia, viviam relativamente em paz há muito tempo e, lá, muitos eram ricos e influentes. Shlomo, o seu pai, não era um desses, era apenas um músico e ganhava a vida tocando violino. Anna, sua mãe, ao contrário, vinha de uma família com muito mais recursos e conexões na elite judaica da capital e duas das suas irmãs haviam se casado com prósperos comerciantes de Zagreb. Mas, apesar das limitações, eles desfrutavam de uma certa estabilidade.

Quando a mãe ficou grávida do segundo filho, os problemas realmente começaram.

— Toda a minha vida mudou desde que eu soube que iria ganhar um irmão. Quando minha mãe me contou, tentou parecer alegre e fez um grande esforço para que eu ficasse contente também, mas não havia como esconder que ela parecia doente. Aquilo me deu medo. Minha mãe gostava de cantar e a sua presença movimentava a nossa casa. Mas, naqueles dias, já não saía da cama logo cedo, como sempre fizera, e passava mais tempo deitada. Eu comecei a ter medo de verdade numa manhã quando acordei e encontrei a vizinha, dona Sarah, na cozinha da nossa casa e ela me explicou que estava ali para ajudar mamãe e me pediu para não fazer barulho porque ela estava descansando. Meu pai estava no quarto com ela e, quando ele saiu, eu vi no seu rosto que ele também tinha medo.

— O bebê nasceu muito fraco e minha mãe não resistiu ao parto. Eu lembro do desespero do meu pai e da sua busca pela cidade atras de uma ama de leite para alimentar o meu irmão. Mas a criança morreu em poucos dias. Tudo isso o abalou e o fez querer emigrar. Mesmo com a oposição da família, ele tomou a decisão de tentar uma vida nova na América.

Martha tinha muitas recordações dessa infância na Europa e, numa noite, me contou que ela e o pai passaram duas semanas na casa dos avós maternos em Zagreb, para as despedidas antes do embarque.

— Eu estranhei muito aquela casa grande, cheia de salas, quartos e empregados, com móveis lindos, tapetes, lustres, totalmente diferente da nossa pequena casa em Drenova. Ficava numa rua movimentada no centro da cidade e vivia cheia de gente. Nos momentos em que ficávamos sozinhos, eu e meu pai ríamos dos hábitos e formalidades daquela gente que parecia tão diferente da minha mãe. Mas eu gostava muito da minha avó e ela de mim. Eu sentia que havia algo da minha mãe nela, não sei bem explicar. Mas as ocasiões em que podíamos ficar sozinhas eram raras, naquela casa grande e movimentada. Quando íamos à sinagoga, nosso grupo era formado por umas quinze pessoas, com meus avós, tias, tios e primos. Eu estava acostumada com a linda sinagoga da minha cidade e estranhei muito a de Zagreb. A nossa parecia mais judaica do que aquele prédio sóbrio e de linhas retas com um grande relógio no alto da fachada. Meu pai me disse que esse era o estilo moderno, mas eu não gostei.

Ela também se lembrava das discussões entre o pai e os tios, que queriam persuadi-lo a ficar na capital, ou pelo menos não levar a filha para o outro lado do mundo, onde ele não sabia o que o esperava.

— Meu pai era muito determinado e até eu, que era apenas uma criança, conseguia perceber que ele queria se afastar o mais rápido possível de tudo que lembrasse a minha mãe e a vida que eles tiveram antes. Ele era muito romântico, foi sempre apaixonado por minha mãe e eu o vi chorando escondido muitas vezes no jardinzinho da nossa casa em Drenova. Hoje eu penso que ele simplesmente não conseguia mais viver ali.

Pai e filha embarcaram em Trieste no final de 1907 em direção a Buenos Aires onde ele tinha conhecidos e, o mais importante, um convite para tocar numa boa orquestra.

— Esse era o seu sonho. Acho que desde jovem ele pensava nisso, mas no final fui eu que o impediu de realizá-lo.

Martha e eu tínhamos a mesma fascinação pelas grandes travessias transatlânticas e tínhamos o sonho de tornar a ver a Europa. Já havíamos vivido essa aventura, mas de pontos de vista muito diferentes, sei bem: eu, na primeira classe, e ela, no porão dos imigrantes.

O vapor *Argentina* que a trouxe para o Brasil era um navio de imigrantes com centenas de passageiros amontoados na terceira classe. Quando eu voltei da Europa o navio que me trouxe de Genova também trazia mais de setecentos imigrantes e eu pude ver com os meus próprios olhos como isso é. Se até a primeira classe de um transatlântico não deixa de ter os seus desconfortos, é difícil imaginar como é a vida na terceira classe.

Nos navios os espaços são sempre limitados, mas na terceira classe a falta de conforto é quase desumana até para os camponeses, acostumados à vida rude, que formam a esmagadora maioria dos passageiros. O convés de um navio de imigrantes se parece com a feira de uma pequena cidade. Já no primeiro dia de viagem, cada família ou grupo reserva para si um pequeno território, com fronteiras claramente demarcadas e se instala. Esses limites são respeitados por todos até o fim da viagem e, com tempo bom, a maioria das refeições são feitas ali mesmo, assim como a precária higiene a bordo. É ali também que homens e mulheres se misturam e não raro surgem discussões e brigas que a tripulação se encarrega de controlar. As acomodações são coletivas e os dormitórios, no fundo do porão, separam os homens das mulheres e crianças. Martha, que não tinha mãe, foi obrigada a dormir sozinha no dormitório feminino. O cheiro das centenas de corpos amontoados era tão penetrante que até hoje ela era capaz de se lembrar dele.

Na terceira classe era inevitável uma convivência intensa com os outros passageiros e, num navio repleto de italianos, a pequena família de judeus croatas constituía uma curiosidade que chamava a atenção. Embora o pai fosse muito discreto, a privacidade era impossível e a menina sem mãe atraía o instinto maternal daquelas italianas que se espalhavam pelo convés e logo várias delas assumiram a tarefa de cuidar da pequena, pentear o seu cabelo e trocar as suas roupas.

— Eu acho que meu pai se sentia um pouco culpado por ter me obrigado a vir para o outro lado do mundo e deixado todas as minhas lembranças para trás. E ele sabia a falta que eu sentia da minha mãe e procurava suprir isso de todas as maneiras que era capaz. Mas era impossível e todas as noites eu chorava sozinha no beliche do porão.

Chaia completou sete anos no navio e seu aniversário era uma das melhores lembranças que ela trazia da viagem.

— Eu era pequena e não sabia bem o que era o Natal. Mas, mesmo naquele navio repleto e malcheiroso, os passageiros, todos católicos, não iriam deixar de comemorar. Nos dias anteriores e principalmente na véspera, os preparativos eram muitos, e todos tiravam das malas as melhores roupas. Meu pai me fez acreditar que toda essa agitação era para comemorar o meu aniversário. Embora eu soubesse italiano e fosse capaz de me comunicar não entendia quase nada do dialeto áspero que os passageiros usavam para conversar entre si. E meu pai, com certeza havia combinado com as mulheres que o ajudavam a cuidar de mim, para me iludir e me fazer acreditar que haveria uma grande festa para mim.

— No dia 25, foi distribuída uma refeição especial, muito vinho, os passageiros cantaram e dançaram e meu pai tocou para todos. Muitos passageiros me abraçaram e beijaram, certamente a pedido do meu pai, que espalhou pelo convés que eu fazia aniversário. Eu, pela primeira vez, me senti feliz por ter saído da nossa terra e comecei a imaginar que a vida nova afinal talvez fosse boa para mim.

Quando me contou essa história, ela ainda ria da sua ingenuidade infantil.

A viagem era também uma prova de resistência que nem todos superavam. Durante os quase trinta dias que durou a travessia a menina foi ficando mais fraca e no final adoeceu. Nos dias seguintes ao Ano Novo, ela já não se levantava da cama e a sua febre persistente atormentou o pai que temia perdê-la antes do final da viagem. Quando o navio aportou em Recife para reabastecer, ele desceu à terra e fez um pequeno estoque de alimentos frescos e leite para a filha. Mas isso tudo durou pouco e a febre persistiu. Quando o navio finalmente atracou em Santos, ele resolveu desembarcar e, apesar da boa colocação prometida em Buenos Aires, e do antigo sonho de tocar numa orquestra, Shlomo achou melhor tentar se instalar por ali mesmo e cuidar da saúde da criança.

Embora inesperadamente desembarcado numa cidade da qual nunca ouvira falar e onde não conhecia ninguém, ele, em poucos dias, arranjou trabalho no *Grand Hotel de La Plage* no Guarujá onde tocava violino para os hóspedes. O hotel já era naquele tempo o refúgio de inverno da elite paulista, frequentado pela parcela mais rica entre os ricos, e mantinha uma pequena orquestra que se apresentava durante as refeições e à noite no salão.

— Quando recebeu o seu primeiro pagamento, meu pai comprou para mim uma roupa de banho de brim grosso, azul marinho com enfeites brancos, e todos os dias logo cedo íamos à praia e eu pude entrar no mar e brincar na água pela primeira vez, uma coisa que na minha terra ninguém fazia, Martha contou.

Eles viveram quase um ano ali e, com a boa comida, o sol e o mar, a menina se restabeleceu, aliviando as preocupações de Shlomo, que tentava reorganizar sua vida na nova terra. Martha dizia que eram desse período as suas melhores lembranças, de uma vida livre e em contato com pai, que estava ao seu lado quase todo o tempo.

Com um convite para ele trabalhar no Hotel D'Oeste, vieram para São Paulo em 1908.

— Meu pai era um violinista muito bom e em São Paulo não havia nenhum do nível dele. Ele estudou no Conservatório de Praga com o professor Svecik, um famoso professor de violino que todos os músicos conhecem. Meu pai tinha vários livros dele, que eu guardo até hoje, e fui eu que convenci o Di Franco a importá-los e oferecer na loja para os estudantes. Com o tempo eu fui entendendo que ele só se manteve na nossa terra porque minha mãe não queria ficar longe da sua família, mas sua vontade sempre foi correr o mundo e tocar numa grande orquestra. Por causa dela e por mim ele nunca conseguiu isso. Em São Paulo, ele se surpreendeu quando soube que não havia orquestras permanentes e passou a tocar nos teatros e cafés-concerto da cidade. Ele logo ficou conhecido e era muito requisitado. Nunca lhe faltou trabalho.

Essa foi a mudança mais sentida por ela, porque Shlomo trabalhava praticamente todos os dias até a madrugada, acordava tarde e já saía para tocar na sala de almoço do hotel no largo São Bento.

Numa noite, na rua dos Clérigos, eu lhe perguntei sobre a sua religião e sobre como ela havia se convertido. Eu acreditava que as freiras haviam pressionado a menina para torná-la católica. Mas ela não concordava com isso.

— Na praia não havia judeus e em São Paulo eram pouquíssimos. Eu me lembro que, logo que chegamos, meu pai me levou a uma sinagoga improvisada numa pequena casa próxima aos trilhos da Inglesa no Bom Retiro. Numa sala ficavam os homens e noutra as mulheres. Mas fomos poucas vezes lá, só nas festas e mesmo assim não em todas, porque isso também dependia de Shlomo ter trabalho naquele dia ou não. Ele trabalhava o tempo todo e as folgas eram poucas, e raramente coincidiam com as festas do nosso calendário, na verdade, meu pai não era religioso e nunca fez muito empenho em seguir os ritos, disse. — E eu não tinha mais a minha mãe para me ensinar. Hoje eu tenho muitas dúvidas. Sinto que devo voltar para a minha gente e quero conhecer melhor a minha religião e as tradições. Acho que preciso disso para poder ser eu mesma, ela completou.

Ela me contava essas histórias enquanto me servia o chá, que ela bebia quase todo o tempo e que eu aprendi a tomar com ela. Ela nunca se habituou ao nosso café e na sua casa havia uma espécie de chaleira de prata, muito bonita e antiga, com uma alça que tinha a parte central em marfim para servir como pegador. Ficava apoiada num tripé com uma lamparina no centro que mantinha a água sempre quente. Era herança da família da sua mãe e ela dizia que na sua terra, toda a casa possuía uma.

Foi o pai quem a levou ao colégio, como aluna externa, poucos meses antes de morrer. Ele queria que a filha prosseguisse estudando, mesmo depois de concluir o grupo escolar e tinha receio de deixar a menina, que estava crescendo, o dia inteiro sozinha com criadas que ele mal conhecia. Martha dizia que o pai tinha um gênio difícil e hábitos muito diferentes dos nossos e, na casa dela, as empregadas não duravam.

— Quando o meu pai morreu, fui obrigada a me mudar para o colégio e essa mudança me aterrorizou.

Naquela época, ainda havia pouquíssimos judeus na cidade e a órfã se encaixava precisamente na missão de caridade das freiras. A Congregação de *Notre Dame de Sion* foi fundada na primeira metade do século XIX na França. Sion é o nome bíblico de Jerusalém e foi Martha quem me explicou o significado dessa Virgem Maria tão diferente das outras a que estamos acostumados.

— Você pode ver a imagem colocada num nicho acima das grandes portas de entrada da escola. Ela mostra Maria, vestida com as roupas das antigas mulheres judias, segurando no colo o Menino Jesus com os braços abertos e as mãos espalmadas. Elas simbolizam a missão. Uma das mãos está aberta para o povo judeu e a outra para o povo cristão. *Notre Mère* Marie Auguste, a superiora da escola enquanto estive lá, nos repetiu essa história muitas vezes. Parece bobo, mas aquela imagem sempre me tocou, de uma maneira que não sei explicar, ela me disse.

Eu conheci o colégio e a sua história quando fiz numa das minhas primeiras tentativas de ganhar algum dinheiro com o belo escritório de advogado que eu havia montado na rua Líbero Badaró e que, antes da ruína da nossa família, me servia quase que apenas em encontros sociais, e às vezes, para rápidas aventuras amorosas. Depois da morte do meu pai e tendo que enfrentar a contingência de ganhar dinheiro, pedi aos amigos para que me auxiliassem a dar impulso ao negócio. O Rao, que possuía um escritório importante, foi um dos que me indicou para pequenos casos que sua banca não poderia atender. Um dos primeiros, foi o das irmãs de Nossa Senhora do Sion, que estavam às voltas com as complicadas obras de construção do colégio e necessitavam de alguém que desembaraçasse o processo na Prefeitura. Não era um trabalho que exigisse muito, e eu consegui cobrar um bom preço. Foi assim que eu conheci algumas das irmãs, entre elas a Irmã Paulina, uma espécie de faz tudo da escola e que era pessoa mais adequada para fornecer as informações de que eu precisava.

Martha sabia bem a história do colégio e gostava de me contar.

— A ordem foi fundada por dois irmãos judeus da Alsácia que, em momentos diferentes, se converteram ao cristianismo e se ordenaram padres. Seu objetivo original era fornecer educação cristã para meninas judias órfãs e para isso criaram uma pequena instituição em Paris. Para conseguir recursos, estabeleceram escolas para moças católicas. Com o passar do tempo, a ordem foi sendo transformada cada vez mais numa instituição dedicada à educação e tinha escolas espalhadas por todo o mundo, principalmente em regiões que não eram cristãs, primeiro em Jerusalém, onde construíram um convento no local onde se acredita que Pilatos apresentou Jesus à multidão, e depois em Istambul, Esmirna, Alexandria, Túnis, lugares assim. Chegaram ao Brasil no fim do Império, e aqui se dedicavam à formação das filhas das melhores famílias da terra, como em São Paulo.

Era, de fato, uma escola para moças ricas, mas elas também mantinham uma seção de ensino simplificado para meninas pobres, que recebiam instrução em troca de serviços de limpeza e manutenção. Eram chamadas de *Petites Marthes* em referência à irmã de Lázaro, que no Novo Testamento recebeu Jesus em sua casa e, enquanto ele pregava, se ocupou com os serviços domésticos e da preparação da refeição. A minha Martha foi uma das primeiras alunas e era a única menina judia da escola. Vivia junto com outras cinco ou seis *petites marthes* num dormitório coletivo atrás do prédio principal onde ficavam as salas de aula e os dormitórios das alunas pagantes. Como tinha um nome difícil de escrever e mais ainda de pronunciar, logo perdeu o seu nome judeu e ganhou o da personagem bíblica. Com o nome cristão, recebeu educação religiosa, converteu-se e foi batizada.

Martha passou seis anos no Colégio e nunca se desligou inteiramente da convivência com as freiras que a educaram e sobretudo com a Irmã Paulina, que ela ainda chamava de *ma mère* Marie Pauline. Eu demorei um pouco para me acostumar com a forma como as alunas, e quem mais passasse por lá, deviam se dirigir às freiras. As irmãs eram chamadas por *Ma Mère* antes do nome e a superiora, de *Notre Mère*, simplesmente.

Foi a Irmã Paulina que organizou a vida daquela criança judia sem parentes na cidade e protegeu o seu pequeno patrimônio. O pai havia lhe deixado, além de uma casinha na rua dos Clérigos, um pequeno pecúlio na Economizadora Paulista, que ele acumulou durante os anos de trabalho no Brasil e do qual ela pode dispor quando completou 21 anos. Além disso, a própria freira tratou de manter a casa alugada enquanto a menina vivia no colégio e depositou esse dinheiro na Economizadora todos os meses. Era uma casa pequena, de esquina, construída num terreno estreito e comprido, numa ruazinha paralela aos trilhos da Inglesa. Tinha duas janelas altas, um corredor de acesso à direita com um portãozinho de ferro e fazia esquina com uma rua ainda menor, que terminava nos muros da linha férrea. Embora fosse mais ou menos próxima à minha casa, ficava do outro lado dos trilhos, era um lugar retirado e discreto e, tenho certeza, são poucos os paulistanos que, alguma vez, andaram por ali.

— No colégio, a sensação de solidão era angustiante e, embora eu já conhecesse aquele prédio enorme com vários andares e intermináveis corredores, nunca havia passado a noite lá. No lusco fusco das tardes, as figuras daquelas freiras com seus hábitos negros percorrendo as longas galeria quase escuras, me assustavam um pouco.

— Nos primeiros dias, eu apenas procurava um canto onde ninguém me visse e chorava escondido. Eu tinha medo de todos, principalmente das outras meninas, que eram de famílias ricas, enquanto eu era pobre e não tinha ninguém. Mas logo percebi que a maioria nasceu na fazenda dos pais e o Sion era a maior aventura das suas vidas. Eu já havia percorrido meio mundo e visto muita coisa.

Martha, possuía habilidades que a destacavam e isso a ajudou a se adaptar à vida da escola. Além do italiano e do alemão que o pai fez questão que ela aprendesse ainda em Drenova, ela falava também o croata, sua língua natal e o sérvio, que, segundo ela, era muito semelhante, apenas com a diferença de ser escrita no alfabeto cirílico, como o russo, e que ela aprendeu sozinha, lendo os livros em sérvio que o pai trouxera da Europa. Além disso tudo, falava também o iídiche, usado por quase todos os judeus da Europa.

Com essa extraordinária experiência, em menos de três meses ela aprendeu o francês, que era o idioma corrente na escola. As freiras falavam muito mal o português e a Irmã Paulina é uma notável exceção, até hoje, como eu mesmo testemunhei muitas vezes. Se contava na escola que a antiga superiora obrigou as freiras a aprenderem melhor o português depois de um incidente durante uma visita do prefeito ao colégio. As irmãs, sem conhecer bem a nossa língua, tratavam a todos por você, como se fosse *vous* em francês. Dirigindo-se, numa das cerimonias do colégio àquela alta autoridade da cidade, fizeram isso, para espanto dele e dos demais visitantes. A partir desse dia, todas as freiras voltaram para a escola. Mas o resultado foi sofrível e mesmo agora, apenas *mère* Pauline se expressa perfeitamente bem em português.

Martha também se deu conta, rapidamente, que as suas habilidades a ajudariam a se relacionar com as outras alunas.

— Nas aulas de música, uma das meninas trouxe uma ária italiana que as freiras logo proibiram que as alunas aprendessem porque era indecente e exaltava o pecado. Todas ficaram curiosas para saber o que dizia a letra, mas não havia italianas na escola. Eu sabia bem italiano e, quando vi que era *Sempre Libera*, uma ária da *Traviata* que eu já conhecia, não só traduzi imediatamente, como toquei a peça no piano, num momento em que estávamos sozinhas. Logo apareceram outras peças em alemão que eu traduzi também e todas as meninas fizeram amizade comigo.

A caligrafia também aproximou Martha das colegas. As aulas de caligrafia eram obrigatórias e tinham grande valor no colégio porque uma boa letra era sinal de cultura e de uma educação adequada para aquelas meninas ricas. Martha rapidamente aprendeu a fazer todo o tipo de letras, ronde, gótica e uma infinidade de letras decorativas e era capaz de copiar qualquer texto com perfeição, ao ponto de a professora externa que dava aulas no Sion, lhe passar pequenos trabalhos, que ela executava com prazer.

Ainda assim, nos primeiros tempos ela era obcecada pela ideia de voltar para a sua terra e a sua família.

— Logo que cheguei à escola, escrevi uma longa carta para a minha avó materna e minhas tias pedindo dinheiro e passagens para voltar. Mas antes que a minha correspondência chegasse, um patriota sérvio matou o arquiduque Franz Ferdinand, herdeiro do Império, em Sarajevo, os austríacos invadiram a Sérvia e a guerra começou. Obviamente eu não recebi resposta e o tempo foi passando. Uns meses depois, espalhou-se entre as Martinhas que a *Mère* Marie Jeanne iria voltar para a França, apesar da guerra. Quando eu soube, me enchi de coragem e pedi para falar com a *Notre Mère*. Ela era muito severa e todos tinham medo dela, até as outras freiras. Mas pedi assim mesmo e ela, para minha surpresa, me atendeu imediatamente. Ela ocupava uma sala grande, no fim de um pequeno corredor, reservado às salas da administração. Era uma área, logo à entrada, onde circulavam os pais de alunas, gente que tinha negócios com as freiras e autoridades que de vez em quando iam ao Sion. Ficava longe do território ocupado pelas alunas e eu, que nunca havia entrado na sala da superiora, percorri esse longo trajeto tremendo por dentro. Mas eu estava decidida e contei a minha história num fôlego só. Para não sucumbir ao medo, enquanto falava fui passando em revista com os olhos aquela sala enorme com as paredes forradas de madeira escura e para evitar olhar diretamente para a *Notre Mère*, me fixei na cadeira de espaldar alto onde ela se sentava, uma cadeira antiga com um encosto de couro lavrado, fixado com grandes tachas de latão dourado que brilhavam com a luz que entrava pelas janelas. Eu era uma das martinhas e entre às minhas tarefas, tinha obrigação de ajudar na cozinha e na limpeza. Enquanto falava ia pensando no trabalho que devia ser necessário para polir e manter brilhando aquelas pequenas peças de latão. Isso me ajudou a chegar ao fim do meu discurso.

Ela contou tudo isso rindo, enquanto escovava os seus cabelos rebeldes sentada na penteadeira do quarto, e eu, da cama, observava a mim e a ela refletidos no espelho. Acho que essa foi a primeira vez que ela me tocou e que eu me senti verdadeiramente próximo de uma mulher.

— Disse tudo a ela, continuou. Pedi, na realidade implorei, para que ela me autorizasse a acompanhar *Mère* Jeanne. Meu sonho era que as freiras liquidassem os meus bens e me dessem o dinheiro para eu voltar para a Europa. Tinha certeza que estando lá, minha família me resgataria. Ela ouviu tudo enquanto me olhava em silêncio e demorou alguns instantes para responder. Afinal, ela explicou, com muita paciência, que as condições na Europa eram incertas e que mesmo na França a vida era muito difícil por conta da mobilização, do racionamento e tudo o mais. E depois, seria impossível atravessar o continente e ir de Paris a Zagreb, onde morava a minha avó, em plena guerra. Ela, ao contrário do que eu imaginava, me tratou muito bem e embora se negasse a realizar o meu sonho, me fez sair da sua sala mais tranquila do que quando eu entrei. Foi nesse tempo que *Mère* Marie Pauline se aproximou mais de mim. Ela me via chorando na minha cama à noite e vinha rezar comigo, dizendo que Nossa Senhora me protegeria e, com certeza, me levaria por um bom caminho. Durante o dia, sempre procurava me ocupar e conversar comigo. Aos poucos fui me aproximando dela cada vez mais e, enfim..., me conformei com a vida no colégio.

Quando falava, Martha sempre me passava a impressão de alguém que tinha convicção do que dizia. Acho que ela devia ter sido sempre assim e provavelmente foi por isso que a superiora a ouviu com atenção. Ela tinha esse poder. Sempre que abria a boca os olhares se voltavam para ela, era uma espécie de magnetismo que atraía quem estava perto. Era diferente, eu já disse.

— Escrevi muitas cartas para a Europa, mas não tive resposta. A primeira notícia que eu recebi, uns dois anos depois do início da guerra, foi remetida de Atenas por um tio que eu mal conhecia e que havia se casado com uma das irmãs da minha mãe depois de nossa viagem para o Brasil. Ele escrevia em nome da minha avó e contou que a família soubera da morte do meu pai e tentara me resgatar através de judeus que viviam em Buenos Aires, que ele supunha que ficasse pertíssimo de onde eu estava. Mas foi só isso. A guerra interrompeu totalmente as comunicações e eu só voltei a ter notícias deles depois que tudo acabou.

— Com o tempo fui me dando conta que o melhor era aguardar as coisas se resolverem na Europa. Além disso, eu conhecia pouco a família da minha mãe e meu pai não gostava deles. Era recíproco. Quando eu estive em Zagreb para as despedidas, embora fosse pequena ainda, percebi que a família de lá não respeitava o meu pai. Hoje eu entendo. Minha mãe era uma mulher bonita, todos diziam isso, e pertencia a uma das melhores famílias judias da Croácia. Meu pai era um simples músico, incapaz de dar a ela o conforto e segurança que eles queriam para a filha. Isso era assim mesmo e a nossa casa em Drenova era muito simples, bem diferente das casas dos parentes em Zagreb. Minha mãe contava que havia tido muitos pretendentes, mas recusara todos e fugiu para se casar com meu pai.

Além de uma assombrosa aptidão para as línguas, Martha tinha também uma boa base musical que adquiriu com o pai e que procurou ampliar se aproveitando das lições que as irmãs ministravam às moças da elite que frequentavam a escola. Foi no Sion que ela se tornou excelente pianista e, ao contrário das jovens estudantes, filhas de famílias ricas, Martha logo percebeu que a música podia ser uma alternativa de trabalho que estava ao seu alcance e era respeitável. Isso impulsionou a sua vontade de aprender. Ademais ela cantava muito bem, tinha uma bela voz e no colégio desenvolveu esse dom com uma das freiras que era conhecida professora de canto. Embora algumas das irmãs esperassem que ela ingressasse na ordem como irmã conversa, Martha, quando completou 18 anos, ao invés de se tornar freira, ou voltar para a Europa, optou por sair do colégio e trabalhar. As cartas que finalmente chegaram de Zagreb lhe contaram sobre a morte da avó e Martha já não se sentia tão empenhada em voltar.

— Sem minha avó e passado tanto tempo, não sei se eu saberia conviver com esses parentes que eu deixei aos sete anos e que agora não sei se reconheceria. Além disso eu queria viver por minha própria conta e decidir os meus caminhos. Se voltasse, a primeira providência da família seria me arranjar um marido e, em pouco tempo estaria casada e presa ali.

Foi a Irmã Paulina quem a orientou e levou até a Casa Di Franco, na rua São Bento, onde ela se empregou graças à influência das irmãs que conheciam bem ao Antônio Di Franco, que tinha a melhor loja de música de São Paulo e fornecia instrumentos e partituras para o colégio.

A loja da rua São Bento, vendia tudo que dissesse respeito à música — instrumentos de todos os tipos, violinos, violas, bandolins, cordas —, mas o forte da casa eram os pianos e as partituras, editadas aqui ou importadas. A loja era representante no Brasil de grandes editoras musicais, como a Schott Frères, de Bruxelas, que era a preferida das minhas irmãs.

O Antônio Di Franco era um napolitano alegre e expansivo como todos os meridionais e apaixonado por música. Começou fabricando bandolins e prosperou rapidamente.

Era um tipo muito característico, usava os bigodes frisados a capricho e tinha uma cabeleira alta, que se reconhecia de longe. Eu o conhecia desde menino, quando ia à loja com meu pai comprar partituras para minha mãe e minhas irmãs. A loja era frequentadíssima e muitos artistas que se apresentavam no Theatro Municipal visitavam o estabelecimento. Uma das principais atrações da casa era um quadro, instalado com destaque numa das paredes próximas à entrada, com uma caricatura do proprietário desenhada e assinada por ninguém menos que Enrico Caruso, que visitou a loja em 1917 quando cantou em São Paulo.

Antônio, um comerciante espertíssimo, logo percebeu que a menina do colégio lhe podia ser muito útil. Na loja, Martha se encarregava de mostrar as novidades para as clientes, a maioria jovens que estudavam piano e vinham acompanhadas pelas mães. Como a clientela era predominantemente feminina, havia várias moças trabalhando lá. Ela logo se destacou e usava o que havia aprendido com o pai e no colégio, executando as partituras acabadas de chegar da Europa num dos muitos instrumentos da casa. Nunca havia menos de dez pianos espalhados pelos salões, encostados às paredes entre as estantes e mostruários que exibiam uma infinidade de itens musicais. Martha era ótima pianista, e não só exibia os instrumentos, como lia qualquer partitura, tocando-as de modo a parecerem fáceis. Além disso, também cantava com sua voz linda. Logo ela se tornou a principal atração da casa e as vendas prosperaram.

Martha era uma mulher diferente, já disse isto. Não sei por que, mas é assim. Não é por ser estrangeira ou judia. É outra coisa, que está nela, mas que é difícil de compreender. Ela também percebia que não era igual às outras, não se parecia com nenhuma das moças que conhecera e talvez por isso não tivesse amigas, apenas colegas de escola e de trabalho. Acho que a sua única amiga, de fato, era a Irmã Paulina.

— A minha vida não passa de uma sucessão de perdas — ela várias vezes me disse isso. Não se podia dizer que não fosse verdade. Ainda criança, ela perdeu sua família, sua casa e tudo o que ela conhecia e estava habituada na Europa, as raízes judaicas, a sua religião. Finalmente, ficou sem o pai. Talvez por isso fosse tão forte e determinada.

Perder alguma coisa é muito diferente do que nunca a ter tido, isso eu sei. Eu também sei o que é perder, mas isso não me fez mais forte. Ao contrário dela, quem sabe eu tenha me tornado mais cauteloso. Covarde, talvez, mas não quero usar essa palavra.

19
Irmã Paulina

— Mas o senhor não me perguntou por que eu vim procurá-lo. — Os olhos da Irmã Paulina, embora ainda vermelhos de emoção, brilharam olhando diretamente os meus. Aquilo me fez sentir um pequeno calafrio.

— Eu imaginei que a senhora, sabendo como Martha e eu éramos próximos, quis logo me dar a notícia. E suponho que a senhora queira que eu também ajude no enterro e nas providências para liberar o corpo na Polícia. Disse isso contornando a poltrona e sentando-me, bem em frente a ela, no amplo sofá de couro castanho avermelhado, que dava imponência e dignidade à minha sala de receber. Embora aquela conversa toda me incomodasse, não pude deixar de observar a freirinha, mal acomodada naquele móvel enorme, feito para ser confortável. Ela se sentava ereta, na ponta do assento e com as costas bem distantes do encosto porque se ela afundasse na poltrona, suas perninhas não alcançariam o chão e o efeito seria ainda mais cômico.

— Não apenas isso doutor! Eu sabia que o senhor faria essa caridade e a Virgem Maria há de recompensá-lo. Mas o que também me trouxe aqui, antes de ir a qualquer lugar, foi um bilhete que Martha deixou. Aqueles energúmenos da Polícia não se deram ao trabalho de revistar as gavetas e eu encontrei num livro, ao lado da cama dela, este papel. É para mim e para o senhor.

Minhas mãos tremeram um pouco quando eu apanhei o bilhete que a freira me entregou. Antes mesmo de tê-lo nas mãos pude reconhecer a inconfundível letra dela, uma caligrafia desenhada cuidadosamente, com as letras inclinadas para a direita e alinhadas perfeitamente. Parecia um texto que havia sido impresso, não feito à mão livre.

Ma Mère
S'il m'arrive quelque chose de mauvais, cherchez pour le docteur Augusto

— Como se pode ver, ela não terminou o que ia escrever. Algo a interrompeu. Já acho isso muito suspeito. Mas o importante é que ela estava pedindo a nossa ajuda. Éramos os seus únicos amigos, as únicas pessoas em quem ela confiava. Nós temos que atendê-la e descobrir o que aconteceu, doutor.

Concordei um pouco atrapalhado e também me ofereci para pagar as despesas do funeral. A Irmã Paulina me agradeceu, tomando as minhas mãos.

— Eu tinha certeza de que poderia contar com o doutor. Mas o mais importante é tentarmos conhecer direito toda essa história. Eu sei que o senhor tem muitos amigos na Polícia e com a sua influência eles vão nos ajudar.

— Vamos torcer para que a senhora tenha razão. Mas agora acho que a prioridade é liberarmos o corpo e providenciar o enterro. Vamos ver se conseguimos um carro de praça para ir à Cidade.

Depois de algumas tentativas consegui um automóvel de aluguel na Garage Paysandu, na rua Visconde de Rio Branco, e ele chegou em poucos minutos. O motorista nos contou que os tiros de canhão e metralhadora que ouvíamos desde o amanhecer eram dirigidos ao quartel do 4º. Batalhão, na avenida Tiradentes que ainda se achava em posse do governo. Um dos prédios fora bombardeado e ardia em chamas. Quando saímos, pudemos ver os grossos rolos de fumaça que subiam, à esquerda da torre da estação da Luz.

Tratei com o chofer – por um bom preço – para ficar à nossa disposição até conseguirmos resolver tudo e tocamos para a Central no largo do Palácio. Mas antes eu queria falar com o Pedro na 1ª. Delegacia. Ele com certeza poderia acelerar as coisas e nos dizer qual era a opinião da polícia.

Mal havíamos saído, ouvimos o barulho tremendo de um novo bombardeio. Diversas granadas explodiram, e o alvo, não havia dúvidas, era o Palácio dos Campos Elíseos. Embora corrêssemos na direção oposta às explosões, era inevitável a sensação de fim de mundo. Nosso automóvel seguia sozinho pelas ruas e quase não se via ninguém nas calçadas. Na esquina da rua Anna Cintra, vimos uma senhora com duas crianças deitadas na calçada. A freirinha mandou o chofer parar e sem fazer caso das explosões desceu do carro sem esperar que ele estacionasse. Fui atrás dela, mas assim que nos aproximamos a senhora se levantou com dificuldade. Estava bem-vestida e assim que nos aproximamos vimos que era italiana. Não estava ferida, havia se atirado ao chão com as crianças para se proteger.

— *Madona mia Santíssima! Santa Maria Virgine! Maledetta sorte! Moriremo tutti in questá città!* Ela ia prosseguir com os impropérios, quando se deu conta da presença da freira. Resmungou um *"scusi, scusi"* e seguiu pela rua, procurando espanar com as mãos o pó da sua roupa, sem nem ao menos nos agradecer. A Irmã Paulina voltou sorrindo para o automóvel. Era a primeira vez que eu a via sorrir aquele sorriso ironico que, depois eu percebi, era a sua marca registrada.

— Se isto não acabar logo, vai ser impossível continuar na cidade, eu disse. Nem sei como seremos recebidos na Central. Imagine em que tumulto vive o governo numa hora dessas.

— Eu sei doutor, sei bem. Mas temos um dever cristão, de dar uma sepultura digna e o descanso necessário a essa pobre moça, que teve uma vida de tão cheia de dificuldades e, sobretudo, descobrir quem a matou.

— Mas Irmã Paulina, nós nem sabemos como ela morreu ainda. Mas a freira não respondeu, apenas apertou maternalmente a minha mão, enquanto o automóvel seguia para a cidade.

Achei melhor procurar o Pedro na sua delegacia antes de qualquer coisa. Embora em todo o trajeto se pudessem ouvir tiros aqui e ali, conseguimos chegar à praça da Sé em relativa tranquilidade. O nosso motorista procurou fugir das vias mais movimentadas e estacionamos na Quintino Bocaiúva no trecho mais largo e que faz esquina com a Barão de Paranapiacaba onde ficava a delegacia do Pedro. É uma rua escondida, com não mais de cem metros, e tem apenas um quarteirão que termina na Sé. O lado que o nosso condutor escolheu de fato parecia mais seguro do que a praça enorme, onde havia grupos de soldados espalhados em diversos pontos. Percorremos a pé os poucos metros que nos separavam da delegacia. Eu segui colado às paredes das lojas fechadas e com as portas de aço baixadas, mas a Irmã Paulina, seguiu normalmente pela calçada como se estivéssemos passeando pela cidade numa manhã ensolarada. A freira era minúscula, tinha o tamanha de uma criança grande e a brisa que agitava o seu hábito preto naquela rua deserta fazia aquela situação parecer ainda mais bizarra do já era.

Na porta da frente da delegacia, sacos de areia formavam uma pequena barricada e dentro e fora do prédio, circulavam muitos soldados armados com fuzis. O Pedro nos atendeu logo e a Irmã fez um resumo das suas inquietações. Eu, da minha parte, pedi ajuda para apressar a liberação do corpo da moça. Ele procurou parecer positivo, mas qualquer um podia ver que sua cabeça estava noutro lugar. Prometeu fazer tudo que estivesse ao seu alcance.

— Madre Paulina, eu vou fazer o que puder. Mas a situação está muito confusa e eu creio que existem muitos corpos no Gabinete de Medicina Legal aguardando exame. Mas vou mandar uma ordenança lá e pedir pressa. É o que eu posso fazer. Em condições normais eu iria tratar disso pessoalmente, em atenção ao meu amigo Dr. Augusto, mas não posso sair do meu posto. Disse isso a ela e depois se dirigiu a mim.

— Augusto, você não imagina como estão as coisas aqui. E falando mais baixo, completou; — Acho que o governo está perdendo o controle da situação. Imagine que nesta madrugada os revoltosos invadiram a delegacia da rua dos Andradas e tomaram posse do prédio. Se infiltraram numa loja do outro lado do quarteirão, na rua do Triunfo, subiram pelo forro e, pelos telhados, saltando de prédio em prédio, chegaram à delegacia. Os soldados que vigiavam a rua foram pegos de surpresa e se renderam. Agora o Bento Bueno, secretário de

Justiça, ordenou vigilância nos telhados, além das ruas. Mas é evidente que não temos pessoal para isso e até os policiais estão apreensivos. A conclusão é que os plantões agora são de 24 horas e praticamente não posso sair da delegacia.

— Bem, Pedro, nessas condições vai ser bem difícil a polícia investigar a morte dessa moça. Disse isso como se me dirigisse à freira. Mas ela não se deu por achada.

— Meus filhos eu vou rezar para Nossa Senhora e tenho certeza de que ela mostrará a vocês o melhor caminho para que a justiça seja feita.

Quando voltamos, o nosso chofer estava conversando com um rapaz numa porta de sobrado, entreaberta, entre as muitas portas de lojas fechadas. A Irmã Paulina assim que o viu, determinou.

— Já é quase uma hora da tarde. Esse rapaz precisa comer alguma coisa se quisermos continuar.

—Bem, irmã, na realidade não só ele! Também estou com fome. Mas como fazer para arranjar algo para comer, com tudo fechado na cidade?

Nosso motorista, que não devia estar pensando em outra coisa, lembrou logo. — As padarias estão abertas. Aqui adiante temos a Santa Thereza, que não fechou nem na gripe espanhola. Pode-se ir até lá num minuto.

Seguimos com o auto pela rua Quintino Bocaiúva até a Senador Feijó e atravessamos a Sé, rente à nova catedral. Eram poucas centenas de metros e a padaria ficava na rua de Santa Teresa, quase ao lado do novo prédio da Cúria, onde, em dias normais, se poderia encontrar o arcebispo. Essa curta travessia foi uma prova cabal de que a fome pode superar até o medo. A padaria parecia estar funcionando em meio àquele caos. Comemos alguma coisa no balcão mesmo e a freirinha pediu um guaraná champagne da Antarctica. Meu primeiro impulso foi pedir uma cerveja, mas acabei achando melhor ficar com o guaraná. O motorista, animado com o lanche começou a conversar. Era um português da Ilha da Madeira, expansivo como todos os seus conterrâneos.

— O rapaz com quem os senhores me viram a falar é aprendiz na Alfaiataria Lemos, que fica no alto daquele sobrado. Ele mora na rua São Caetano, mas diz que lá não se pode ficar porque as bombas e os tiroteios são constantes. Os quartéis ficam a trezentos metros da pensão onde ele mora e não há silêncio, nem de dia e nem de noite. O patrão lhe deu licença para dormir na oficina, mas lá ele também não está sossegado e quer ir-se embora. Se isto não se acabar logo...

Quando saímos, eu decidi passar antes na Polícia Central e falar com o dr. Líbero que é o diretor do Gabinete Médico Legal e que foi a primeira pessoa que o Pedro recomendou que eu procurasse. Como eu havia feito no sábado, tentamos alcançar o largo do Palácio pela rua do Carmo evitando os pontos com muitos soldados, mas não foi possível. À nossa frente, a rua estava ocupada com um grande número de automóveis e caminhões do Exército e da Força Pública, que impediam a passagem. Estacionamos na rua Wenceslau Brás e o chofer desceu para perguntar o que havia. Voltou com uma notícia bombástica.

— O presidente Carlos de Campos deixou o palácio dos Campos Elíseos. Parece que os revoltosos acertaram uma bomba nos jardins e os militares decidiram que era melhor sair dali. Vieram cá, para o palácio da cidade. Por isso esse tumulto.

— Sendo assim é melhor irmos direto para o necrotério na 25 de março e ver o que se consegue por lá, eu disse.

Passamos a tarde ali naquele lugar triste esperando as providências para liberar a infeliz Martha e providenciar um enterro digno, como a Irmã Paulina pretendia. Com o passar do tempo o Argemiro, o nosso condutor, foi ficando à vontade e conversava com todos os que estavam por ali, funcionários e as famílias que, como nós, esperavam liberar os corpos. Ia colecionando as histórias tenebrosas das vítimas da revolução e, a cada episódio, vinha nos fazer um relato detalhado. Eu não aguentava mais aquela conversa, mas a Irmã Paulina parecia apreciar e enchia o português de perguntas. Pelo meio da tarde, novas explosões fizeram o prédio tremer, indicando bombas explodindo muito perto de nós. Depois de cada explosão ficávamos à espera da próxima e da próxima. Dessa vez o alvo parecia estar no alto da colina, onde se localizavam os prédios do governo. O Argemiro falava com um e com outro e, antes de anoitecer, veio com a notícia de que a Secretaria de Justiça, ao lado do Palácio, havia sido atingida por um tiro certeiro e o prédio estava seriamente abalado.

Já eram dez da noite quando obtivemos a promessa de que a Martha seria liberada no dia seguinte logo pela manhã. Estávamos todos cansados, mas antes de voltar decidi parar por um minuto na delegacia do Pedro e saber as últimas. Ele ainda estava lá, sem paletó, com as mangas da camisa dobradas e a gravata frouxa no colarinho aberto, firme no seu plantão. Me chamou para a sua sala e me disse em particular.

— O largo do Palácio foi bombardeado diversas vezes. Parece que a pontaria dos revoltosos melhorou muito e o prédio da Secretaria de Justiça foi atingido e ameaça desabar. Não há

condições de garantir o presidente do Estado ali e ele, a família, e todas as principais autoridades abandonaram a cidade.
— Fiquei tão surpreso que não soube o que responder.
— Não sei dizer se eles já sabem disso, mas amanhã estaremos sob o comando dos rebeldes, completou.

20
Uma vida regalada

Depois da morte do coronel e da entrega da propriedade, a nossa família teve que se rearranjar. Principalmente a minha mãe, que não tendo o marido e nem a fazenda para cuidar, tinha pela primeira vez que enfrentar a vida sem um rumo definido. Com as filhas já casadas, a maior preocupação de minha mãe era garantir o futuro do meu irmão e o meu. Quinzinho tinha apenas dezoito anos e mal iniciara o curso de engenharia no Rio. No meu caso, o que mais a afligia era o fato de que eu, embora já tivesse 28 anos, "ainda não assentara a cabeça e dera um rumo para a minha vida". Ou seja, não tinha uma noiva em vista e nem dava mostras de querer me casar proximamente. Mães são todas mais ou menos iguais e a minha não diferia da maioria. A minha resposta era sempre a mesma. Eu não pretendia me comprometer, mas sabia que estava cada dia mais próximo dos trinta anos e em algum momento teria que tomar uma decisão.

Até perdermos a fazenda, eu confesso que não tinha a mínima preocupação com o futuro. Meu pai me parecia eterno e o café, apesar de todas as dificuldades, sempre garantiu a fortuna dos fazendeiros. Volta e meia conhecíamos casos de cafeicultores que quebraram, mas sempre que isso acontecia, havia uma justificativa plausível. Dívidas de jogo, mulheres, ou o vício da bebida eram as explicações mais comuns. Às vezes, se comentava um caso ou outro de investimentos imprudentes ou brigas na família. Mas nada parecido com o que nos havia acontecido. Fomos atingidos por uma reviravolta tão grande que impediu qualquer reação. Foi isso que matou o meu pai, não a gripe espanhola.

 Até a geada ter virado a minha vida de cabeça para baixo, eu não podia me queixar. Meu pai sempre quis me cercar de todas as garantias, e sobretudo me preparar para assumir os negócios da família em condições melhores do que as que ele teve quando construiu o seu patrimônio. Ele sempre dizia que era apenas um aventureiro e tudo o que construiu foi graças à sua capacidade de trabalho e à sua ousadia.

 — Tudo o que nós temos, eu construí apenas com suor e coragem, trabalhando como um cativo. Eu, quando era moço, não sabia nada e nem tinha quem pudesse me orientar. Aprendi tudo na prática. Hoje já não é assim, é preciso saber como as coisas funcionam. Por isso é que as principais famílias do café mandam os filhos para a Alemanha, a Inglaterra. Sem conhecimento e traquejo não se vai longe. — Ele me repetiu isso muitas vezes.

 Pela vontade dele, eu teria estudado engenharia ou agronomia na Alemanha ou Estados Unidos. Mas eu nunca tive jeito para essas coisas e matemáticas não eram o meu forte. Muito menos tinha disposição para aprender alemão. O sonho de minha mãe era ter um filho doutor e ambos se deram por satisfeitos quando eu entrei para a Academia de São Paulo para estudar Direito. Entrei em 1908 e saí formado em 1912. Para os meus pais, a minha formatura talvez tenha sido o momento de maior satisfação que eu pude lhes oferecer em toda a vida. Os preparativos duraram meses e a cerimônia era quase como um casamento. A família inteira se transferiu para São Paulo no início de dezembro e só voltou para a fazenda depois do ano novo. A minha turma tinha dezesseis formandos e colamos grau no dia 14 de dezembro, um sábado. De manhã, o bispo Dom Duarte Leopoldo rezou uma missa cantada na Igreja de Santa Efigênia, que servia como catedral provisória e à tarde, no salão nobre da faculdade, se deu a colação de grau solene. Encomendavam-se flores, as famílias preparavam as toaletes e as modistas de renome eram muito disputadas. Havia quem encomendasse os vestidos no Rio e até em Paris. Os formandos, como uma noiva, tinham que providenciar um enxoval especial, também preparado com grande antecedência. Vestíamos um fraque de lã mescla, com colete de fustão, gravata *plastrom* com um prendedor de pérola, calça cinza risca de giz, luvas e polainas de camurça e cartola de seda. Eu, que sempre procurei me distinguir pela elegância, optei pela claque, uma cartola de mola que se achata depois de usar e que era muito mais *chic*. Hoje quase não se usa, mas naquela época era moda. Para completar o traje usávamos, para entrar e sair, mesmo que fosse da porta de casa até o carro, um sobretudo fino para cobrir a casaca. Quando deixamos o hotel para a colação de grau, meus pais me deram de presente um lindo relógio *Patek* e uma *chàteléne* de ouro. No fundo da caixa vinha gravado o meu nome, a data da formatura e a inscrição "com o amor dos seus pais". Eu chorei, confesso, quando o recebi.

Depois da cerimônia, o pai de um dos colegas mais ricos, senador e fazendeiro, deu uma grande festa num palacete em Higienópolis e todos os formandos compareceram. Mas não foi a única. Praticamente todas as famílias organizaram festas, a que a maioria dos novos bacharéis comparecia. Eu me lembro de ter ido a pelo menos dez. Meu pai, que não era tão relacionado em São Paulo, ofereceu um jantar no Salão Germânia, na rua Dom José de Barros para mais de cem convidados. Veio gente de Minas, de Santos e até de Cravinhos. No início do ano, já na fazenda, meu pai fez outra festa para os amigos e vizinhos e nessa havia com certeza mais de trezentas pessoas.

Também como presente de formatura meu pai me mandou para a Europa para que eu adquirisse cultura e, segundo ele "traquejo social". Ele demorou a se casar e quando eu me formei já havia passado dos sessenta anos e tinha pressa. Queria que eu assumisse logo os negócios e a fazenda e sabia que para romper os limites estreitos da lavoura, ganhar dinheiro de verdade e conquistar a independência com a qual ele sonhava, era preciso ter contatos e conhecimento do mundo. Ele sabia que esse desafio não estava mais ao alcance dele e fez tudo para me preparar para enfrentá-lo.

Pelo final de fevereiro depois de mais de um mês de férias na fazenda, viemos todos novamente para São Paulo e a família acompanhou ao meu embarque para a Europa. O grupo que foi assistir à minha partida em Santos, somava mais de vinte pessoas e ocupamos quase um vagão inteiro do trem especial que a ferrovia destinava aos passageiros e seus convidados cada vez que um vapor partia ou chegava da Europa. Eu devia passar seis meses no Velho Mundo, mas meu pai me incentivava a aproveitar ao máximo essa oportunidade e não se queixava dos gastos. A cada quinze dias a Casa Carvalho, remetia aos seus correspondentes onde eu estivesse as libras ou francos necessários para a minha manutenção e despesas. Acabei ficando até novembro quando o frio do inverno me expulsou de volta para o Brasil.

Quando voltei, encontrei a casa nova na alameda Nothmann, que meu pai havia comprado com os ganhos desse ano de lucros extraordinários, ricamente mobiliada pela minha mãe e minhas irmãs. Para me poupar do aborrecimento, meu pai pediu a dois funcionários da Casa Carvalho que desembaraçassem as bagagens na alfândega e, dois dias depois, minhas malas e baús chegaram à casa nova e eu pude distribuir os muitos presentes que trouxera para todos. Atendi à longa lista de encomendas de minha mãe e minhas irmãs e trouxe também um estoque completo de roupas de inverno e verão compradas em Paris e principalmente na *Selfridges*, em Londres, a loja mais linda do mundo, onde eu ia dia sim, dia não, enquanto estive na cidade. Muitas vezes ia apenas vadiar pelos corredores e sentir os perfumes que as jovens e senhoras da mais alta classe britânica espalhavam no ar ao circular pela loja.

Eram bons tempos, garantidos pela fartura que o café proporcionava. Meu pai sempre quis ter casa na cidade e planejava vir com minha mãe passar as temporadas de pausa nos trabalhos da fazenda em São Paulo. Minha mãe, no entanto, vinha pouco e logo queria voltar. Acostumada a vida inteira no campo não se adaptava à Capital onde ela não tinha amigos e conhecia pouca gente. Mas eu sabia que a verdadeira razão que movera o meu pai era me permitir ter um lugar à altura, onde eu pudesse receber e fazer relações. Ele sempre dizia que o tempo das pensões de estudantes havia passado e que agora eu era doutor formado e deveria viver como tal. Minha mãe preferia a casa de Campinas, comprada com a parte que ela recebeu como herança do meu avô, que morreu em 1904. Enquanto eu estudei na cidade, minha mãe ia lá muitas vezes por ano e ficava alguns dias. Quando meu pai comprou a casa de

São Paulo e a colocou no meu nome e no do meu irmão, ela fez o mesmo e transferiu a de Campinas para minhas irmãs. Foi uma inspiração de Deus.

    Minha vida no Brasil depois da viagem refletia essa situação de prosperidade. Embora os fazendeiros reclamassem do governo e o câmbio e os preços do café em Londres fossem uma preocupação constante, era impossível não ver o progresso. São Paulo era o espelho mais visível onde isso se refletia. As transformações eram enormes e corriam a uma velocidade espantosa. Quando embarquei, a velha Sé de São Paulo ainda se mantinha intacta, no pequeno largo onde foi construída e muitas vezes reformada, ao longo de trezentos anos, mas na minha volta nem a igreja e nem o velho largo colonial estavam lá. Uns dias depois da chegada, fui com meu pai ao Centro para resolver não me lembro qual pendência num banco e me surpreendi com o vasto descampado formado pelas demolições, que destruíram as ruas e as velhas casas daquele pedaço da cidade que os estudantes da Academia frequentavam muito e que agora não existia mais. No ano seguinte, assistimos juntos ao início das obras da nova catedral, no topo de uma praça ainda mal calçada, mas dez vezes maior que o velho largo. Essa nova igreja, projeto de um professor alemão que dá aulas na Politécnica, também é dez vezes maior que a antiga, e acho que, quando ficar pronta, a velha Sé poderia caber perfeitamente dentro dela, com torre e tudo. Mas eu duvido que algum de nós possa vê-la terminada, talvez só os nossos netos.

    Acho que a nova catedral reflete bem o pensamento que anima a todos em São Paulo até hoje. O café é riqueza interminável e a velha cidade já não está mais à altura das nossas pretensões. As ruas acanhadas, estreitas e tortuosas do passado não servem para as ambições dessa grande classe de beneficiários da prosperidade que, não podendo morar em Londres ou em Paris, querem deixar a nossa cidade a mais parecida possível com elas.

Na boa sociedade, que eu sempre frequentei, isso era patente. Mesmo depois da inauguração do Theatro Municipal, as ocasiões de eventos públicos e diversões se contavam nos dedos e essa lacuna era preenchida com um sem-número de encontros e festas, sempre procurando reproduzir por aqui as modas e os hábitos das classes elegantes das grandes capitais europeias. Na Academia e mesmo depois de formados, o nosso ideal de vida, aquilo que se podia conceber como o suprassumo da felicidade era viver em Paris, partilhar a vida com os grandes nomes que conhecíamos apenas pelas revistas. Como não se podia viver em Londres, Paris, ou em último caso em Lisboa, tentávamos fazer da nossa província a melhor imitação possível desse ideal inalcançável.-

Numa semana típica desses meus tempos de juventude, aos domingos íamos ao Velódromo, assistir aos jogos de futebol, uma paixão trazida pelos ingleses, que tomou conta da elite naqueles anos em que estive na escola. Logo à saída, combinávamos o programa do dia seguinte e este, muitas vezes, era um *garden party*, nos jardins de alguma das notabilidades sociais, onde moças e rapazes formavam duplas mistas para o jogo de tênis, enquanto se serviam sanduíches e bolos. Embora o jogo fosse descontraído e muitos de nós não tivessem habilidade notável com as raquetes e bolinhas, a etiqueta era seguida à risca e os trajes eram impecáveis. No outro dia, outra casa, outra recepção. Às vezes havia dança, mas em geral apenas alguém tocava o piano e cantava. Servia-se chá, bolos e refrescos de abacaxi e, quando o tempo estava quente, algumas casas serviam sorvetes. As semanas corriam assim e as recepções de variados formatos se repetiam todos os dias às cinco da tarde, menos às sextas-feiras quando não se dava recepção em casa alguma e os jovens se reuniam no rinque de patinação da praça da República, ou na Hípica. Era o esforço que todos faziam para tornar a vida social ativa como se supunha que fosse em Londres ou Paris.

Londres e Paris sempre fascinaram a nossa elite e as expressões "como em Londres" ou "como em Paris" eram usadas tanto para designar um novo modismo quanto para classificar o uniforme de um motorista, ou empregado da casa.

Um desses arroubos de imitação, do qual eu confesso ter participado, foi a tentativa de introduzir a caça à raposa em São Paulo. Como em Londres! Embora houvesse muitos cavaleiros e amazonas na nossa sociedade, eram grandes os problemas para realizar esse projeto, nascido na Hípica. Porém, nada que a criatividade e a imaginação não pudessem superar. Em primeiro lugar, não havia os enormes parques de caça das grandes propriedades da Inglaterra e os matos que cercavam a cidade eram apenas um pobre simulacro, cheios de obstáculos imprevistos. Mas na primeira reunião, da qual eu participei, levantou-se o problema crucial que era a raposa, bicho inexistente por aqui. Foram aventadas muitas possibilidades, inclusive as capivaras que existiam aos montes na várzea do Tietê. Porém uma capivara é animal lento que vive pastando tranquilamente na beira dos rios e não servia aos objetivos da empreitada. No final, se decidiu que um dos cavaleiros seria a "raposa" e partiria do Parque Antárctica com a função de despistar e esconder o seu rastro dos outros cavaleiros. Os caçadores seguiriam no seu encalço. O *Correio Paulistano*, jornal do governo deu a notícia com certo destaque.

CAÇA À RAPOSA

Por iniciativa da Sociedade Hípica de São Paulo, realizou-se mais uma interessante caça à raposa, num elegante torneio hípico. Serviu de raposa o sr. Guilherme Prates que, com o sr. capitão Demergiam, partiu as sete e meia da manhã do Parque Antarctica em direção à freguesia de N. S. do Ó.

As amazonas e cavaleiros partiram as 9 horas, no encalço da raposa, sendo esta encontrada pela senhorita Maria Penteado, às 10 horas e meia, depois de uma demorada batida em todas as matas, até cinco quilômetros além da Freguesia do Ó.

Depois dirigiram-se todos os participantes para um pitoresco sitio existente entre o Ó e o bairro do Limão, onde foi servido um lauto almoço. Ao 'champagne' o sr. Leôncio Gurgel saudou a senhorita Maria Penteado, oferecendo-lhe uma linda medalha e um ramo de flores naturais. Depois do almoço, regressaram todos ao Parque Antarctica.

Essa febre cosmopolita durou muito e acho que dura até hoje. Na minha roda, pouco tempo atrás, tivemos um caso ainda mais bizarro e que reflete bem o ambiente em que vivíamos mergulhados e envolveu o escritor e polemista Moacyr Piza, um dos elementos mais conhecidos da boêmia paulistana.

Moacyr era um ano mais novo do que eu e fomos colegas na São Francisco, embora tenha se formado bem depois de mim. Quando o Rao abriu escritório próprio, foi trabalhar com ele. Vinha de uma boa família, porém não tinha recursos pessoais e precisava trabalhar para ganhar a vida. Era um eficiente advogado, mas as suas paixões eram a política e a literatura. Além das mulheres e a noite, é claro. Havia se envolvido em grandes lutas eleitorais, como candidato a vereador e a deputado federal, ou apoiando amigos, sempre na oposição. Foi derrotado todas as vezes.

Era um apaixonado e tudo nele era levado a extremos incríveis. Isso valia tanto para as mulheres, quanto para a política e a literatura. Se não fosse a intervenção dos amigos teria se envolvido num duelo com o deputado Roberto Moreira. Roberto, um pouco mais velho do que nós, também havia sido nosso colega de Academia e era sócio de Julinho Mesquita numa banca de advogados. Não éramos amigos, mas eu o conhecia bem e frequentávamos os mesmos lugares. Num livro que Moacyr publicou em 1923, fazendo um balanço satírico das suas lutas políticas, dedicou várias páginas venenosas ao Roberto. Este, logo que soube da publicação foi atrás do Moacyr no *Jornal do Commercio*, depois no *Automóvel Clube* e por fim na *Hípica*, lugares que ele frequentava. Cada vez que não o encontrava, aumentava a sua raiva e, já totalmente fora de si, disse aos amigos numa noite no *Mère Louise* que a ofensa do Moacyr só poderia ser lavada com sangue e mostrou o revólver carregado, que trazia agora sempre consigo. Os amigos, temendo um desfecho iminente, resolveram então propor aos dois um duelo, que seria uma forma mais civilizada para resolver aquela questão de honra. Como em Londres ou Paris, se bem que com setenta anos de atraso. Pode parecer incrível mas os dois adversários imediatamente concordaram e cada um escolheu os seus padrinhos. Roberto Moreira escolheu Plínio Barreto e Julinho Mesquita. Moacyr, se fez representar por Oscar Rodrigues Alves, filho do ex-presidente e seu parceiro na noite e por Antônio Mendonça. Enquanto se deram todas essas tratativas, os dias passaram e os ânimos foram arrefecendo. Uma legião de amigos se mobilizou para baixar o ímpeto assassino dos contendores e quando se deu a esperada reunião entre os padrinhos, o Dr. Cacá, como era conhecido na intimidade o filho do presidente Rodrigues Alves, propôs examinar com atenção as referências do livrinho do Moacyr e verificar se ia ali ofensa à honra que merecesse ser lavada com sangue. Depois de uns dias os quatro padrinhos se reuniram novamente e lavraram uma ata que foi publicada no *Estado*, para que não houvesse dúvidas:

> Atendendo à grave responsabilidade que lhes pesava sobre os ombros, e diante da firme resolução em que se achavam as duas partes de porem a vida em jogo para decisão da pendencia, tomaram a si as testemunhas o encargo de proceder a um exame meticuloso do livro do dr. Moacyr, para verificar de animo repousado, se realmente os tópicos que o Dr. Roberto Moreira considerou ultrajantes à sua pessoa, continham ofensas que pudessem justificar a aquiescência delas a um desfecho tão estremado como ambos desejavam. Neste proposito, examinaram cuidadosamente, o livro do Dr. Piza, chegando, afinal, à conclusão de que não havia nele motivo capaz de absolver as testemunhas do seu concurso a um ato que podia resultar, e provavelmente resultaria, na morte de um dos protagonistas, senão de ambos. Os tópicos alusivos ao Dr. Roberto Moreira, embora escritos com vivacidade de linguagem, não passavam, em substância, de sátiras DE CARÁTER EXTRITAMENTE POLÍTICO, QUE ABSOLUTAMENTE NÃO AFETAVAM A DIGNIDADE PESSOAL DAQUELE CIDADÃO.

Assim sendo, resolveram as testemunhas, sem consultar as partes, dar o incidente por findo e não permitir que o encontro pelas armas se efetuasse. De tudo, lavrou-se esta ata, que vai assinada por todas as testemunhas.

São Paulo, 16 de agosto de 1923.
Plinio Barreto
Júlio de Mesquita
Oscar Rodrigues Alves
Antônio Mendonça

Assim, depois de quase duas semanas de sobressaltos e apreensão dos amigos, o incidente se encerrou, sem sangue, e com ata publicada no *Estado*. Isso é uma coisa que só poderia mesmo acontecer em São Paulo.

Moacyr, porém, acabou tendo um fim trágico. Tudo em razão das suas paixões que eram sempre desmedidas. A última delas era uma moça lindíssima chamada Nenê Romano, que tinha vida turbulenta e era conhecida como a mais bela cortesã da cidade. Dizia-se que figuras conhecidíssimas da política e dos negócios já haviam frequentado a sua casa. Moacyr foi se apaixonar logo por ela, uma mulher de todos, que ele claramente não tinha recursos para manter. Quando Nenê deu o caso do Moacyr por encerrado, ele não se conformou e vivia atrás dela. Uma noite, depois de muitas recusas, foi até a sua casa. Nenê estava saindo e havia um táxi à espera. De alguma forma entraram juntos no automóvel que tocou para a avenida Angélica.

Era quinta-feira, nosso dia de teatro e queríamos assistir à estreia da Cia. Brasileira de Comédia, vinda do Rio para uma série de espetáculos no Boa Vista. Mas demoramos demais a nos decidir e os ingressos se esgotaram rapidamente. Resolvemos então assistir à *La Bohème,* no Teatro Municipal. O Jairo nos conseguiu ingressos para as cadeiras reservadas à imprensa e à polícia. Comemos rapidamente no Bar Viaducto e seguimos para o teatro. Nosso plano era prolongar a noitada no Galo Verde, depois da ópera. Eu, Jairo e o Paulo Duarte ocupamos nossos lugares numa das frisas de fundo, onde encontramos, já instalados, o Pedro, que naquela noite era delegado de plantão, ao lado do José de Toledo Piza, médico do Hospital de Isolamento, irmão do Moacyr e o Mário Guastini do *Jornal do Commercio*. O Pedro, para aproveitar a sua noite de plantão na delegacia, deixara um soldado de prontidão, com ordens de chamá-lo em caso de emergência. Conversamos animadamente no intervalo, mas logo que começou o terceiro ato, no momento que Mimi e Marcelo iniciavam o seu dueto e ela lhe contava que temia que Rodolfo já não a amasse, um soldado entrou no teatro e cochichou qualquer coisa no ouvido do Pedro. Ele se virou para nós e disse: — Vamos à polícia porque aconteceu uma tragédia. — Um carro nos aguardava na porta do teatro e, enquanto atravessávamos o viaduto em direção à delegacia, o Pedro nos contou que iríamos encontrar lá os cadáveres da Nenê e do Moacyr. Disse isso assim sem mais preâmbulos, apenas segurando o braço do José Piza, que ficou sabendo dessa maneira que seu irmão estava morto. Depois soubemos que, durante uma discussão no táxi, perto da rua Sergipe, Moacyr deu quatro tiros em Nenê e depois se matou. Fomos encontrá-los juntos no necrotério do Gabinete de Medicina Legal e, com pouco esforço do Pedro e do nosso grupo conseguimos liberar o corpo do Moacyr, que naquela mesma noite foi velado em sua casa. Foi o primeiro e até agora o único dos meus amigos que eu praticamente vi morrer e ao enterro, no dia seguinte, compareceu meia São Paulo. Embora o comportamento do Moacyr, envolvido com uma mundana fosse amplamente reprovado, não pelo envolvimento, que era comum, mas por ser público, o desfecho trágico comoveu a sociedade e ele foi instantaneamente perdoado. No final, a imprensa considerou que a moça foi a grande culpada pelo que aconteceu e o Moacyr, vítima de sua personalidade ultrarromântica, foi comparado a um personagem de Maupassant e tudo terminou como se fosse um drama parisiense.

21
Ressureição

Plantar e colher o café, enfrentando todas as dificuldades que a natureza impõe e que o governo e o mercado internacional, sempre instável, criam, é o destino dessa classe de explorados que no Brasil são conhecidos como cafeicultores. Estes infelizes privilegiados estão sempre dependendo de fatores que não controlam, como o tempo, o câmbio e a Bolsa de Nova York ou Londres, porém eles são responsáveis por metade das receitas que o Brasil obtém a cada ano.

Apesar disso, quem de fato fica com os lucros do café não são os ingênuos agricultores, esses que queimam sob o sol e afundam com a lama das chuvas e que vivem em permanente agonia sem ter certeza do que o futuro lhes reserva. Porque chova ou faça sol, as colheitas sejam boas ou más, o preço do dinheiro adiantado para tornar isto possível permanece o mesmo. Se o preço do café sobe ou desce, o banqueiro, o agiota, o comissário e as casas exportadoras cobram a sua parte sem qualquer diferença. O mesmo vale para a ferrovia, porque os fretes não variam, haja ou não crise. E o imposto permanece igual sempre, independentemente da prosperidade ou da ruína.

Foi o comércio e a corretagem de café que destruíram o patrimônio da minha família, mais do que a geada. Ironicamente foi graças ao comércio de café que eu consegui me reerguer e isso me fez sentir um certo sabor de desforra.

No ano seguinte ao desastre, a principal consequência, além da ruína dos atingidos, foi uma tremenda escassez, já que o mercado acabou quase paralisado e pouco café novo chegou a Santos. Na safra de 1917, Santos recebeu 12 milhões de sacas, em 1918, pouco menos de 8 milhões e, em 1919, apenas 4 milhões de sacas de café chegaram ao porto. As casas comissárias já não tinham muito o que vender, embora os preços fossem altíssimos. A Casa Carvalho colocou todos os seus agentes percorrendo os mais distantes ramais das ferrovias com ordem de arrematar qualquer café, de qualquer qualidade, ao preço que fosse. Os preços subiram muito e o grosso dos estoques estava nas mãos do governo de São Paulo. Quem conseguisse acesso para comercializar parte destes cafés poderia lucrar muito. Mas era tarefa difícil, já que o governo era muito assediado e havia quem na administração pública considerasse a possiblidade de manter o café nos armazéns e os preços altos pelo maior tempo possível, uma coisa que a maioria sabia que seria impraticável a longo prazo.

 Foi graças ao meu amigo Haroldo, aquele que me ajudou a passar a perna no Carvalhinho e vendeu as últimas sacas de café da Fazenda do Retiro, que consegui montar uma operação comercial que, embora fosse arriscadíssima, poderia proporcionar um bom lucro, num prazo curto, o que era tudo o que eu precisava. A sua ideia era conseguir um lote desse café dos armazéns do Estado, para comercializarmos. Eu só aceitei participar em razão do meu desespero e da vontade louca que me movia naqueles dias de obter alguma desforra dos interesses que arruinaram o meu pai. Haroldo conhecia esse mercado como ninguém e, usando as minhas habilidades e contatos, conseguimos obter uma carta assinada pelo secretário da

Fazenda, Galeão Carvalhal, autorizando a venda de 100 mil sacas dos estoques do governo do Estado. Montamos o negócio de forma que pudéssemos realizar tudo anonimamente utilizando terceiros que o Haroldo controlava. Nossa ideia era colocar na praça esses cafés vendendo-os a termo para entrega apenas no final da safra de 1920. Até lá esses títulos teriam passado por uma infinidade de mãos e seria quase impossível determinar a origem do negócio. Estimávamos uma margem de 3% o que nos garantiria um lucro apreciável num prazo curto.

Conseguimos organizar tudo nos primeiros meses de 1920 e lançamos os papéis na praça, temerosíssimos dos resultados. A notícia de mais 100 mil sacas agitou o mercado, despertando a suspeita dos outros corretores da Bolsa de Santos e um jornal local levantou dúvidas sobre o negócio. Tudo poderia ter terminado muito mal se a sorte não nos tivesse ajudado.

De repente, um verdadeiro milagre aconteceu, e o café começou chegar à Santos em quantidades que ninguém previa. O café que lançamos para entrega no final do ano a quase 25 centavos de dólar, segundo a cotação de Nova York, caiu como se fosse mágica para 11 ou 12 em poucos meses.

Isso mudou tudo e ao invés de deixar os títulos correrem pela praça, fizemos um esforço para recomprá-los o mais rápido possível. A beleza de todo o negócio era que o preço que pagamos era muito inferior ao daquele que obtivemos pela venda, poucas semanas antes. A diferença do preço pelo qual recompramos os mesmos títulos era enorme. Com esse lance de sorte, pudemos resgatar tudo com um lucro de centenas de contos, muito mais do que a modesta comissão que pretendíamos no início. O negócio que devia ser sigiloso foi feito a descoberto e todos ficaram sabendo do nosso sucesso.

É irônico, mas ganhei, nesse único lance ousado, mais do que o meu pai recebeu pela fazenda que consumiu todos os melhores anos da sua vida. Ao final, liquidando todos os meus negócios com Haroldo, acabei ficando com quase cem contos livres, o suficiente para me posicionar novamente na sociedade e me estabelecer como advogado e negociante respeitado.

III
A GUERRA

22
As cartas falsas

Acho que essa revolução começou de fato, em 1921, três anos atrás. A partir do momento em que se tornou evidente que o presidente de Minas Gerais, Arthur Bernardes, seria o candidato da situação para a presidência da República, a agitação foi se espalhando. Desde que ele foi apresentado pelo Partido Republicano Mineiro — com apoio dos paulistas — o país assistiu a uma continua sucessão de desastres. O que nenhum paulistano imaginou é que isso pudesse alcançar a nossa cidade, que nunca antes serviu de palco para movimentos armados e quarteladas.

Em 9 de outubro daquele ano, o *Correio da Manhã* publicou uma carta que foi o estopim de tudo o que aconteceu a seguir e jogou o país nessa crise que parece não ter fim. A correspondência, supostamente assinada por Arthur Bernardes, que o jornal publicou com destaque, era dirigida ao senador, ex-ministro e braço direito de Bernardes, Raul Soares. Ele articulava a candidatura do amigo para a Presidência da República e a sua própria para o governo de Minas Gerais.

O assunto era um banquete realizado no Rio em homenagem ao Marechal Hermes, que havia retornado da Europa depois de seis anos de permanência. Bernardes teria escrito na carta que Hermes, ícone do Exército, presidente do Clube Militar e ex-presidente da República, era um "sargentão sem compostura", e instruía que os militares que participaram "dessa orgia" e "forem venais, que é quase a totalidade, compre-os, com todos os seus bordados e galões". A carta inteira ia nesses termos e não só insultava o ex-presidente da República, como a todo o exército, do qual o Marechal era uma espécie de patrono. Para garantir melhor efeito, o Correio publicou também um artigo de fundo com um título que não deixava dúvidas: *"Ultraje ao Exército".* A agitação explodiu na Câmara Federal e no Senado no mesmo dia e, no dia seguinte, estava estampada nos principais jornais de todo o Brasil. A carta foi prontamente desmentida por Bernardes. Mas foi inútil. Os militares não aceitaram o desmentido embora fosse mais ou menos evidente que o texto parecia escrito para servir, quase que sob medida, aos adversários da situação. E Hermes reagiu como se esperava, da maneira mais passional e colérica possível.

Hermes era um tipo difícil de classificar, duvido que no futuro apareça um presidente tão exótico quanto ele. Sobrinho de Deodoro, vinha de uma família de soldados e o pai brilhou na Guerra do Paraguai. Formado pela Escola Militar da Praia Vermelha, dos velhos positivistas, foi o mais jovem marechal da história. Elegeu-se numa eleição disputadíssima contra Ruy Barbosa, que liderou uma "Chapa Civilista", que mobilizou São Paulo e alguns outros estados. Mas o peso do governo sempre se impõe na nossa terra e Hermes ganhou, apesar do prestígio e da mobilização popular que acompanharam Ruy até o fim. Fez um governo conservador e autoritário, como pregavam os positivistas. Mas no meio do mandato, em 1913, se casou com a beldade mais popular e controversa do Rio de Janeiro, a nobre Nair de Teffé, filha do Barão de Teffé, com uma árvore genealógica recheada de condes e marqueses e que, além de ter 30 anos menos que o Marechal Presidente, era famosa como artista e caricaturista, com muitos desenhos publicados nas revistas da moda, onde usava o nome artístico de Rian, que soava como francês e era *"trés chic"*. Me lembro perfeitamente que sempre que eu ia ao Rio, desde o tempo de estudante, era difícil folhear um jornal qualquer sem ver nas "Sociais" o nome da senhorita Nair de Teffé. Ela recebia, no Rio ou em Petrópolis, o *"grand monde"* carioca, os visitantes estrangeiros ilustres e, além de publicar os seus desenhos e caricaturas nas revistas, organizava exposições dos seus trabalhos, tocava piano, cantava, declamava poesias e bem, porque não dizer, enfeitava os salões com sua beleza, que era de fato notável.

Quando eles anunciaram o casamento, a *Careta*, a maior revista de humor e variedades do país, publicou uma página com fotos da futura primeira-dama apresentada como *"a distinta caricaturista Rian, srta. Nair de Teffé, ex-colaboradora de Careta, noiva de S. Excia. o Marechal Presidente da República"*. Casaram-se e o Marechal foi desfrutar a lua de mel na Europa, enquanto o senador Pinheiro Machado ficava por aqui, tocando o barco do governo. Quando o feliz casal voltou, as festas no Palácio ficaram famosas e várias causaram alvoroço, principalmente quando a primeira-dama resolveu introduzir, nos saraus palacianos, o violão e o maxixe. Fez sensação em todo o país a recepção que a primeira-dama deu no Catete, quase no final do governo, na qual ela, em pessoa, tocou no violão o *"Corta Jaca"*, de Chiquinha Gonzaga e depois, acho que como antídoto, tocou no piano a Rapsódia de Liszt. Foi um escândalo e até o Ruy Barbosa protestou no Senado. Esse era o quadro geral.

Atacar a vaidade do Marechal era um tiro certo e aquele acertou o alvo.

Já no dia seguinte à publicação da primeira carta, o Clube Militar se reuniu sob a presidência de Hermes e lançou um "Manifesto à Nação", sem meias palavras: "*O sr. Arthur Bernardes, na sua carta de 3 de junho último, colocou o exército na contingência de reagir imediatamente. Ou o Exército deve ser dissolvido, pois a defesa da Nação não pode estar confiada a canalhas ou o Exército não aceita que S. Excia. seja o Presidente da República*". E concluía: "*O Exército proclamou, consolidou e entregou a república aos senhores políticos profissionais, que podem governá-la sem ultrajar aos que têm a convicção da pobreza honrada.*" Do desmentido não se escreveu uma linha. Parecia que a opinião de Bernardes já não tinha a menor importância e o fato de ele negar, com energia, que a carta fosse dele, parecia apenas uma confirmação indireta.

O *Correio da Manhã*, no dia seguinte ao manifesto dos militares, publicou mais uma carta, reiterando a primeira. Insultava outro ex-presidente, Nilo Peçanha, que era mulato, chamando-o de moleque, termo que, no tempo de meu pai, se aplicava aos escravos pequenos. Nessa segunda carta, Bernardes também afirmava que não pouparia despesas na convenção que escolheria o candidato à presidência e insinuava que o Tesouro de Minas pagaria tudo, agora e no futuro.

Eu por acaso estava no Rio, para ver o meu irmão, quando Bernardes desembarcou lá, vindo de Minas, para ler como era praxe, a sua plataforma de candidato, umas duas semanas depois da publicação das cartas e quando o escândalo fervia. O *Correio da Manhã*, que havia feito a publicação e defendia com unhas e dentes a sua autenticidade, foi preparando o público nos dias anteriores com edições cada vez mais exaltadas. Muitos outros jornais do Rio iam na mesma linha. No sábado, dia da chegada, era possível perceber a tensão pelas ruas e a expectativa. Eu pude ver com os meus próprios olhos a hostilidade com que ele foi recebido. Foi um espetáculo incrível ver o candidato e provável futuro presidente — porque afinal, o candidato da situação sempre se elegia, mesmo nas poucas vezes em que havia dissidências e candidatos adversários — desfilar pela avenida Central sob as vaias da população que não satisfeita em apenas vaiá-lo, lhe atirava coisas. A confusão logo se alastrou e alguns mais ousados chegaram a dar bengaladas nos veículos da comitiva. No final houve quiosques incendiados, vitrinas estraçalhadas e o centro do Rio ficou parecido com uma zona de guerra. Foi assim que, o talvez futuro presidente foi recebido. Qualquer um podia prever que os tempos vindouros seriam difíceis, caso ele de fato fosse eleito.

O escândalo das cartas seguiu por meses, com pareceres de peritos internacionais, confirmando e negando a autenticidade delas. Edmundo Bittencourt, o chefe do *Correio da Manhã,* principal propagandista das cartas, foi à França e trouxe o parecer de um famosíssimo perito de Lyon, do qual ninguém ouvira falar antes desse episódio e o publicou no seu jornal como argumento final e irrefutável. Os partidários de Bernardes foram à Suíça e à Itália e obtiveram outros pareceres declarando que as cartas eram, sem sombra de dúvidas, falsas. Apesar de toda a gritaria, em 1º. de março de 1922, a força da situação se impôs e Bernardes venceu Nilo Peçanha, o candidato da "Reação Republicana" por 460 mil votos contra pouco mais de 300 mil. Ficaram contra Bernardes os estados do

Rio Grande do Sul, Rio de Janeiro, Bahia e Pernambuco. E os militares, naturalmente.

Ah! a tentação das cartas falsas... Era tão evidente que as cartas não podiam ser verdadeiras que até hoje me custa a crer que alguém houvesse sido enganado por elas. Num dos vários depoimentos que Bernardes deu, tentando desfazer os efeitos daqueles papéis, disse que "não mandaria uma carta assim ao próprio pai por intermédio do filho". Mas foi inútil. Toda aquela agitação militar e política durou meses e por pouco não impediu a eleição.

Mas o que mais me encantou não foi a agitação política que elas causaram. Depois da eleição e da posse, os autores se arrependeram e confessaram a tramoia. O responsável pelas falsificações, um sujeito assombroso que vendia seus serviços como calígrafo, confessou candidamente que havia usado como modelo, apenas uma procuração feita de próprio punho por Bernardes e, dito isto, reescreveu as cartas na frente de testemunhas e como se não bastasse, ainda fez uma outra, imitando com perfeição a letra e a assinatura de... Nilo Peçanha! Tudo isso acabou publicado nas primeiras páginas dos jornais governistas. E o caso acabou depois de paralisar o país por meses seguidos.

Já o ressentimento dos militares, ao contrário, foi se espalhando pelo país até atingir a pacata cidade de São Paulo.

23
Dia 9, quarta-feira

O abandono da Capital pelo governo legitimo, como o Pedro nos informou na noite anterior, foi sendo conhecido de todos ao longo da manhã.

A quarta feira amanheceu calma e já não se ouviam os tiros e as explosões dos últimos dias. *O Estado*, no entanto, ignorava totalmente a notícia da fuga dos principais representantes do governo paulista. Mantendo a confiança nas autoridades constituídas, o jornal abria a primeira página com a declaração renovada diariamente:

> Há 5 dias que a população de S. Paulo, completamente isolada do mundo, assiste perplexa a verdadeiros combates em vários bairros da capital, nos quais entram em ação o fuzil, a metralhadora e o canhão.
> Nada se pode ainda apurar acerca das origens e dos fins do movimento militar que põe em justa inquietação toda a cidade.

Era a repetição de tudo o que havia sido dito nos dias anteriores. Porém a demonstração mais expressiva da precariedade da situação em que todos vivíamos era o próprio jornal, com apenas uma folha, tendo de um lado um resumo das notícias, que a redação, vencendo todas as dificuldades, havia conseguido obter e, no verso, os reclames que deviam estar previamente pagos, mas que já não faziam o menor sentido na situação em que nos encontrávamos. Enquanto eu comia uma última fatia de bolo, ia lendo, apenas para ocupar o tempo, os anúncios das canetas Parker, de uma máquina para fazer canjica, de um remédio infalível para tuberculose e também vários avisos de partidas de navios de carga e passageiros. Entre os anúncios, havia um, noticiando a partida em 15 de agosto do magnífico paquete francês *Lutèce*, um moderno transatlântico de luxo, o mesmo em que meu pai pretendia levar minha mãe para conhecerem juntos a Europa, tão logo a guerra acabasse. Eram planos dos tempos de prosperidade, quando esses sonhos eram possíveis... Quem sabe agora eu não poderia embarcar nele e deixar para trás todos os meus problemas?

Apesar do que o jornal afirmava, o silêncio dos canhões e metralhadoras indicava que o Pedro estava certo. Às sete em ponto, o Argemiro estava na minha porta e, assim que entrei no auto, ele me confirmou que os tiroteios haviam cessado. As ruas pareciam calmas e juntos fomos apanhar a Irmã Paulina no colégio. O corpo de Martha deveria chegar por volta das dez horas ao cemitério da Vila Mariana e a freira nos esperava aflita no patamar no alto da escadaria que dá acesso à escola.

— Doutor, a freirinha já está plantada lá, esperando, me chamou a atenção o Argemiro, assim que viramos a esquina da rua Albuquerque Lins.

O colégio é o maior prédio da avenida Higienópolis e, por estar situado no alto de um talude, pode ser visto de longe, e a silhueta da irmã Paulina era fácil de distinguir, mesmo à distância.

O cemitério ficava bem longe, num descampado isolado, no alto de um morro que se atingia a partir da rua Vergueiro.

Seguindo pela estrada de terra vermelha, se podia descortinar um amplo panorama da cidade ao longe e abaixo de nós. Havia poucas casas espalhadas pelas ruas ao redor e o cemitério municipal dividia o mesmo terreno com um cemitério judeu, que ocupava o canto do quarteirão, à esquerda da entrada. A impressão de local ermo e semideserto era agravada pelo fato de os dois cemitérios serem novos e com pouquíssimas tumbas visíveis. Embora o cemitério cristão fosse um pouco mais antigo, tinha uma área imensa e as covas ocupadas eram distantes umas das outras. O cemitério israelita era muito menor e devia ter no máximo uns cinquenta metros de frente e uns cem de fundos. Possuía apenas uma espécie de capela central e umas poucas tumbas rasas, também esparsas. A sua entrada se dava por um dos muros laterais do cemitério municipal, onde havia um pequeno pórtico com uma estrela de Davi. Não havia nenhuma espécie de pavimentação e andava-se entre as tumbas sobre a terra nua.

Chegamos por volta de oito e meia e vimos na entrada quatro mulheres, que pareciam estar esperando também a chegada do corpo de Martha. Logo nos demos conta que eram polacas e a mais velha nos abordou e perguntou se vínhamos para o sepultamento de Chaia Ozmo, conhecida como Martha.

— Me chamo Rosa e fazemos parte da associação feminina que cuida das artistas que morrem e precisam ser sepultadas segundo os ritos. Eu sei que Chaia foi batizada e tem nome cristão. Mas eu fui muito amiga de Salomão, o pai dela, que frequentou a minha casa por muitos anos e sei que ela é filha de mãe judia. Nós queríamos pedir, se os senhores nos permitirem, rezar por ela as nossas rezas. Ela falou isso em um português hesitante e com forte sotaque.

Meu primeiro impulso foi correr com elas dali. Procurei com o olhar a ajuda da Irmã Paulina que observava as moças com atenção. Era impossível que não houvesse percebido que eram polacas, as prostitutas judias de que uns tempos para cá, principalmente depois da guerra, começaram a ser vistas em São Paulo. Havia suspeitas de que eram trazidas por uma organização que traficava escravas brancas. Apesar das roupas chamativas, era obvio que faziam um esforço para parecerem modestas e respeitáveis. Depois de um minuto em que a Irmã levou organizando as ideias, respondeu.

— Somos todos filhos de um único Deus e não há mal nenhum em rezar, seja em que língua for.

— Quando ela chegar, podemos levá-la até a Tahara por algum tempo? Uma das moças mais jovens perguntou. — A freira apenas balançou a cabeça concordando.

Quando o corpo chegou pouco antes das dez horas, as moças levaram o caixão para a pequena construção circular no meio do campo santo judeu, próximo à entrada. Ajudei a carregar o caixão até a porta, mas apenas as mulheres entraram. Perguntei à Irmã que construção era aquela.

— É o que a moça falou, a Tahara. É onde os judeus fazem as últimas rezas e preparam o corpo para o sepultamento. É uma sala de banho, também.

Me surpreendi com a resposta. Não sabia nada daquilo, mas a freira do Sion conhecia bem essas coisas. — Devemos concordar com isso? — perguntei.

— Os judeus até hoje seguem o mesmo ritual que foi usado no sepultamento de Jesus. Não pode haver mal nenhum nisso. E no final elas só querem rezar.

Depois de uns quarenta minutos uma delas saiu e pediu ajuda para retirar o caixão, já com a tampa fechada. Havia umas trinta pessoas esperando, colegas de trabalho da Casa Franco, vizinhas e conhecidos. A grande maioria eram mulheres. A cerimônia foi muito rápida e a Irmã Paulina rezou apenas uma Ave Maria, talvez em respeito às judias que estavam lá. A cada passo o comportamento da freirinha me intrigava mais. Os coveiros cobriram rapidamente a sepultura e algumas amigas da Martha deixaram ramalhetes de flores sobre a terra recém-revolvida. Mas as polacas, depois de todos, colocaram pequenas pedras sobre a cova.

Depois do enterro, levamos a freira de volta ao Colégio Sion. Subimos pelo péssimo caminho até a rua Vergueiro, onde finalmente conseguimos nos livrar das ruas de terra vermelha e da poeira infernal que o veículo levantava ao passar, e seguimos até a avenida Paulista. O nosso trajeto percorria as partes mais altas da cidade e em muitos locais era possível apreciar uma bela vista da área central abaixo de nós. A princípio seria uma total imprudência fazer este passeio nas circunstâncias em que nos encontrávamos, porém naquele momento, a situação era de calma total. No auto tínhamos a sensação de que era apenas mais uma manhã de sol. Na esquina da rua do Paraíso, observamos o único sinal de luta que pudemos perceber, uma distante coluna de fumaça vindo das imediações do centro da cidade. Mas foi só. Ao entrarmos na avenida Paulista, vimos pequenos grupos de soldados que calmamente seguiam pelas calçadas e ao nos aproximarmos da avenida Brigadeiro Luiz Antônio, o Argemiro não resistiu à curiosidade, parou o automóvel e desceu para perguntar a um grupo de militares, o que havia. Em dois minutos voltou com a resposta.

— São soldados do Quinto Batalhão de polícia da rua Vergueiro, um dos quarteis que foi mais atacado nesses dias. Estão se retirando para Santo Amaro, estas são as suas ordens, mas não sabem de mais nada.

Na Paulista, com pouco movimento, se repetiam as mesmas cenas. Aqui e ali pequenos grupos de soldados indo e vindo, não se sabia para onde. Cruzamos toda a avenida e descemos a rua da Consolação, também deserta, e apenas encontramos um grupo um pouco maior de soldados à frente do portão do cemitério. O Argemiro, já bem à vontade entre nós, não conseguiu evitar o comentário.

— Devem estar a vigiar os defuntos, com medo de uma revolta ali.

Deixamos a freira na porta do colégio na avenida Higienópolis e tocamos para casa. Quando chegamos perto, eu disse ao Argemiro, que me parecia tão curioso quanto eu.

— Vamos tentar chegar ao Palácio e conferir pessoalmente o que está havendo?

Descemos pela minha rua até a dos Guaianazes, procurando atingir o palácio pela parte traseira. Não era possível seguir até lá porque a rua estava obstruída e havia várias trincheiras improvisadas cercando o quarteirão. Mas, fora isso, não havia sinal de luta, nem soldados. Tudo parecia calmo e deserto. Não havia dúvida que os governistas haviam se retirado dali e, com a sua saída, o local perdeu o interesse militar e os revoltosos também já não cuidavam dele. Numa das esquinas próximas, um bando de garotos, passou por nós com as mãos cheias de balas de fuzil, certamente abandonadas ali pelos defensores do governo.

Como o Argemiro já estava tratado para o dia, voltamos para casa e pedi a Francisca que lhe desse almoço na cozinha enquanto eu subia para me refrescar e acertar as ideias. A notícia da retirada, ou devo dizer, fuga do governo, já se espalhara e até a Francisca havia ouvido aquela espantosa novidade e tagarelava sobre isso com o Argemiro enquanto o servia. Depois de almoçar, propus ao *chauffer* que me levasse para a cidade. Eu queria dar um pulo no escritório para ver se tudo estava em ordem por ali. Não que eu esperasse que o nosso prédio, espremido no meio do quarteirão entre a avenida São João e nova praça do Patriarca, houvesse sido alvo de algum bombardeio, mas na situação em que nos encontramos nunca se pode saber. De toda a forma, de carro talvez pudéssemos ter um panorama melhor da situação e de como estava a cidade, já que aparentemente os tiroteios haviam cessado e nós já estranhássemos o silêncio e a ausência do estrondo dos canhões.

Havia pouca gente nas ruas pelo nosso caminho até o centro. Na alameda Nothmann, fora os imóveis destruídos pelas bombas e alguma sujeira espalhada pelas calçadas — já que a limpeza pública estava suspensa e ninguém iria se aventurar a varrer a frente das casas — parecia a mesma rua de sempre, como se nada de anormal houvesse se passado. Seguimos pela São João quase deserta até a rua Líbero. Paramos em frente ao meu prédio que estava fechado, mas intacto. Eu tinha a chave da entrada e subi ao meu escritório peguei o que queria e sai rápido. O Argemiro manteve o carro ligado na porta e em menos de cinco minutos já estávamos a caminho. Embora tudo parecesse calmo, não queria ficar parado me expondo à toa.

Subimos até o viaduto e demos a volta pela praça da República. O cenário era o mesmo, tudo mais ou menos deserto. Mas era uma calmaria que não me tranquilizava de forma nenhuma. Achei melhor voltar e dispensar o chofer. Não havia razão para correr riscos. Decidi dormir em casa, já que, com o palácio abandonado e a cidade vazia, eu não tinha motivo para procurar outro abrigo e a Francisca me garantia cama arrumada e comida quente.

Dispensei o Argemiro não sem antes anotar onde poderia encontrá-lo. Com certeza iria precisar dele nos próximos dias.

24
Dia 10, quinta-feira

De manhã, quando desci para tomar o meu café, a Francisca já havia posto sobre a mesa a edição de *O Estado,* entregue logo cedo. De novo, tinha apenas uma folha impressa na frente e no verso, mas já não vinha com anúncios, apenas um resumo das notícias que os heroicos colaboradores do jornal — correndo riscos reais, eu creio — buscavam fornecer aos seus leitores. Mas tanto esforço servia quase que apenas para dar uma versão mais organizada àquilo que os boatos e o diz-que-diz da população já haviam se encarregado de divulgar ao longo do dia anterior. As manchetes, portanto, eram meio obvias e já do conhecimento de todos.

Ocupação de São Paulo pelas forças revolucionárias
O GOVERNO DO ESTADO RETIRA-SE DA CAPITAL
OS ULTIMOS COMBATES
UM COMUNICADO DOS CHEFES DO MOVIMENTO
O governo provisório punirá severamente os promotores
de desordens e depredações

O jornal descrevia em detalhes a surpresa dos revoltosos frente à cidade abandonada por aqueles que tinham a obrigação de defendê-la. Não podiam acreditar que uma capital como a nossa pudesse passar por esses eventos como se fosse uma republiqueta perdida, dessas que são assoladas por revoluções comandadas por generais que só duram uns meses no poder. O relato tinha um quê de patético.

A Entrada dos Revolucionários no Centro

Os próprios revolucionários não podiam esconder a sua surpresa do que se passava.

Era natural que tomassem logo as três da madrugada, os lugares abandonados; quedaram-se, porém, nas suas primitivas posições, à espera de novos ataques dos governistas. O centro ficou à mercê do povo. Os revolucionários haviam recebido informações da retirada, prudentes, não acreditavam nos informantes e permaneciam inativos.

Mas as notícias sobre o abandono espalhavam-se rapidamente. Era preciso tomar qualquer resolução. Assim, as nove e meia da manhã, era enviada para o centro uma patrulha de reconhecimento. Chegou esse magote rebelde sem novidade até a praça do Patriarca. Encontraram alguns legalistas em frente à Casa Alemã, na rua Direita. Aproximaram-se em paz, agitando lenços brancos, como que a pedirem aos seus camaradas que não resistissem. Os legalistas perceberam a situação e entregaram-se sem mais delongas. Os revolucionários partiram para a rua São Bento, e praça da Sé, de onde se dirigiram para o Quartel dos Bombeiros, onde esperavam encontrar os redutos dos adversários. Só encontraram sentados num banco um soldado do quinto batalhão e uma praça do Corpo de Bombeiros.

Feitos estes reconhecimentos as tropas foram paulatinamente ocupando as repartições federais e estaduais.

Foi assim que a cidade foi entregue a forças que ninguém sabia quais eram, comandadas por militares que poucos sabiam quem fossem apenas uns dias atrás. Mas tenho que reconhecer que nem tudo são desgraças e ao menos a paz parece ter retornado e, apesar das incertezas, a noite foi calma e não se ouvem mais tiroteios. Essa também era a opinião da Francisca, que embora analfabeta e incapaz de ler as notícias, se informava com mais rapidez do que os abnegados jornalistas do *Estado*.

—Augustinho, você viu aí nesse jornal que os revoltosos vão baixar os preços e garantir a moradia dos pobres? — disse ela, enquanto trazia mais café e leite quentes da cozinha. Foi o Leôncio quem me contou que ouviu isso no enterro da dona Clarinha. Disse que foi o enterro mais rápido que ele já viu. O padre encomendou o corpo e acabou tudo em menos de vinte minutos. Onde é que já se viu isso?

Esqueci completamente do enterro da vizinha e não quis nem perguntar à Francisca quando havia sido. De toda a forma eu não teria ido, não tinha cabeça para pensar nessas coisas. Mas era verdade que o jornal trazia um comunicado dos chefes da revolução tranquilizando o povo e prometendo garantir a ordem. Também tabelavam os preços ameaçando os que tentassem se aproveitar da situação, mas as esperanças da Francisca e, presumo, do Leôncio pareciam exageradas, fruto das ilusões que momentos como esse plantam na cabeça da gente simples. Acho que todas as revoluções da história começam assim.

O jornal trazia também um longo e confuso comunicado assinado por um desconhecido coronel Paulo de Oliveira, que alegava que a revolução deveria ter irrompido em todos os estados do sul, além de Minas Gerais e Mato Grosso, porém "circunstâncias imprevistas" determinaram que só em São Paulo essa calamidade explodisse. Nesse texto atrapalhado, que ocupava a metade da primeira página, lá pelas tantas o tal coronel saía com essa: "*O Exército quer a Pátria como a deixou o Império, com os mesmos princípios de integridade moral, consciência patriótica, probidade administrativa e alto descortino político.*" Será que esses revoltosos são monarquistas? Era só o que faltava! Isto tudo é uma loucura, nem sei o que pensar!

O fato é que, apesar de tudo o que estava acontecendo, eu devia seguir com a minha vida da melhor maneira possível e achei que já era mais do que hora para fazer uma visita à Lenita e sua família, dar notícias minhas e saber como eles iam.

25
Maria Helena

Mesmo vivendo uma vida agitada, de festas e reuniões sociais, sempre evitei me comprometer com alguém. Antes da perda da fazenda e da morte de meu pai, achava a vida um passeio, uma viagem num trem de luxo e não pretendia perder nenhum dos prazeres que ela poderia me proporcionar. Depois de tudo o que aconteceu, me sentia inseguro e não queria correr o risco de buscar uma esposa e ser rejeitado, porque afinal, o que eu tinha a oferecer? Uma família falida, cheio de obrigações que eu não sabia como resolver e um diploma de advogado que não me havia servido de nada. Esse era o resumo da minha situação e, depois da morte do coronel, sabia que tinha que conquistar uma posição para mim, o mais rápido possível, custasse o que custasse. Só depois poderia pensar em casamento.

O negócio do café proporcionou um resultado espetacular e me permitiu reorganizar a minha vida em bases mais sólidas. Ganhei um bom dinheiro, nem há dúvida, mas não o suficiente para me garantir e eu sabia que aqueles cem contos não durariam para sempre. Ao contrário, passados não mais de três anos, agora me restava apenas pouco mais que a metade. E minha mãe e minhas irmãs insistiam para que eu arranjasse logo uma noiva e "assentasse a cabeça".

Embora eu fosse muito relacionado e circulasse bastante, só fui conhecer a Lenita na casa da Rina. Ela sempre me falava dessa prima que, além de ser herdeira de uma fortuna, era linda. Durante muito tempo ela brincou que a moça seria a pretendente ideal para me tirar da solidão.

— Dr. Augusto, o senhor já está ficando velho e logo vai ser apontado nas rodas como "aquele solteirão". Já passou das horas de abandonar essa vida boêmia antes que as senhoras de bem lhe barrem a entrada, por medo de o senhor corromper os seus maridos. Ela dizia isso olhando de lado para o Pedro, que apenas sorria. Ele conhecia bem a mulher e sabia que não podia competir com o seu humor ferino.

Minha resposta era sempre mais ou menos a mesma.

— Culpa sua, dona Rina. Estou há meses aguardando conhecer essa sua prima, bela como uma odalisca de folhetim e rica como a filha de um paxá das Arábias.

Na realidade os contatos dela com a prima já não eram mais muito frequentes.

Lenita era filha de dona Brasília Tetrazzini, uma prima-irmã de sua mãe e enquanto ela era viva, as famílias eram próximas. Mas o major ficou viúvo muito cedo. Adalgisa, a sua mulher, penou com uma longa enfermidade que a pôs na cama por muitos anos e quando ela finalmente morreu, Rina tinha apenas doze anos e passara boa parte da infância ao lado da mãe doente. Quando o estado de saúde da mulher se agravou e o Major não sabia bem o que fazer, dona Brasília, praticamente se mudou para a casa deles e acompanhou toda a longa agonia. Quando dona Adalgisa morreu, a prima, que estava nas últimas semanas de gravidez, levou Rina para a casa dela. Enquanto o Major, viúvo e sozinho procurava se reorganizar, a menina passou meses na casa dos Tetrazzini e o bebê, que ela tratava como uma irmãzinha, a ajudou a superar a perda da mãe. Tudo isso quem me contou foi ela mesma, numa tarde enquanto aguardávamos o Pedro voltar de um dos seus intermináveis plantões.

Já naquela época o marido de dona Brasília era muito rico e prosperava dia a dia. O comendador Amleto Tetrazzini era mais um desses italianos que se deram muito bem por aqui. Ele era nascido numa vila perdida nos confins da Calábria, filho de uma antiga família de proprietários de terra meio arruinados e provavelmente estaria até hoje com uma enxada na mão, cavando o seu sustento naquela terra ruim, se não tivesse imigrado para o Brasil, onde já estava instalado um conterrâneo seu, que devia alguns favores ao seu pai e imediatamente o acolheu e encaminhou. Esse *paesano* de Amleto era nada menos que o futuro conde Alessandro Siciliano, industrial, financista, comerciante e um dos articuladores do Plano de Valorização do Café. Foi dos primeiros imigrantes que enriqueceram como Midas nessa nossa terra tão generosa para com os estrangeiros. Quando jovem, Siciliano teve o bom senso de casar-se com a filha de um fazendeiro de Piracicaba, onde morava, e isso lhe abriu as portas da nossa sociedade. Ele estabeleceu relações e se associou com a nata da elite paulista e, já no início do século, era riquíssimo e morava numa casa fabulosa na avenida Paulista. O pai de Lenita, uns anos mais novo que o Conde, acabou se tornando administrador de muitos dos empreendimentos dele. Era sócio da Cia. Mecânica e Importadora, diretor da *Banca Comerciale Italiana* e não sei do que mais. Qualquer migalha que caísse da mesa farta do Conde Siciliano valia dez fazendas de café e o comendador Tetrazzini soube bem se aproveitar disso.

Depois da morte de dona Adalgisa, os contatos das famílias foram se tornando mais espaçados. O Comendador, depois eu percebi, era meio arredio e o Major não soube se aproximar e manter a relação entre as famílias, coisa que lhe teria sido muito favorável. Quando Rina se casou, Lenita lhe serviu de dama de honra na cerimônia, mas era apenas uma menina de dez anos e não me lembro dela.

Com o tempo, o Major não só não prosperou como acabou se aposentando e vivendo das suas limitadas rendas na casa da filha e do genro. O Tetrazzini, ao contrário ficava mais rico a cada dia e as famílias já não frequentavam os mesmos ambientes. Porém, quando o filho mais velho do Pedro completou oito anos, ele quis fazer uma grande festa e convidou todos os amigos e parentes. Dessa vez, dona Brasília e a filha compareceram e assim eu conheci Lenita.

Rina gabava muito a beleza dessa priminha e não sei se quando a conheci esperava muito mais do que vi. Ela era bonita, sem dúvidas, mas não mais que a própria Rina, que já havia passado dos trinta, enquanto a Lenita mal chegara aos vinte. Eram belezas diferentes Rina era morena e a prima, quase loira, com um cabelo castanho bem claro e aquele tipo italiano que até podia chamar um pouco de atenção, mas sem nada de espetacular.

Os Tetrazzini moravam numa casa do lado direito de quem subia a Treze de Maio em direção à avenida Paulista. Como ficava na ladeira, já da esquina da Brigadeiro se podia ver aquele monumento de longe. A casa era de certa maneira uma síntese do personagem e chamava a atenção. Era uma mistura de fortaleza medieval, igreja inglesa e castelo francês, tudo na mesma construção ostentosa. Era grande e me parecia maior que a do próprio conde Siciliano na Avenida, muito mais discreta, porém, de melhor gosto. As grades e portões eram uma atração à parte e dona Brasília tinha muito orgulho deles. Um dos empregados da casa tinha como obrigação principal, manter o rebuscado rendilhado de ferro pintado de preto brilhante sempre impecável e livre de ferrugem. Por dentro, o estilo era o mesmo e tudo era caro e vistoso.

O Comendador era mais um desses italianos enriquecidos pela ingenuidade dos paulistas que facilmente se deixam invadir e conquistar, exatamente como estamos vendo agora. Ficou rico rapidamente, poucos anos depois que chegou e, como todo imigrante rico quis construir uma casa que mostrasse o seu êxito. Já fazia anos que moravam lá e o sonho do comendador era casar a filha numa grande festa no seu palácio, trazendo inclusive os parentes da Itália.

Logo que a conheci, vi que Lenita se interessou por mim, provavelmente porque a Rina já havia falado com ela e despertado a sua curiosidade. Aos poucos fui tentando me aproximar, mas o comendador dava pouco espaço para isso. Eu tinha um certo nome, antepassados corretos, já que a minha pequena mancha de sangue era desconhecida fora de Baependi e, hoje em dia, ninguém liga mais para isso, mas estava longe de ser um bom partido e todos sabiam que o patrimônio da minha família havia diminuído consideravelmente. Com certeza ele me avaliava com desconfiança porque, afinal, eu era apenas um advogado cuja família havia falido e a sua filha única carregava consigo um belo dote e podia esperar uma rica herança. No lugar dele, eu pensaria o mesmo. Porém eu tinha habilidade suficiente para não parecer, em sociedade, mais um desses falidos pela geada e pela crise do café. Mantinha as aparências ao ponto de até o comendador me aceitar. Eu sempre fui capaz de esconder bem a minha situação.

Mas a Rina estava empenhada em me casar e por algum motivo achou que o meu par ideal era a priminha. Pelo que eu percebi, quando conversou com a menina encontrou alguma receptividade e se animou ainda mais. Eu fiz o meu papel. Umas poucas semanas depois do aniversário do Pedrinho, encontrei os Tetrazzini no Municipal, num dos espetáculos da Sociedade de Concertos Sinfônicos. Era um concerto de rotina com o maestro Ignácio Stábile, mas ao final estava prevista a estreia em São Paulo de um poema sinfônico sobre a guerra, do compositor carioca Villa Lobos, que regeria a própria obra. No intervalo, fui à frisa da família apresentar os meus cumprimentos. Comentei ligeiramente o espetáculo e a Lenita conseguiu se imiscuir na conversa.

— Estou ansiosa para ouvir esse novo compositor brasileiro. Me parece que o sr. já o conhece Dr. Augusto.

— De fato. Ele já esteve por aqui e participou do festival dos modernistas no ano passado. Está de partida para a Europa e vamos levá-lo hoje ao Esplanada para um jantar de despedida.

Lenita, que mais ou menos sabia das minhas muitas relações sociais, não perdeu a oportunidade para exibir-me ao pai.

A partir daí, meus encontros casuais foram se tornando mais frequentes. Rina discretamente me avisava onde Lenita estaria e eu várias vezes compareci e cumprimentei a família. Passados uns meses, meu nome saiu no jornal, por conta de um caso da Recebedoria de Rendas, e o comendador comentou comigo sobre o estado da praça e me fez perguntas procurando sondar minha real relação com o governo. Daquele momento em diante, senti que pelo menos uma primeira barreira havia sido quebrada. Duas semanas depois, Rina me avisou que a mãe e a filha iriam à casa dela para um chá e seria muito conveniente se eu fosse visitar o Pedro no mesmo horário. Ao final, dona Brasília, que foi muito gentil comigo, convidou a Rina e o marido para um *garden party* que elas estavam organizando para a quinta-feira seguinte e, se virando para mim, completou:

— E o sr. dr. Augusto, podia nos dar também o prazer da sua presença. — Essa porta, compreendi imediatamente, se abrira para mim. Seis meses depois estava noivo.

Achei melhor convocar o Argemiro para ir até a casa delas. A ideia de apanhar um bonde até a rua Treze de Maio, parecia um pouco insensata e ninguém, eu muito menos, confiava nesse cessar-fogo, que, com certeza, deveria ser temporário. Não se pode crer que o governo legítimo simplesmente abandone a capital e vá cuidar da vida em outro lugar. A reação virá, cedo ou tarde. O automóvel era sem dúvida mais seguro e ademais, a presença do táxi na porta me daria uma justificativa adequada para fazer uma visita tão rápida quanto possível. Foi fácil encontrá-lo na garagem e marquei com ele à uma da tarde, logo depois do almoço. Ele chegou na hora marcada e logo que entrei no auto e lhe dei o endereço ele ponderou.

— Para irmos até a 13 de maio, lá em cima, vamos ter que atravessar todo o centro. Acho melhor desviarmos e procurar um caminho mais sossegado.

Seguimos pela av. São Joao, observando o movimento e entramos no largo do Arouche, onde tudo parecia calmo. Pela rua do Arouche, quase sem trânsito, fomos até a praça da República e, ao invés de seguir direto, o Argemiro resolveu dar mais uma volta passando por trás da Escola Normal para atingir a rua da Consolação pela rua Araújo. Ele ia me contando que pretendia descer a Consolação até a Major Quedinho e daí seria uma reta até a Brigadeiro Luiz Antônio.

Assim que entramos na Consolação, percebemos que nossa estratégia dera errado. Havia muitos soldados e gente armada e, a uns 50 metros da esquina da rua Major Quedinho, já não se podia prosseguir. Tivemos que parar, mas logo percebemos que os soldados e civis — porque havia muitos civis armados — conversavam nas calçadas e embora o tráfego estivesse interrompido, não parecia haver perigo. O Argemiro, encostou o automóvel e desceu para se informar. Voltou em menos de cinco minutos.

— Doutor, *tá* todo o mundo aí porque o Isidoro veio para conversar com o Macedo Soares. Estão aí o prefeito e todas as autoridades que sobraram na cidade. Parece que estão esperando o Arcebispo. O general *tá* lá dentro e é por isso que tem tanto soldado.

Só então me dei conta que aquele casarão era a residência do José Carlos Macedo Soares, presidente da Associação Comercial e sempre muito ativo na política de São Paulo como líder empresarial. Como representante das classes produtoras, deveria ser ele que estava buscando um arranjo qualquer com os revoltosos para impedir que a anarquia prejudicasse os interesses dos proprietários. Não se podia culpá-lo e nem esperar coisa diferente.

— Bom, seu Argemiro, parece que a rendição é incondicional e os nossos líderes já estão heroicamente se entendendo com os revoltosos! Pelo visto é muito mais fácil dominar São Paulo do que se podia imaginar. Acho que nem os invasores esperavam isso! E ficar aqui não adianta nada. Temos que tentar dar a volta, eu disse.

Foi o que fizemos e, cruzando por ruas secundárias do Bixiga, conseguimos chegar à Brigadeiro e dali em poucos minutos, à Treze de Maio e ao palacete dos Tetrazzini, onde eu finalmente iria dar alguma satisfação à Lenita depois desses dias conturbados.

Dona Brasília e Lenita me receberam com a cordialidade de sempre e era evidente que ficaram preocupadas comigo e com a minha falta de notícias. Me arrependi um pouco da negligência e procurei dar as desculpas mais aceitáveis alegando compromissos e preocupações com a família, minha mãe, meu irmão e tudo o mais. Mas a Lenita reagiu como eu já esperava.

— Augusto, ninguém nega que você deva dar conta da sua família em primeiro lugar, mas também não pode esquecer que você praticamente já faz parte da nossa família e a nossa preocupação é igual. — Era óbvio que ela tinha razão e o meu comportamento era imperdoável, mas só Deus sabe o que eu de fato passei nestes dias e a minha cabeça vivia num turbilhão. Tomei um chá com elas e, com a desculpa do táxi me aguardando, procurei abreviar ao máximo a visita. Fora os empregados, só as duas estavam em casa. O comendador e os filhos andavam pela cidade cuidando dos muitos interesses das empresas.

— O Amleto e os rapazes não param em casa e você imagina a nossa preocupação com bombas caindo e a desordem que esta situação está causando. Veja você, Augusto, que ontem à tarde um dos armazéns da Companhia foi saqueado e os vândalos levaram tudo o que puderam. Se fosse comida, a gente até poderia entender... disse a dona Brasília.

— Papai me disse que essas pessoas levaram uma máquina somar, caixas de ferragens, peças de ferro pesadas e até as gavetas das escrivaninhas. É até engraçado pensar nas escrivaninhas largadas pelo escritório, sem as gavetas. Lenita ia continuar a descrição mas o olhar severo da mãe a fez mudar de ideia. — Eu sei que tudo isso é horrível, é claro.

— Como se pode viver na cidade dessa maneira, sem ter certeza de nada, completou a mãe. Enquanto todos eles não voltam para a casa, não temos sossego. Mas o Amleto acha que não deve, de modo nenhum, largar os negócios.

— Papai acha que o governo vai dominar essa revolta em um ou dois dias com as forças que foram já mandadas para cá, disse Lenita.

Mal ela completou a frase se ouviu uma explosão. Corremos institivamente para o alpendre da entrada para tentar ver qualquer coisa. Havia fumaça para os lados da Estação da Luz. O Argemiro estava trepado no estribo do auto, tentando ver o centro ao longe. Aproveitei a oportunidade para me despedir e pedir mais desculpas pelas minhas faltas. Lenita me fez mil recomendações e era evidente que estava assustada. Uma moça como ela, quase uma menina, que passou a vida toda protegida de tudo e de todos, não poderia mesmo compreender o ambiente em que estávamos. Mas a verdade é que ninguém poderia imaginar que nós e a cidade passássemos por um momento tão extremo quanto esse, sem ter certeza de chegar em casa à salvo e, sobretudo, sem ter certeza se as nossas casas nos protegeriam. Prometi ligar quando chegasse e voltar no dia seguinte, dependendo das circunstâncias.

Para voltar para casa, o Argemiro fez um caminho ainda mais tortuoso, procurando apenas as ruas secundárias e com pouco movimento. Enquanto isso, foi fazendo o seu relatório. Estava ansioso para dividir comigo as notícias que havia apurado, conversando com todos que podia.

— *Seo* Doutor, o que se diz é que hoje é que vai ser! O governo já cercou a cidade e o bombardeio vai ser brabo! Isso é o que todos dizem e eu também acho. Veja o senhor que os canhões estão espalhados aí em volta e é logico que, já, já, vão começar a atirar. E vai ser hoje, ninguém tem dúvidas e é por isso que esse povo todo está fugindo. Mas eu não fujo não. Tenho meus clientes para atender e, depois, moro num lugar tão esquecido de todos que nem as bombas me encontram. O senhor conhece a Vila Helena? — Eu não conhecia, mas ele nem me deixou responder. — Pois, pois, é onde eu moro. Fica no caminho de Santo Amaro e se chega pela avenida dos bondes. É muito sossegado e agora é seguro, porque as bombas não vão lá. Ninguém vai gastar munição onde não tem nada, não é mesmo? Mas não é perto e eu às vezes durmo na garagem mesmo. Tenho até uma cama lá.

Ele continuou tagarelando, seguimos sem contratempos e em meia hora estávamos em casa. Pedi a ele que tomasse um café e comesse alguma coisa antes de voltar à garagem. Assim que entramos, nos vimos frente à Francisca e à freirinha conversando tranquilamente na cozinha. A Irmã Paulina trazia um maço de papéis na mão.

— Dr. Augusto, me desculpe vir assim sem aviso, mas nessa situação em que nos encontramos se deve perdoar tudo, não é mesmo? Queria lhe pedir dois favores muito urgentes.

26
Duas chaves

Levei a freira até a sala e aguardei as suas explicações. Ela foi abrindo os seus papeis e me parece tinha tudo anotado ali.

— Ontem, depois do enterro, resolvi dar mais uma olhada na casinha da rua dos Clérigos. Eu sabia que a vizinha amiga de Martha havia ficado com a chave e fui lá pegá-la. Afinal, o Colégio era a única família dessa pobre moça e eu me sinto melhor se a chave estiver comigo. Ela não tinha herdeiros e a casa vai acabar nas mãos da Santa Casa, mas o processo é longo e até lá a casa vai se estragar. Esse é o primeiro pedido que gostaria de lhe fazer. Queria que o doutor requeresse ao juiz para que ficássemos com a guarda do imóvel enquanto se decide tudo. Tenho certeza de que Martha gostaria muito disso. — A ideia da Irmã Paulina era usar a casa como um abrigo temporário para as meninas pobres que saiam do colégio.

— Penso que essa casinha poderia servir muito bem para que as nossas martinhas se alojassem nos primeiros meses.

Eu lhe expliquei que essa decisão dependia do juiz da vara de órfãos e ausentes, mas que eu podia requerer em nome do Colégio a tutela provisória para as freiras. Não me custaria nada fazer isso.

— O segundo pedido é de desculpas. Eu na verdade lhe escondi uma coisa e estou até agora com remorso. Além do cartão que a Martha ia nos enviar, eu encontrei esta chave que me parece que é de um cofre ou coisa semelhante. Não sei lhe explicar por que não lhe contei isto logo. Mas ontem vasculhei a casa toda e tenho certeza de que esta chave não abre nenhuma fechadura lá. Revirei tudo.

Era só o que me faltava! Essa freirinha fuxiqueira além de vir me perturbar em casa, ainda me esconde coisas! E por que ela fez isso? Pensei nisso enquanto observava a Irmã Paulina segurando na ponta dos dedinhos infantis uma pequena chave Yale de metal amarelo, pendurada numa fita fina de veludo vermelho. Apesar do seu pedido de desculpas era fácil notar o seu olhar de satisfação ao me exibir a prova da sua argúcia. Mas ela ainda não havia terminado.

— Na verdade, eu fiz um relatório de tudo o que sabemos sobre a morte de Martha e queria que o doutor lesse e observasse se eu me esqueci de alguma coisa. Se formos esperar pela polícia, com a cidade nesta situação podemos esperar sentados não é mesmo? Temos que descobrir sozinhos.

Não sabia o que lhe responder, mas tentei argumentar.

— Irmã, não sabemos se de fato alguém lhe fez algum mal. Pode ter sido mesmo um acidente, ou quem sabe ela teve uma crise de desespero, sei lá. Assassinato, sinceramente, me parece a última hipótese a considerar. Ademais quem a mataria e por quê?

— Isso eu ainda não sei doutor. Mas temos a obrigação de descobrir. Leia as minhas anotações e depois me diga se eu não tenho razão — ela disse isso e, já se levantando, caminhou com seus passos miudinhos até a porta.

Pedi ao Argemiro que a levasse de volta ao Colégio. Quando me despedi, ainda tive que ouvir a repetição das suas últimas instruções.

— Leia estes meus papeis, doutor, e amanhã ou depois conversaremos. Vamos rezar para que esta revolução acabe logo.

Disse isso e entrou no automóvel.

27
Dia 11, sexta-feira

Ao contrário do que anteviam os boatos alarmantes do dia anterior, não houve bombardeio nenhum e a noite foi calma e tranquila, das mais calmas desde que esta calamidade se iniciou. De manhã, o jornal trazia apenas aquilo que já sabíamos. Fazia um resumo da reunião na casa do Macedo Soares "com os elementos mais representativos das classes conservadoras" e acrescentava que o general Isidoro havia garantido aos presentes que "não tinha intuito de maltratar a cidade." Para ilustrar essa declaração, na página 2 do *Estado*, várias colunas estampavam os nomes dos mortos e das dezenas de feridos. É o retrato da situação que vivemos.

Enquanto eu lia o jornal de apenas uma folha, soaram as primeiras explosões mais próximas. Pela direção do som, parecia que vinham do Brás ou Mooca, mas quem poderia saber. Antes que eu me levantasse da mesa tocou o telefone. Era o Adalberto, que na tarde anterior tentara mover um processo na Delegacia Fiscal, me dando conta do que acontecia.

— Dr. Augusto, nenhuma repartição está funcionando e enquanto essa situação continuar não se pode dar andamento a nada. Estamos à mercê dos acontecimentos. Aqui pela Mooca há várias casas destruídas e muita gente morreu. Agora de manhã caíram várias granadas aqui próximas e eu quero levar minha família para Santo Amaro, onde minha mulher tem parentes. Se o senhor me der licença, gostaria de ir o mais rápido possível, assim que arranjar condução. As crianças estão assustadas e essa noite não se podia dormir por conta dos tiroteios próximos e canhonaços. Na minha vizinhança, ninguém sai de casa e eu só vim para a rua para usar o telefone aqui no meu compadre, antes que ele vá se embora. Quem pode está fugindo e eu acho que já me arrisquei muito.

Eu concordei. Até mesmo recomendei que ele fosse logo e lhe ofereci algum dinheiro para as despesas. Ele ponderou que seria mais um risco atravessar a cidade nessa incerteza apenas para me encontrar e agradeceu o que lhe ofereci. Mas ia se arranjar com o que tinha e no final completou.

— O que corre aqui é que o governo cercou a cidade com artilharia que veio do interior e do Rio de Janeiro. Tem posições no Ipiranga, na Penha e na zona norte e essa noite vai começar o bombardeio. As bombas vão chover sobre nós até que não sobre nada em pé. Meu sobrinho que é militar mandou esse aviso. E é o que todos estão dizendo. É melhor o senhor também tratar de ir embora.

Desliguei preocupado. Enquanto tirava a mesa, a Francisca me repetiu quase a mesma história. Se espalhara pela vizinhança que nessa noite o governo iria bombardear a cidade. E que só pararia quando não restasse pedra sobre pedra.

—É isso que todos falam Augustinho. Tá todo o mundo fugindo e a gente devia fazer a mesma coisa. Vamos para Campinas, ficar com a dona Augusta e as meninas. Aqui eu não tenho sossego.

Disse a ela que a levaria para a Estação da Luz e a poria no trem para Campinas, mas que eu não pretendia abandonar a casa e a cidade. Tinha muita coisa na cabeça e não queria ficar longe. Ela se conformou.

Pouco antes do almoço, meu irmão me ligou do Rio de Janeiro. Era incrível que em plena revolução os telefones ainda funcionassem e, sobretudo, que se pudesse fazer ligações com a Capital Federal. Quinzinho me disse que tentava uma ligação desde a noite anterior e estava há horas ao lado do aparelho esperando que a chamada se completasse. Seu relato era preocupante.

— Augusto, as notícias aqui no Rio são as mais alarmantes possíveis e os boatos que correm são ainda piores. Se o objetivo era perturbar o Arthur Bernardes, o resultado não poderia ser mais oposto. Há uma verdadeira romaria de políticos e militares indo beijar a mão do presidente. O governo, pelo menos é o que se sente aqui, está no domínio da situação e os revoltosos não têm apoio de ninguém. O Bernardes está empenhado em esmagar a revolta e as tropas do general Potiguar estão cercando a cidade. Muitos soldados saíram do Rio para aí e têm armamento pesado, artilharia e pelo menos dois navios da Marinha foram despachados para Santos. Os jornais estão pedindo mais rigor e ninguém parece se dar conta que a população não tem nada a ver com esses revoltosos que tomaram a cidade de surpresa.

— Graças à incrível incompetência de um governo que não soube se defender e permitiu que uma simples quartelada se transformasse nisso que estamos vendo, completei.

— Não fale essas coisas Augustinho, principalmente no aparelho, que não se sabe quem pode estar ouvindo. É preciso cautela.

— Eu sei bem. Não tenho conversado com quase ninguém.

— Os jornais aqui do Rio têm trazido os nomes dos líderes e nenhum é de São Paulo. Esse Isidoro é gaúcho e nunca serviu aí. O Távora é do Ceará e estava no Forte de Copacabana. Até esse Miguel Costa, que é da Força Pública, parece que é argentino. Mas enfim, não adianta nada a gente ficar discutindo a situação. Um colega da Light me disse que estão mandando aeroplanos para São Paulo para bombardear a cidade. Acho que o melhor que você pode fazer é sair enquanto é tempo e ir para Campinas. Mamãe está alarmada e quer você lá. Eu penso o mesmo.

Expliquei como pude ao Quinzinho que sair nesse momento não me convinha e, afinal, fora o susto do primeiro dia, nada mais me ocorrera e a nossa vizinhança, desde a fuga do governo, estava calma. Mas pedi a ele que tentasse falar com mamãe e lhe desse notícias tranquilizadoras e, se a situação piorasse, prometi que sairia.

Mas eu de fato não queria sair da cidade. Essa era a verdade e embora muitos tenham partido a maioria da população continua aqui e segue com a sua vida. A Irmã Paulina é um exemplo disso. Com bombas ou com tiros, a sua preocupação é descobrir o que aconteceu com Martha. Parece que não se importa com mais nada.

Resolvi chamar o Argemiro novamente e ir com ele à Cidade para avaliar a situação com o Pedro. Se havia alguém que pudesse me dizer o que eu queria saber, era o Pedro, que, na sua posição de delegado da Primeira Delegacia, tinha a obrigação de saber de tudo. Liguei para a Garagem e o funcionário que me atendeu disse que o motorista estava ocupado e só estaria disponível depois das três da tarde. Achei melhor aguardar e depois do almoço tentei colocar em ordem as ideias e ler os papeis da freira.

Argemiro queria ir até a delegacia usando a mesma estratégia do dia anterior procurando evitar as ruas mais movimentadas, mas as alternativas não eram muitas, eu estava ansioso para encontrar logo com o Pedro e já esperara demais. Acabamos seguindo pela av. São João e entramos pela Libero Badaró, o trajeto mais direto, sem problemas. A rua tinha um movimento bem menor que o usual para uma sexta-feira e poucos andavam pelas calçadas. A loja de loterias da esquina da São João estava fechada e o Café Paraventi não estava lotado como seria de esperar. Na frente da Cia. City, se podia ver o entra e sai usual, mas, no prédio do meu escritório, quase ao lado, a grande porta de ferro da entrada, que nessas horas permanecia inteiramente aberta, estava semifechada. Apenas na frente da Cruz Vermelha havia diversos automóveis na porta com gente entrando e saindo. A maioria estava de branco e pareciam médicos e enfermeiros. Vi de relance a Casa Mappin quase sem ninguém na entrada. Seguimos até o Largo de São Franciso e o panorama era o mesmo, a Escola de Comércio e a Faculdade de Direito pareciam funcionar normalmente, embora com poucos alunos circulando. Observei com alívio que, nesse meu trecho da cidade, todos os prédios estavam intactos, porém, ao contrário do dia anterior se podiam ouvir tiros, embora distantes. O que mais chamava a atenção é que em praticamente todas as ruas se via alguma família se retirando, a pé, em carroças, em automóveis ou pequenos caminhões. Parece que qualquer meio de transporte servia para quem tomou a decisão de partir. O Argemiro também estava preocupado.

— *Seo* doutor, *pros* lados da rua São Caetano e do Quartel tem muito mais gente abandonando as casas. Eu desde manhã estou levando passageiros para a Luz. Nunca vi a estação tão lotada. As pessoas estão disputando as passagens nos trens e está claro que não se pode transportar todos ao mesmo tempo. Os dois trens que vi partir hoje para o interior iam lotados com passageiros viajando em pé nos vagões. Ainda havia uma certa ordem, mas com a menor faísca vai haver tumulto. Os boatos diziam que o governo ia começar o bombardeio ontem à noite e que há mais de sessenta canhões espalhados ao redor da cidade, principalmente na Penha. Se houver ataque, a Cruz Vermelha está avisando para todos se esconderem nos porões das casas. Não sei se isto vai adiantar de alguma coisa. Ele se virou para trás e me entregou um panfleto da Cruz Vermelha, que instruía a população a procurar abrigo nos porões.

Não quis estimular a conversa do Argemiro e nem me fiar nele. O Pedro com certeza saberia melhor o que de fato está acontecendo. Porém era inegável que o clima era de fuga e muitos estavam assustados. Seguimos pela rua José Bonifácio e, quando passávamos em frente ao Telégrafo Federal, a não mais de duzentos metros da Barão de Paranapiacaba, começamos a ouvir a explosão das granadas e dessa vez sem dúvidas estavam muito perto. O Argemiro achou melhor parar o automóvel e seguimos a pé, meio às carreiras, grudados às paredes. Entramos correndo na delegacia e, enquanto corríamos, eu ouvi mais uma explosão mas o motorista me garantiu que foram duas. Ali, o movimento era grande e achamos melhor procurarmos o Pedro nós mesmos, entrando pelos corredores sem pedir licença, até que finalmente o encontramos na sala dos investigadores, falando ao telefone.

— Augusto, não posso nem pensar em falar com você agora. Caíram bombas aqui no centro e não sei onde mais. Me coube verificar o que aconteceu no Largo São Bento, ele disse vestindo às pressas o paletó.

— Estou de automóvel! Vamos juntos e conversamos no caminho!

Em um minuto o Argemiro nos apanhou na porta da delegacia e fomos voando até o largo São Bento. Assim que chegamos, percebemos que havia mortos e feridos. Parte da fachada do Hotel do Oeste havia desabado com a explosão e atingido pessoas na rua. O Pedro rapidamente assumiu o controle da situação, mas não havia muito o que se pudesse fazer. Os guardas já haviam chamado a Assistência e ela já estava removendo os feridos mais graves e havia pelo menos dois mortos. Eu teria ido embora, mas o Argemiro sumiu da minha vista e se enfiou pelo prédio do hotel atrás do Pedro. Eu já devia imaginar que ele não perderia a oportunidade de ver tudo em primeira mão ao lado da autoridade policial. Pedro demorou uns quinze minutos dentro do prédio e o Argemiro só apareceu uns minutos depois, vindo da direção da igreja de São Bento. Era ele que trazia as notícias mais frescas.

— Caiu bomba também no largo de Santa Ifigênia e arrebentou os postes do viaduto. Um motorista, meu conhecido, me contou que também explodiu uma granada no Paissandu, perto do restaurante Carlino.

— Mas para onde afinal esses canhões estão apontando? — perguntei ao Pedro.

— O alvo só pode ser o quartel da Luz, onde está o comando revolucionário, não faria muito sentido apontar para outro lugar. Mas os tiros estão acertando muito longe. Você veja que as bombas que caíram formam um triângulo que vai do Paissandu ao largo Santa Ifigênia e aqui. A explicação parece óbvia. Eles estão tentando corrigir a mira, mas não devem ter mapas precisos e os tiros desviam muito do alvo. E, afinal, as forças do governo não devem ter artilheiros muito bons. Por isso parece que estão atirando a esmo.

— Mas se é assim as granadas podem cair em qualquer lugar, disse o Argemiro, se intrometendo na conversa. Mas o Pedro nem respondeu e pegando no meu braço, disse.

— Se esta situação continuar mais tempo não sei o que vai ser. Desde que tudo isso começou estou de plantão todos os dias. Já são quase cinco da tarde e ainda nem almocei.

— Podemos parar uns minutos no Guanabara e comer alguma coisa, propus.

Da esquina do Largo São Bento até o bar na rua Boa Vista não andamos nem cinquenta metros. Pedi ao Argemiro que tomasse um chopp no balcão enquanto eu e o Pedro nos acomodamos numa mesa mais distante da entrada. Apesar de tudo, o movimento ali era normal. Pedimos chopp e coxinhas — a especialidade da casa — e pedi ao Pedro que me contasse o que sabia.

— As informações são muito incompletas. Ontem circulou muito, o boato de que haveria um grande ataque à noite, nós ficamos de sobreaviso e nada aconteceu. Porém a cidade está praticamente cercada e o governo federal está mandando mais e mais tropas para cá. Esse ataque parece inevitável. Você viu os panfletos que a Cruz Vermelha está distribuindo? Diz para a população procurar abrigo nos porões. Isto só serve para alarmar ainda mais as pessoas e eu não sei do que vai adiantar. Eu propus à Rina que fosse com as crianças para Amparo, onde ela tem a família do Major, mas ela não quer me deixar aqui sozinho. O Major acho que iria, mas ela não quer nem falar nisso. A Rina é teimosa, você sabe.

Concordei em silêncio.

— Mas, falando em mulheres teimosas, você não sabe quem tive que receber hoje cedo, no meio dessa confusão. A sua freirinha! Embora mandasse dizer que estava ocupadíssimo, ela ficou plantada na antessala fazendo perguntas para todos que passavam e achei melhor atendê-la de uma vez. Imagine você que ela veio me pedir para ver o laudo da autópsia daquela moça e me entregou um relatório escrito de todos os passos que ela deu nos seus últimos dias e uma lista de perguntas que considera sem resposta. Com a cidade nesta situação ainda me aparece essa freira maluca. Ela meteu na cabeça que a moça foi assassinada e não há quem a convença.

— E você acha que isso é possível, perguntei.

— Não sei, quem vai saber? Moças desse tipo, você me perdoe, a gente nunca sabe com quem andam e o que fazem. Mas quando tiver tempo vou dar uma olhada melhor no relatório da Irmã Paulina. Mas só por curiosidade, ninguém vai ter tempo de se ocupar disto com a cidade neste estado. O caso dessa moça, se é que existe um caso, foi enterrado junto com ela! E se eventualmente, a freira tiver razão e houver um crime, é preciso reconhecer que esse suposto criminoso não poderia ter escolhido momento melhor para se safar sem ser incomodado. Se comenta, aqui na polícia, que mais de cinquenta mortes foram registradas desde que isso começou há uma semana. Essa moça é apenas uma, entre tantos!

Em poucos minutos acabamos de comer e saímos. Deixei Pedro na delegacia e fui para casa, curioso. Queria examinar melhor os papéis da freirinha e ler tudo com atenção.

28
Relatório da Irmã Paulina

O relatório estava manuscrito em cinco folhas de papel almaço pautado, com o timbre do colégio, impresso em azul, no canto superior esquerdo, totalizando vinte páginas numeradas à mão. Estava redigido em português corretíssimo e fazia um resumo da vida de Martha, seu nome verdadeiro, a história de seu pai e como ela foi parar no Colégio. Narrava também os últimos movimentos conhecidos dela, baseados no que a Irmã já sabia e no que ela havia apurado conversando com as vizinhas e as colegas que foram ao enterro. Era bem minucioso e extenso. Como entregou um ao Pedro e outro a mim, a freirinha devia ter feito pelo menos três cópias e transcrito aquilo tudo sozinha. Não é coisa que se faça em meia hora. Que mulher obstinada!

No final listava as suas dúvidas sobre o caso.

Por que a porta do quintalzinho que dava para a rua lateral estava aberta?
Por que Martha estava usando uma roupa de sair? Ela esperava alguma visita?
Ela recebeu alguma visita que já esperava?
Por que a casa estava toda arrumada, como se alguém houvesse colocado tudo em ordem?

Havia dois copos finos, não copos comuns, lavados, sobre a pia da cozinha. Mas havia também louça suja.

Curiosamente o relatório não mencionava a chave que ela havia me mostrado com tanta satisfação. O que diabos se passava na cabeça dela?

29
Dia 12, sábado

Passei intranquilo aquela noite de sexta para sábado. Ouvia-se o som dos canhões ao longe e, entre as onze e meia-noite, o troar foi contínuo, depois, mais espaçado. Embora nenhuma explosão me parecesse muito próxima, era impossível dormir ao som daquela música. Acordei mal descansado.

Um dos poucos sinais de normalidade, que persistia apesar de tudo o que estava acontecendo, era o meu jornal. A maioria dos jornais da cidade já não circulava, mas ele continua sendo entregue todas as manhãs, apesar de ter apenas uma única folha. Nessa manhã, o *Estado* fazia, como de costume, um resumo dos acontecimentos do dia anterior repetindo o que todos já sabiam.

Foi grande o alarma provocado ontem, na cidade, pela explosão, no largo do Paissandu, viaduto Santa Ifigênia e largo de S. Bento de várias granadas de artilharia.

Momentos após, circulavam, nos mais longínquos bairros, os boatos mais desencontrados. Segundo uns, era incalculável o número de prédios que, no Brás, haviam sido inteiramente destruídos pelo bombardeio. Segundo outros, o que até àquela hora se passara, desapareceria ante o que nos estava preparado; a cidade, depois das 21 horas, seria impiedosamente alvejada pelas 64 peças de artilharia, que as forças legais, sob o comando dos generais Sócrates, Villalobos, Florindo Ramos e Potyguara, teriam conseguido reunir para a reconquista da cidade, nas imediações da Penha.

O jornal descrevia com mais detalhes os bombardeios do dia anterior e, no que me dizia respeito, informava que os seis feridos que eu vira sendo recolhidos no largo São Bento haviam todos falecido, segundo informação da Cruz Vermelha. *O Estado* também publicava um comunicado da Associação Comercial assinado pelo Macedo Soares, pedindo à população que desse socorro aos desabrigados e os acolhesse na medida das suas condições. Mas a notícia que me pareceu mais importante era a da reunião na casa do presidente da Associação Comercial, reunindo o prefeito e outros figurões para estudar os meios "mais oportunos para evitar a continuação do bombardeio da cidade." Devem pedir um armistício, suponho. Como a reunião seria às dez, depois do almoço o Pedro deveria já saber os resultados.

Eu ainda gastava o tempo na mesa do café quando o telefone tocou e a Francisca foi até a sala atender. Ela trouxe o recado:

— Ligou um tal de Afonso, que trabalha na casa do comendador, dizendo que a dona Lenita pede a você que vá lá vê-la ainda hoje, o mais rápido possível.

Mais esta novidade. Só me restava chamar o Argemiro novamente e depois do almoço ir lá e depois ao Pedro.

Dessa vez o Argemiro atendeu prontamente e quando chegou me disse que já esperava o meu chamado e até havia dispensado um outro cliente que queria recolher parentes na Mooca.

— Então pois, *seo* doutor, esses canhões que não param de atirar estão a acertar o Brás e a Mooca mais do que qualquer outra parte da cidade. Não é que eu tenha medo, Deus é que sabe a hora de cada um, mas não quero perder meu carro. Cada vez que essas granadas explodem voam pedras para todo o lado. A gente até pode tentar se proteger, mas o automóvel, não há como tirá-lo da rua, pois não é.

Concordei, o que eu podia dizer? Enquanto ele falava, pensei em lhe propor um trato mais permanente. Se o Argemiro desistisse e resolvesse ficar em sua casa, eu não conseguiria substitui-lo com facilidade. E, sem um automóvel não poderia circular e isto para mim era o que eu mais temia. Perguntei ao motorista se ele já havia almoçado e como ele vacilou na resposta pedi à Francisca que lhe servisse enquanto eu me arranjava para sair.

Dessa vez o nosso caminho até a 13 de maio estava mais deserto do que dois dias atrás. O impacto da guerra era visível e, embora quase não se visse gente fugindo, como na quinta-feira, as ruas vazias davam a impressão de que a cidade já estava meio abandonada. O som dos canhões e das explosões desta vez era contínuo e nos acompanhou até a casa de Lenita. Assim que chegamos e antes de tocar a campainha, pude perceber que o movimento era grande. Dois automóveis estavam sendo carregados com malas, baús, caixas e parecia que o comendador pretendia se retirar. Quem primeiro me atendeu foi dona Brasília.

— Ainda bem que você veio. Lenita estava aflita de partir sem falar com você. O Amleto decidiu que é melhor que a gente saia daqui. Vamos descer para São Vicente e ficar na casa do cônsul inglês, que nos convidou. Por mim iríamos todos, mas o Amleto não quer nem falar em largar as obrigações aqui. Enquanto ela falava, Lenita veio do andar de cima com uma frasqueira de viagem na mão.

— Mas vocês vão descer a serra de carro, nesta situação? — perguntei. Achei aquilo tudo uma loucura.

— O papai mandou dois funcionários da firma ontem para ver como está a estrada e eles voltaram hoje. Disseram que está tudo bem e que se pode descer com tranquilidade. De trem é que não é possível, a linha para Santos está bloqueada e só os militares circulam. Vamos subir até a Vila Mariana e de lá pegar a Estrada do Vergueiro. Chegamos à estrada em meia hora e vamos pousar no Orfanato do Padre Marchetti no meio da do caminho. Papai já mandou um carro nos esperar lá. Dormimos com os órfãos e logo cedo fazemos o resto do percurso e chegamos ao Caminho do Mar que, segundo o motorista de papai está excelente. Ele diz que em três horas estaremos em São Vicente.

— Mas vocês não temem que haja conflitos por lá? Dessa vez foi dona Brasília quem respondeu.

— A região do porto de Santos está dominada pelo governo e vários navios chegaram do Rio trazendo mais tropas. O Amleto está conversando diariamente com o cônsul da Itália e se mantém informado. Em São Vicente, estamos a quilômetros do porto e a casa do Mr. Kealman fica numa enseada tranquila. Você pode ficar despreocupado. Se pudéssemos ter saído logo cedo, iríamos direto, mas nos atrasamos com os preparativos e o Amleto achou melhor dormirmos no Orfanato Cristovão Colombo, que já tem um quarto preparado para nós. Os rapazes vão conosco até lá embaixo e voltam com os carros. Eu preferiria que ficassem também na praia, mas o pai precisa deles. Enfim, o jeito é a gente se conformar.

Ela disse isto e se afastou para que eu e Lenita pudéssemos conversar um pouco. Ela se preocupava em deixar São Paulo, o pai e os irmãos. E eu também, ela fez questão de frisar. Mas também estava um pouco excitada, porque afinal essa revolução iria acabar se transformando numa inesperada temporada na praia.

Despedimo-nos rapidamente porque as bagagens estavam já arrumadas e Tino e Ettore os irmãos Tetrazzini vieram nos apressar. Me despedi de todos e saímos logo depois deles. Durante todo o tempo o som dos canhões permaneceu nos lembrando que havia uma guerra em curso. Descemos de volta à Cidade e fomos procurar o Pedro.

A delegacia vivia a mesma agitação dos dias anteriores.

Pedro havia ido até a Polícia Central no largo do Palácio, mas já estava voltando, disse um dos investigadores que me conhecia. Achamos melhor esperar e em menos de dez minutos ele chegou. As novidades eram poucas.

— O governo provisório recebeu os cônsules estrangeiros que solicitam a proteção dos seus nacionais. O Isidoro pediu que eles intermedeiem as conversações com o governo federal para suspender o bombardeio. Não sei se isso vai adiantar, mas é fato que a maior parte dos mortos e feridos são imigrantes ou seus filhos. Depois disso, os figurões se reuniram novamente na casa do Macedo Soares e redigiram um telegrama ao Arthur Bernardes. Tenho uma cópia dele aqui e amanhã vai estar nos jornais que ainda circulam.

O telegrama não podia ser mais explícito.

Pedimos a v.exa. a sua intervenção caridosa para fazer cessar o bombardeio contra a inerme cidade de São Paulo, uma vez que as forças revolucionárias se comprometam a não usar seus canhões em prejuízo da cidade. A comissão não tem intuito algum político mas exclusivamente a compaixão pela população paulista.

Firmiano Pinto, prefeito municipal,
D. Duarte Leopoldo, arcebispo metropolitano,
Júlio Mesquita,
José Carlos de Macedo Soares, presidente
da Associação Comercial,
F. Vergueiro Steidel, presidente da Liga Nacionalista.

Lemos o telegrama sem comentários. Acho que nenhum de nós tinha mais muito ânimo para discutir. No caminho de volta para casa, propus ao Argemiro que ficasse à minha disposição por estes dias. Tínhamos um quartinho nos fundos que poderíamos arranjar para ele, se quisesse ficar nos dias em que não fosse para sua casa. A Francisca também poderia alimentá-lo e isso talvez servisse para lhe dar alguma ocupação e distraí-la do medo das bombas. E eu, com ele, poderia me movimentar livremente, que era o que eu mais desejava. Ele disse que precisa combinar com a Garagem e que me daria resposta no dia seguinte, mas vi que ele gostou da ideia. Quando saímos do largo do Arouche para entrar na São João, já bem perto de casa, uma patrulha de revoltosos parou o nosso carro e nos revistou à procura de armas. Eram quatro soldados comandados por um cabo usando uniformes do Exército e pareciam nortistas. Nos trataram bem e, como não encontraram nada, nos liberaram em menos de cinco minutos. Assim que retomamos a marcha o Argemiro comentou.

— Não se pode negar que os revoltosos tomaram de fato conta da cidade. Não sei se o doutor reparou, mas essa foi a quinta patrulha que cruzamos hoje. Eles estão já em todo o lugar e não vai ser fácil expulsá-los. Perto da Garagem também tem sempre uma patrulha e o povo manda café e sanduíches para os soldados. Acho que se não fossem as bombas, estariam todos satisfeitos. — Ouvi em silêncio. O que eu poderia responder?

Assim que chegamos, a Francisca nos contou que a freira estivera em casa me procurando. Esperou quase uma hora e, como não chegássemos, foi-se embora prometendo voltar no dia seguinte. Já não sei o que pensar dessa freirinha e o que fazer com ela. Enquanto a Francisca tagarelava com o Argemiro sobre a visita da Irmã Paulina, o bombardeio aumentou o suficiente para fazer tremer os pratos sobre a mesa da cozinha. Ela acendeu um fogareiro que instalou aos pés de uma imagem de Santa Bárbara que ela achou não sei onde. Provavelmente era uma das lembranças da fazenda, onde nos dias de tempestade, era costume queimar palmas para proteger a casa dos raios e trovões. Fazia anos que não via essa imagem, mas agora ela havia montado um altarzinho num canto da cozinha onde queimava as palmas de Santa Bárbara a cada vez que ouvia o ruído dos canhões. É curioso como aquele perfume da planta queimada me levava à minha infância na fazenda. Senti saudades, apesar de tudo.

Logo o Argemiro se despediu, dizendo que iria para casa passar o domingo com a família. Falaríamos na segunda.

30
Dia 13, domingo

Decidi passar o domingo em casa. Não havia o que buscar na rua e as tensões dessa semana me haviam tirado o ânimo. Até o jornal parecia conformado e trazia poucas novidades, relatando os bombardeios, a fuga da população, a relação dos feridos fornecida pela Cruz Vermelha. Tudo num tom rotineiro e burocrático. Trazia também a íntegra do apelo dirigido ao Presidente da República para cessar os bombardeios sobre a cidade. Esse parece ser o aspecto mais insensato de tudo isto. Essas bombas que caem não têm efeito militar nenhum, parecem atiradas a esmo e atingem qualquer lugar, em geral onde não estão nem os rebeldes nem as suas armas. Em compensação, o jornal anunciava que o frigorifico Armour, com o intuito de contribuir para o abastecimento da população, abriu o seu depósito da alameda Cleveland e está vendendo a retalho, os produtos que têm lá estocados e, segundo o jornal, aos mesmos preços do atacado. Consultei a Francisca e fizemos uma lista com tudo o que nos ocorreu de apetitoso para encher a despensa, chamei o Leôncio que, desde que a casa das patroas foi destruída, faz todas as suas refeições conosco e fomos juntos até o armazém. Em quinze minutos estávamos lá e se não fossem as casas bombardeadas no primeiro dia e o pequeno número de pedestres nas calçadas, a minha rua pareceria tranquila, como se não estivéssemos num cenário de guerra. Apesar de ser domingo, o armazém tinha bastante movimento e esperamos um bom quarto de hora para sermos atendidos. Pedi à Francisca para caprichar no almoço, como nos velhos tempos da fazenda. Na noite anterior, imagens da minha infância me vieram em sonhos, apesar do som dos canhões. A gente se habitua com tudo.

    No caminho consegui comprar alguns jornais para ter algo mais que ler. Depois do excelente almoço da Francisca, subi ao escritório para ler os jornais e pensei em também examinar mais uma vez os papeis da freirinha, porque eu sabia que mais hora menos hora ela viria me cobrar uma opinião sobre as suas conjecturas.

    Acabei pegando no sono, sem tocar na papelada da freirinha, que ficou em cima da escrivaninha. Só acordei com o ruído de um auto parando na porta. Pela janela, pude ver que era o Pedro numa viatura policial. Desci rapidamente e eu mesmo lhe abri a porta. O cansaço estava estampado no seu rosto e combinavam com o paletó e o chapéu um pouco amassados. O Pedro, ao contrário de mim, não tinha muito cuidado com as roupas e a Rina vivia reclamando do seu desleixo. Mas agora, até o seu rosto estava marcado e ele me pareceu uns anos mais velho.

    — Augustinho, se essa situação não se resolver logo, não sei como vai ser. Hoje eu avisei ao delegado geral interino que vou para casa e só volto amanhã depois do almoço. Estamos há oito dias nesta agonia e não sei o que nos reserva o futuro. Estamos seguindo ordens que, afinal de contas, vêm do comando revolucionário. Eu e a maioria dos colegas procuramos seguir sempre a orientação do prefeito que é a única autoridade constituída que restou na cidade. Mas você sabe, às vezes as ordens são contraditórias. Alguns investigadores querem aderir abertamente aos revoltosos, mas a maioria, como eu, é legalista. Mas como vai ser quando isto tudo acabar? O governo vai querer encontrar culpados, pode ter certeza. Foi assim no Rio em 22. Aqui vai ser pior, e a última coisa que eu quero é comprometer a minha carreira em razão de uma causa que eu nem defendo. Veja você a minha situação.

Não pude deixar de concordar.

— O governo, se e quando retomar o controle da situação, vai vir com sede de vingança. Falei com o Quinzinho pelo telefone e ele me disse que no Rio o espírito é esse mesmo, o Bernardes só está tendo vantagens com essa revolta e todas as forças políticas na capital estão com ele.

— Não tenho dúvida disto. Trouxe para você ver a resposta que o governo deu ao apelo dos mandachuvas daqui, incluído o Arcebispo com mitra, pálio, solidéu e tudo o mais que ele carrega. Chegou ao governo às duas e meia e já está se espalhando — Ele me deu uma cópia manuscrita da resposta.

Gabinete do Ministro da Guerra – Rio de Janeiro, 13 de Julho de 1924 – Exmo. Sr. Firmiano Pinto, prefeito de São Paulo – Cabendo-me, devidamente autorizado pelo exmo. Sr. presidente da República, responder ao telefonema no qual v. exa. e demais ilustres signatários, pedem não seja, pelas razões que expõe, bombardeada a cidade de São Paulo, devo declarar, com verdadeiro pesar, que não é possível assumir nenhum compromisso nesse sentido. Não podemos fazer a guerra tolhidos do dever de não nos servirmos da artilharia contra o inimigo, que se aproveitaria dessa circunstância para prolongar sua resistência, causando-nos prejuízos incomparavelmente mais graves do que os danos do bombardeio.

Os danos materiais de um bombardeio podem ser facilmente reparados, maiormente quando se trata de uma cidade servida pela fecunda atividade de um povo laborioso. Mas os prejuízos morais, esses não são susceptíveis de reparação.

Além disso, a resposta sugeria que os signatários deveriam se dirigir aos revoltosos para que abandonassem a cidade e enfrentassem o combate em campo aberto e garantia que a artilharia só "seria usada na medida estrita das necessidades militares."

Entendi, é claro, as razões da preocupação do Pedro.

No início da noite, o troar dos canhões voltou com força. Quando eu finalmente consegui dormir, ainda se ouviam.

31
Dia 14, segunda

Acordei com a notícia, dada pela Francisca, de que o Governo Provisório mandou fechar os bancos e os cartórios de protesto, instituindo um feriado bancário sem prazo para acabar. Quem lhe trouxe a novidade foi o Leôncio e é incrível como os dois, que não sabem ler e nem escrever, conseguem ter acesso tão rápido às últimas novidades destes dias. O feriado bancário que o governo federal instituiu logo no início da revolta iria só até o dia 15 porque, naqueles primeiros dias, o governo não fazia ideia de que essa situação iria se prolongar e, com certeza, nem os rebeldes imaginavam ficar tanto tempo estacionados na cidade. Agora, no impasse em que vivemos, o Isidoro achou melhor não fixar prazo para a reabertura dos bancos, que é uma forma de dizer que eles pretendem ficar por aqui o tempo que for necessário. Enquanto comia, lembrei-me da freirinha. Ela prometeu me procurar ontem e não apareceu. O que será que ela anda tramando?

Com o prolongamento do feriado, os negócios permanecem em compasso de espera e há muito pouco que eu possa fazer. Ademais o ruído da luta arrefeceu e se tornou mais distante o que fez as pessoas voltarem a sair de casa e o dia passou em relativa calma. Até o Leôncio se atreveu a sair e foi visitar a sua patroa que convalesce em casa de um filho em Higienópolis. Na volta, fez o seu relatório para a Francisca e para mim.

— *Seo dotô* Augusto, tem gente na rua de novo, pouca, mas tem. Ninguém que aguenta *ficá* tanto tempo trancado. Dona Adelaide é que continua triste, parece muito mais velhinha. Acho que ela não volta mais *prá* casa e vai ficar lá com o filho. Também, o que uma velha vai fazer sozinha num casarão desses?

Antes do almoço, a Irmã Paulina finalmente apareceu. Vinha acompanhada pelo Argemiro que, pelo visto, havia arranjado uma nova cliente.

Levei a freirinha para a sala. O relatório era longo, ela foi logo me avisando.

— No domingo, fui dar busca na casinha da rua dos Clérigos. Vou poupá-lo do relato das peripécias pelas quais passei. Porém eu tinha que ir de novo. Martha uma vez me disse que possuía um cofre onde trancava os seus papéis secretos. Ela me disse, rindo com aquele jeito que o senhor conhece bem, que guardava nele os seus segredos e alguns dos seus pecados. Eu ralhei com ela, porque eu sabia que, embora fosse uma moça muito boa, sua vida não era perfeita. Se existe algo que possa esclarecer esta história, está lá, tenho certeza disso. Aquela chave que eu encontrei tão bem guardada, certamente é a que abre esse cofre. Com a ajuda da vizinha, dona Arminda e do marido, afastei os móveis, procurei ocos nas paredes e até movemos o piano para verificar se havia alguma coisa atrás dele. Mas minha busca foi inútil e não achamos nada. Já que estava lá, limpei os armários e separei as roupas dela para levar para as minhas meninas no Colégio e deixei as melhores com a Arminda, porque a maior parte das roupas de Martha as meninas não podem usar. É muito triste ter que fazer isso, ainda mais com os guardados de uma moça tão jovem e que passou por tantas dificuldades. Não consigo tirar estes pensamentos da cabeça e rezo a Nossa Senhora para que acolha essa sua filha tão infeliz.

Achei que a freirinha ia desatar novamente no choro, mas ela se controlou, bebeu um pouco de água e continuou a sua narrativa.

— Almocei com eles e a Arminda me contou muita coisa. Disse que Martha tinha medo de um argentino que várias vezes ela viu pela cidade e tinha impressão de que a estava seguindo. Ela me disse que, numa tarde enquanto conversavam, ela contou que havia cometido um erro ao resolver tocar no café concerto. Isso foi três ou quatro semanas atrás e a Arminda também acha que alguém fez mal pra ela.

Enquanto a freirinha falava eu me lembrei de uma noite na casinha da rua dos Clérigos, quando Martha me contou os detalhes dessa história. Estávamos no seu quarto tomando o chá que ela conservava sempre à mão e, enquanto ela me servia, contou a história desse argentino.

"Uma das moças da Casa Di Franco me disse que estavam formando uma pequena orquestra só de mulheres para tocar nas matinês para as famílias e crianças no Cassino Antárctica durante os dias de carnaval. Precisavam de uma pianista e era um trabalho que me pareceu tão inocente e inofensivo que eu aceitei logo. O pagamento era bom e a coisa toda ia das duas às seis da tarde. Que mal poderia haver nisso? No entanto, alguém me viu e avisou esses bandidos. Já no segundo dia havia um homem me observando. Era um homem bonito, muito bem-vestido, que chamava a atenção. Se notava a sua presença porque só havia famílias e crianças no salão e esse sujeito destoava muito. No final, ele me procurou, me fez várias perguntas e me convidou para jantar. Disse que se chamava Nestor e que também era judeu. Aquilo me chamou a atenção e me fez ficar alerta. Como ele sabia isso? Ele se propôs a me levar até em casa, mas achei melhor recusar. No dia seguinte, ele estava lá de novo e conversou comigo, mas parecia estar com pressa e saiu logo. No último dia não apareceu, mas havia um carro preto parado em frente ao Casino e tive a sensação de que estava me esperando. Havia pelo menos duas pessoas dentro. Quando peguei o bonde o carro também se movimentou e não o vi mais. Tive a impressão de vê-lo de novo quando cheguei em casa. Ao invés de entrar, bati na casa da Arminda, minha vizinha e fiquei lá alguns minutos. O marido dela me acompanhou e, quando entrei, tranquei tudo com cuidado. Uma semana depois ele apareceu na minha porta e me convidou para tocar em Buenos Aires, onde ele estava organizando uma orquestra de mulheres para se apresentar por um mês lá. Eu disse que não podia, tinha o meu trabalho na Casa Di Franco e inventei outros compromissos. Menti, dizendo que dava aulas para as meninas mais novas no Colégio. Ele pareceu se conformar, mas ainda me procurou outras duas vezes e daí em diante eu o via frequentemente, na cidade ou a caminho de casa. Ele me cumprimentava com o chapéu, mas não falava comigo. Um dia encontrei com ele e dois outros judeus em frente ao Cine São Bento, perto do Di Franco. Nestor usava um dos seus ternos elegantes, mas os outros usavam casacos pretos e compridos como os judeus da minha terra. Tinham barbas longas e eram muito altos e fortes. Falaram comigo em ídiche, mas eu respondi em alemão. Insistiram na tal turnê em Buenos Aires e eu tive medo de que eles me pegassem à força. Mas na rua tão movimentada isso seria loucura. Daí em diante vivo apreensiva."

Lembrei de tudo isso enquanto a freirinha contava a sua história. Era mais ou menos parecida, mas ela só tinha a versão contada pela vizinha e eu ouvira tudo da boca de Martha. A minha versão incluía muito mais detalhes mas achei melhor não contar para a Irmã Paulina. Pelo menos, por enquanto.

Enquanto almoçávamos ela continuou a contar suas aventuras, mas como eu já estava me acostumando, deixou o melhor para o final.

— Doutor Augusto, o senhor não acha que, com isso tudo que sabemos já temos pelo menos de quem suspeitar? — Tentei argumentar que isso, apesar de preocupante e de certa forma suspeito, não era suficiente para acusar ninguém. Mas ela nem me deixou terminar.

— O doutor se lembra daquelas moças que apareceram no enterro da pobre Martha? Eu conversei com elas naquele dia e descobri quem são. São mesmos polacas, ou seja, moças que trabalham nos cabarés e lugares de má frequência da cidade, mas estão organizando uma associação beneficente e de socorros mútuos, para moças iguais a elas. São judias e trabalham sob o controle desses bandidos que as exploram. Mas veja o senhor como são as coisas e como Deus não distingue os seus filhos. O principal objetivo delas é organizar essa sociedade para construir um cemitério que as acolha. Como são consideradas impuras pelo seu povo, não podem ser enterradas junto dos outros judeus. Elas querem garantir que essas infelizes sejam conduzidas ao descanso eterno segundo os seus ritos. Não é extraordinário? — Concordei, isso para mim também era novidade e de fato parecia inusitado.

— A líder delas se chama Rosa, era a mais velha e falou com o senhor no cemitério. — A freirinha continuava a sorrir enquanto falava. Com certeza havia uma surpresa para mim no fim dessa conversa.

— Elas montaram uma associação na rua dos Timbiras, fui lá com o Argemiro hoje. Mas está vazia, parece que o lugar ainda não foi ocupado, com certeza por conta da revolução. Só havia uma plaquinha de papelão improvisada, colada no vidro da janela com a inscrição SFRBI. Mais nada. Perguntando aos vizinhos e batendo em diversas portas descobri que a associação se chama Sociedade Feminina Religiosa e Beneficente Israelita, daí o SFRBI. Consegui com um dos vizinhos o endereço da Rosa Lo Greco, a presidente. Ela mora no Brás e eu queria que fôssemos juntos visitá-la. O senhor é advogado e a sua presença vai impressioná-la. Acho que podemos descobrir muitas coisas falando com ela.

Ela fez esse longo relato enquanto almoçávamos e não sou capaz de entender como ela havia conseguido obter tanta informação em tão pouco tempo. E bem debaixo do meu nariz.

No final pediu a minha ajuda para o seu plano. Ela queria que eu a acompanhasse até o Brás no dia seguinte mas dei uma desculpa qualquer e prometi ir lá com ela na quarta-feira. Assim eu ganharia um pouco de tempo e poderia fazer algumas investigações por minha conta. Ela concordou, um pouco contrariada.

32
Dia 15, terça-feira

O jornal de hoje faz um minucioso relatório das negociações organizadas pela comunidade diplomática, lideradas pelos cônsules da Itália e Portugal. O objetivo dos representantes estrangeiros é buscar um acordo que interrompa os bombardeios sobre a população civil, considerando que boa parte dos atingidos, principalmente nos bairros operários, são cidadãos dos países europeus que eles representam e, ao menos em tese, estão sob a proteção das suas bandeiras. O *Estado* relata o início das tratativas ainda no sábado e as diversas reuniões que culminaram com a expedição dos representantes consulares no domingo.

Os cônsules de Portugal e da Itália representando os demais, foram de carro, com dois militares armados, até o limite das linhas rebeldes na Penha, de onde seguiram à pé, atravessando a terra de ninguém até as trincheiras legalistas em Guaiaúna. Lá foram recebidos pelo presidente Carlos de Campos, pelo Bento Bueno, secretário da Justiça e pelo delegado geral, entre outras autoridades que se retiraram da Capital. Depois de ouvir a proposta de interrupção dos bombardeios, o presidente do Estado, fiel ao seu estilo, disse, em resumo, que essa decisão cabia aos militares e não estava em suas mãos. Encaminhados ao general Eduardo Sócrates, os diplomatas, repetiram o apelo e os militares, depois de demoradas confabulações, estabeleceram uma condição preliminar para concordar em limitar os bombardeios, que o *Estado*, transcreveu integralmente.

O comando geral das forças legais exige a delimitação dos pontos da cidade, livres da presença de forças rebeldes, isolando, assim, a população de S. Paulo dos efeitos de sua ação militar.

Retornando à cidade, os cônsules procuraram o Comando Revolucionário que, depois de alguma demora, *"informou que era impossível aceitar a preliminar, visto como ela implicava na divulgação dos pontos fortificados, o que seria de vantagem para os seus antagonistas."* O resultado dessas gestões, não poderia ter sido mais frustrante, mas apesar disso, o jornal relata que os representantes da Itália, Inglaterra, Portugal, Estados Unidos, Suécia, França, Holanda e Noruega voltaram a se reunir ontem à tarde. Talvez essa pressão internacional possa ter algum resultado, quem sabe? Começo a temer que este impasse não vá ter fim próximo e, ao contrário do que eu imaginei a princípio, essa situação pode se prolongar muito mais. Já são dez dias de tiroteios e explosões e não se vê nenhuma solução à vista.

Como eu havia conseguido me livrar da freirinha, à tarde fui atrás do Paulo Duarte que assim como o Pedro, tinha muitas informações sobre o que estava acontecendo. Consegui achá-lo, pelo telefone, no *Jornal do Comércio* e marcamos de nos ver no Bar Viaducto, na rua Direita, um dos poucos que não fechou as portas nesses dias. Nos encontramos no fim da tarde e nossa conversa foi surpreendente. O grande salão do bar tinha muitas mesas vazias, coisa totalmente contrária ao normal e, no mezanino onde ficava a orquestra, não se via ninguém. Em compensação, podíamos conversar sossegados. Embora muito jovem e ainda estudando, o Paulo era uma das lideranças acadêmicas mais salientes. Trabalhava no *Jornal do Comércio*, mas a sua atividade principal era a política. Até onde me lembro, admirava o Washington Luiz e o seguia por todo o canto e, embora também fosse amigo do Moacyr, era francamente governista, como eu. Eu o encontrei mudado. Suas críticas ao governo, principalmente ao Carlos de Campos e ao secretário Bento Bueno da Justiça, eram azedas. Soube que ele agora era uma espécie de faz-tudo do Macedo Soares da Associação Comercial e estava no centro das confabulações entre as lideranças que restaram e o governo que fugiu. Na reunião de quinta-feira, quando o Isidoro encontrou o Macedo Soares na casa dele, o Paulo estava presente e participou da organização da Guarda Cívica formada por estudantes da Academia. O seu governismo havia desaparecido e ele, agora, tinha o Carlos de Campos como o maior dos canalhas.

— Você imagine, Augusto, o presidente de São Paulo concordar com o bombardeio da capital, a cidade mais progressista do país e, com a sua ação paralisar a economia do estado inteiro! Se ele não fosse o pusilânime que é, sua obrigação era ficar aqui e defender São Paulo. Você acredita que eles fugiram sem deixar nem um comunicado a quem ficou! Só escreveram um manifesto quando já estavam em Guaiaúna e ainda pediram ao povo "que se mantenha calmo e resignado" enquanto eles atiram bombas sobre a cabeça da população da cidade!

A conversa seguiu nesse tom. Eu de fato concordava que o Carlos de Campos havia se acovardado, mas daí a dar razão aos revoltosos era demais para mim. Mas para minha surpresa o Paulo, sempre tão alinhado às diretrizes do governo quanto todos nós, já via razões para justificar a revolução e me contou da sua boa impressão sobre o Isidoro.

Que tempos!

33
A curiosidade

A curiosidade humana é uma força poderosa. É capaz, tanto de desvendar os mistérios do universo, quanto se atirar a um buraco de fechadura.

Combinei com o Argemiro que encontraríamos a freirinha no dia seguinte logo pela manhã para irmos todos procurar a tal Rosa. À noite, se pôde ouvir o som dos canhões e o ruído mais agudo dos tiros de rifle e metralhadora, porém, desta vez, eles pareciam bem distantes. A direção mudara e agora os ruídos vinham da região mais próxima da avenida Paulista. Mais tarde eu descobri que os enfrentamentos estavam se deslocando para a Vila Mariana e o Paraíso e era lá que se travavam os maiores combates. Soubemos que um pelotão de legalistas surpreendeu os revoltosos e retomou o quartel da rua Vergueiro no dia anterior e agora as forças rebeldes buscavam conter esse avanço e muitos soldados se deslocaram para aquela região. Apesar do barulho, dormi bem.

Saímos logo cedo e, da minha casa até o colégio na avenida Higienópolis, quase não havia movimento. A circulação dos bondes estava suspensa e, no nosso trajeto, as marcas da revolução, segundo o Argemiro, só eram visíveis nas proximidades do Palácio que, abandonado, já não atraía mais a atenção de ninguém. No resto do caminho, a cidade poderia parecer normal a qualquer observador desavisado, se não fosse o pouco movimento nas ruas e a ausência quase total de pedestres. Porém, já não se via aquele movimento de fuga, pelo menos por ali.

Fizemos o trajeto rapidamente e encontramos, como já esperávamos, a irmã Paulina encarapitada no topo da escadaria nos aguardando. Ela entrou no carro e fez um rápido resumo dos seus planos.

— Essa Rosa mora no Brás na rua Martin Bouchard, mas graças a Deus, essa rua fica no lado de cá dos trilhos. Da última vez que fomos à casa de Martha, ficou claro que atravessar a linha férrea pode ser bem perigoso. Há muitas patrulhas rebeldes e governistas espalhadas ali e os tiroteios podem explodir a qualquer minuto.

Esse endereço era uma rua escondida que saía da avenida Rangel Pestana e da qual eu nunca ouvira falar. Mas o motorista conhecia bem e, segundo ele, era capaz de nos levar até lá por um caminho seguro. Depois de uma grande volta cruzamos o Tamanduateí pela avenida Rangel Pestana e, assim que entramos no Brás e atravessamos as porteiras, o motorista procurou as ruas escondidas e secundárias.

Naquela zona, a cidade tinha um aspecto estranho e em vários lugares vimos fachadas crivadas de tiros e pelo menos uma casa semidestruída pelo fogo de artilharia. Era um sobrado de esquina e justamente a parte que formava o ângulo havia sido arrancada como se fosse uma fatia de bolo e os cômodos internos podiam ser vistos da rua.

Tudo ia bem até que, na rua Piratininga, na esquina da Cel. Mursa, uma barricada dos rebeldes nos impediu de prosseguir. Tinha mais ou menos um metro de altura e havia sido levantada com os paralelepípedos arrancados do calçamento e, embora fechasse a rua, eram poucos os homens armados que a guarneciam e havia até crianças brincando nas imediações. O Argemiro, que desceu para se informar, nos disse que há dois dias tinha havido tiroteios por ali. Fomos obrigados a fazer um grande desvio por ruas praticamente só ocupadas por fábricas sem movimento. Depois de tantas voltas, descemos pela rua da Alegria e saímos no final da rua que procurávamos. Quando chegamos, tivemos que bater em algumas portas até encontrar a tal Rosa. Ela vivia numa casa de cômodos e ocupava um quarto no fundo de um longo corredor. Quando batemos na porta, sua surpresa foi enorme e ela nos atendeu ali mesmo, em meio ao entra e sai dos moradores.

A irmã Paulina, cada vez mais aflita para encontrar respostas para as suas dúvidas, perguntou logo se ela sabia de uns judeus que andaram perguntando por Martha antes dela morrer. Isso foi um grande erro e pela primeira vez vi que a freirinha na sua ansiedade por descobrir o mistério que imaginava que houvesse, não teve o cuidado necessário para conduzir a conversa. Rosa disse e repetiu várias vezes que não sabia de nada, que apenas buscava dar às moças judias o direito de ser enterradas segundo os ritos, que não conhecia Martha e apenas tinha o objetivo de rezar por ela. À medida que ia ficando nervosa, o seu sotaque foi se acentuando e ficou quase ininteligível e a freirinha já sem saber o que fazer para remediar a situação, falou com ela em francês. Para minha surpresa, ela respondeu num francês mais compreensível que o português que ela conseguia falar e repetiu que a sua sociedade tinha apenas o propósito de construir um cemitério para aquelas moças. A irmã se deu conta que havia se precipitado na conversa e vendo que já não conseguiria nada com a Rosa, acho que resolveu colocar todas as cartas na mesa, e perguntou se ela conhecia um argentino chamado Nestor. Foi o que bastou, a moça encerrou a conversa e praticamente fechou a porta na nossa cara.

Esse foi o resultado final da nossa expedição. Cruzamos a cidade, correndo riscos de a qualquer momento nos vermos em meio a um tiroteio, para termos uma conversa que não durou muito mais do que cinco minutos. Mau emprego de tempo e esforço. Enquanto voltávamos para o colégio, a freirinha seguiu por um bom tempo calada e era visível a sua frustação. Ela percebeu que havia conduzido mal a conversa e amedrontado a moça. Mas sei que ela não ia se dar por vencida tão facilmente.

— Doutor Augusto, o senhor notou o medo que essa história causou à moça. Isso apenas confirma que esses homens são perigosos e a Martha tinha razão em estar preocupada. Se não fosse assim, por que a Rosa se assustaria com as nossas perguntas? Tenho certeza de que estamos no caminho certo.

Tentei argumentar, dizendo a ela que, afinal, depois dessa busca inútil continuávamos sem saber de nada relevante e que pudesse dar base mais concreta às suspeitas. Mas era impossível vencê-la.

— Doutor acho que o senhor está enganado. Como se diz lá em Minas, tem caroço nesse angu. Não me entra na cabeça que isso tudo seja coincidência e que uma moça como ela se mate assim, sem mais nem menos. *Le mensonge n'a pas de pieds.* — Ela disse, dessa vez, na sua língua natal.

Eu já sabia que não produzia nenhum efeito prático discutir com a freirinha e não prossegui. Mas ela ainda tinha planos.

— Quando estive na delegacia do Dr. Pedro, conversei com um dos investigadores para ver se descobria alguma coisa. Ele me pareceu conhecer bem esse *bas-fond* da cidade, conversou muito comigo, e me indicou um delegado na Polícia Central que, segundo ele me disse, é a pessoa certa para obter informações sobre esses bandidos. — Ela me contava essas coisas, sem conseguir esconder o sorrisinho de triunfo que iluminava o seu rosto cada vez que ela fazia uma declaração que me surpreendia. — Temos que falar com ele. Mas antes vocês vão almoçar comigo no Colégio. Não temos luxo, mas a comida é boa e muito saudável.

Ensaiei uma desculpa, mas foi inútil e não insisti muito. A minha curiosidade também era grande e achei melhor ir até o fim dessa história.

Antes de irmos à Polícia Central, resolvi passar na delegacia do Pedro, enquanto a irmã Paulina e o Argemiro me esperavam na porta. Pedro confirmou que o dr. Mário Cruz, delegado de Costumes, era mesmo a pessoa indicada para nos dar informações sobre um caso como esse. Rabiscou um bilhete e me pediu que o entregasse a ele, para servir de apresentação. Estava atarefadíssimo, como acontecia sempre, desde o início da revolta, e a conversa foi curta.

— Esses últimos dias foram mais calmos e os combates estão se afastando do centro. Mas nunca se sabe. Imagine você que nessa noite caiu uma granada bem no meio de um teatro no Brás que estava servindo de refúgio aos desabrigados. Parece que morreu muita gente e por isso essa correria por aqui.

Procuramos o delegado Mário Cruz na Polícia Central no largo do Palácio. O Gabinete do Delegado de Costumes e Jogos ficava no segundo andar, nos informou o encarregado da portaria. O movimento na entrada e nos corredores era grande, naquele prédio velho e malcuidado, como todas as repartições policiais, mas, enquanto subimos os dois lances da escadaria de madeira escura, pudemos ver muitas salas fechadas e trancadas. Como o Pedro já havia me advertido, o delegado geral e boa parte da cúpula da polícia, haviam seguido com o governo para Guaiaúna. Os que ficaram estavam sobrecarregados.

Para não perder tempo entreguei logo ao contínuo do segundo andar o bilhete do Pedro. O delgado nos atendeu em poucos minutos. Era um sujeito alto e moreno e parecia muito enérgico. Era mais jovem que eu e talvez fosse calouro quando me formei. Sua sala, com uma grande janela que dava vista para a lateral do Palacio era um misto de caos e ordem e parecia tão decrépita quando todo o resto. As paredes imploravam por uma demão de tinta e o assoalho não via cera há anos. Ao lado da sua mesa havia outra, maior, encostada à parede e repleta de processos e papéis que formavam pilhas mais ou menos equilibradas. Em contraste, na parede oposta, um grande quadro de cortiça exibia, perfeitamente organizados, uma infinidade de fotos de criminosos e de recortes de jornais. Verifiquei que vários citavam o nome do delegado, que pelo visto tinha prestígio na imprensa e pelo menos dois traziam o seu retrato. Ele fingiu saber quem eu era, mas vi que foi apenas gentileza, com certeza provocada pelo bilhete do Pedro. Nos fez sentar e ouviu com atenção o nosso relato, contado pela irmã Paulina. Ela sabia muito bem ressaltar os aspectos mais estranhos e suspeitos da história. O delegado se interessou pela narrativa e fez diversas perguntas para mim e para a freirinha.

Para a nossa surpresa, ele conhecia o tal Nestor, que já foi levado para a polícia duas vezes, acusado de viver à custa de mulheres.

— Esse indivíduo já é conhecido da polícia — disse ele, consultando uma pasta de papelão verde que tirou da pilha que se equilibrava na mesa ao lado. Como ele encontrou o que procurava naquela pilha caótica, nos pareceu extraordinário e eu e a freirinha nos olhamos espantados.

—É um judeu polonês, que viveu mesmo na Argentina e se chama na realidade Nissim Hidal. A nossa polícia suspeita que ele faça parte de uma sociedade criminosa que tem ramificações em várias partes do mundo. É conhecida por *Zwi Migdal* e no ano passado dois policiais argentinos estiveram aqui atrás de membros desse grupo que se estabeleceram no Brasil. Foi em razão dessa visita que ficamos sabendo de detalhes sobre essa organização e a partir daí muitas coisas passaram a fazer sentido. São eles que estão trazendo para cá essas polacas que hoje em dia se veem por aqui.

— Mas essas moças vêm de onde? perguntou a freira.

— Em geral de aldeias pobres do leste da Europa, mas podem vir de qualquer lugar onde existam moças judias pobres que possam ser enganadas pelas promessas desses indivíduos. No ano passado, prendemos duas francesas, vindas de Marselha. O sujeito que as explorava foi expulso e deportado. Mas as moças estão por aí. Mas isso não acontece só aqui. Parece que a organização atua na América do Norte e em vários países da América do Sul.

— Mas como eles as trazem? Perguntou a freira? — Não se pode embarcar essas moças num navio à força, não é mesmo?

— Sem dúvida, ele retrucou. Essa questão só fomos compreender depois da chegada dos nossos colegas argentinos, que tinham muito mais informações do que nós sobre essa quadrilha. Segundo fomos informados a organização tem inúmeros agentes espalhados pela Europa que buscam essas jovens onde elas estiverem e, por meio de vários artifícios, as convencem a acompanhá-los para a América do Sul. Muitos se apresentam como comerciantes enriquecidos que buscam uma boa esposa judia e prometem casamento. As famílias, muito pobres, ficam muito satisfeitas em entregá-las a esses homens, as vezes com uma compensação em dinheiro. Enfim, poupo a senhora dos detalhes, a irmã me perdoe.

Ele não conhecia a freirinha e ela respondeu imediatamente — Por favor delegado, não nos oculte nada. Para nós é muito importante saber de tudo.

O dr. Cruz olhou para mim como se pedisse orientação e acho que viu pela minha expressão que era inútil tentar suavizar a história para a irmã Paulina, que não se daria por satisfeita sem extrair tudo o que pudesse daquela conversa.

— Bem, irmã, o caso é que assim que chegam aos portos de embarque ou até antes, descobrem que foram enganadas e são usadas pelos seus raptores ou repartidas com outros membros da quadrilha. As melhores são mantidas virgens e vendidas na Argentina por verdadeiras fortunas.

— E a polícia argentina o que está fazendo? — perguntei.

— São eles os que mais perseguem esses indivíduos e foi graças às informações que recebemos de lá é que pudemos iniciar o combate a esse tráfico de escravas brancas, porque é disso que se trata. Mas não se iludam. Eles são muito ricos e poderosos e na Argentina mantêm uma mansão na cidade de Avellaneda, próximo de Buenos Aires e de lá comandam o tráfico na América do Sul. Os nossos colegas argentinos nos disseram que eles chegam a organizar leilões nessa casa e exibem até as mulheres despidas para a escolha dos interessados. De toda a forma aqui, em Buenos Aires ou nos outros lugares, elas são obrigadas a ganhar a vida nos bordéis, praticamente como escravas.

— Que horror, jamais poderia imaginar que houvesse gente capaz disso. Nós sabemos que há muito mal no mundo, mas nunca imaginei ouvir uma história como essa. — A freirinha estava pálida e parecia mesmo muito abalada. Mas o delegado agora, também parecia querer chegar ao fim da história.

Essa moça que morreu, era muito bonita não é mesmo? perguntou — Eu confirmei.

— Faz sentido. Eles encaminham para Buenos Aires as mulheres mais bonitas e mais jovens, porque lá é o melhor mercado para essas moças. Uma jovem, bonita com pouco ou nenhuma experiência nesse trabalho, pode render uma fortuna para esses criminosos. Me perdoe falar assim irmã, mas essa é a realidade. As que restam se dividem entre o Rio e São Paulo e as mais velhas ou menos dotadas são encaminhadas para o Norte, principalmente Recife. Temos notícia de que também por aqui esses bandidos organizam leilões quando chegam mulheres novas, mas isso ainda não conseguimos comprovar.

A irmã Paulina, sentada na ponta da cadeira como era seu costume, se dividia entre o horror que a narrativa lhe causava e a satisfação de ver que essa história, contada por uma autoridade, poderia confirmar as suas suspeitas. Nessa altura da conversa achei melhor contar ao delegado o encontro com o tal Nestor e os outros dois judeus que Martha me relatou. Acrescentei, como preâmbulo, que havia esquecido de mencionar o caso para a irmã Paulina, já me desculpando. Ela me retribuiu com um olhar de evidente censura.

— Nós sabemos que indivíduos que se vestem assim, têm sido vistos em lugares escusos e em horários tardios. Eles chamam a atenção, porque os poucos judeus da cidade são muito ordeiros, tem famílias grandes e quase não saem à noite. Também suspeitamos de que esses homens se utilizam de uma mansão na rua Panamá, no Jardim América, para encontros e festas. É nessa casa, que se acredita que se tenham realizado leilões de mulheres, inclusive com a presença de sócios da organização vindos da Argentina e membros da nossa boa sociedade, inclusive fazendeiros. O vício, a senhora sabe, não tem fronteiras. Mas infelizmente ainda não temos provas disso.

A freirinha, que ouvira tudo aquilo calada na maior parte do tempo, já não podia mais se conter.

— Então, dr. Cruz, o senhor concorda que esses bandidos são os principais suspeitos da morte de Martha?

O delegado, porém, jogou um pouco de água fria no ímpeto da irmã Paulina.

— Talvez, tudo é possível, mas não me parece provável. Esses homens buscam mulheres para ganhar dinheiro e uma moça judia, jovem e bonita, vale muito para eles. Principalmente se pudessem vendê-la na Argentina onde elas são muito procuradas, como eu disse, e valem um alto preço. Morta, ela não lhes serve de nada, me desculpe a franqueza, irmã, mas na nossa profissão temos que ser objetivos.

— Mas o senhor doutor delegado vai investigar esses indivíduos, ela insistiu.

— Irmã, a senhora pode contar com toda a colaboração e empenho da polícia para esclarecer este caso. — O delegado retomou o seu papel formal de autoridade policial. — Mas a senhora compreende que ainda temos muito pouco com que começar.

Achei que era o momento certo para também dar a minha opinião.

— Ademais, eu disse, não temos certeza se foi mesmo um crime ou um acidente ou quem sabe suicídio.

O delegado, apesar do meu comentário, continuou.

—A senhora me disse que a moça morreu de uma dose excessiva de cocaína, é isso mesmo? — A irmã confirmou.

— Muitos desses estrangeiros, não necessariamente judeus têm se estabelecido aqui para contrabandear e vender cocaína. Infelizmente, o costume de consumir esse entorpecente — que há uns anos era considerado restrito aos ambientes mais sórdidos — hoje está virando um hábito elegante e há um comércio muito lucrativo em torno dele. Os jornais têm noticiado. Poucos dias antes de estourar essa revolução invadimos um desses antros onde se vendem drogas e encontramos dois rapazes de boa sociedade e dois estrangeiros que faziam esse comércio. Os estrangeiros estão presos e estamos tomando as providências para expulsá-los. A notícia saiu na Gazeta duas semanas atrás. — Eu tenho vários exemplares do jornal, veja o senhor mesmo. Disse isso e caminhou até uma pilha de jornais que se amontoavam na mesa e me entregou um.

— Há uns meses apanhamos um grupo com grande quantidade de cocaína, morfina e ópio. Um dos cabeças era um argentino chamado Hugo Ottoni. Além dele, havia um chinês, um judeu, dois espanhóis e uma moça japonesa que mal falava o português e aparentemente era amante do chinês. Também tenho o jornal aqui, leve com você, ele me disse.

Percebendo que a conversa ia se desviando dela e já era quase uma conversa de homens, a freirinha nos interrompeu e insistiu.

— Delegado, o senhor acha que este caso pode ter a ver com esses traficantes?

— Não sei irmã, não se pode descartar nada. Pelo que os senhores contaram, a moça não me parece do tipo que tenha se envolvido com essas gangues de traficantes, mas nunca se sabe. Se ela devia dinheiro para eles, tudo é possível.

— Então delegado — a freirinha insistiu. — O senhor vai investigar a morte dessa moça?

— Irmã, vou fazer tudo o que estiver ao meu alcance. Mas a senhora compreende que as condições atuais não são as melhores e nenhum de nós sabe como vai ser o dia de amanhã. — Ele disse isto já se levantando da cadeira. Nos levantamos também e agradecemos ao delegado a atenção que teve conosco. Afinal, ficamos no seu gabinete por mais de uma hora e saímos cheios de novas informações.

34
Dia 16, quarta-feira à noite

Quando saímos da Polícia Central, já passava das três e meia da tarde. O Argemiro gastara o longo tempo de espera procurando se informar sobre os últimos acontecimentos e a notícia mais sensacional era a bomba que havia caído num teatro do Brás. Quando entramos no automóvel, ele e a irmã Paulina tagarelaram todo o percurso sobre este assunto. Não participei da conversa, minha cabeça estava em outro lugar e eu queria ler com atenção os dois jornais que o delegado me dera.

Quando entramos na avenida Higienópolis para desembarcar a freirinha, ouvimos o motor de um avião. Ele voava baixo e deu várias voltas sobre a cidade, à vista de todos. Todos concordamos de que só podia ser um avião do governo, buscando identificar as posições dos rebeldes. Isso só pode prenunciar mais ataques e bombardeios.

À noite procurei ler os jornais que o dr. Cruz havia me dado. Ambos descreviam a ação da polícia contra os vendedores de drogas e a organização Zwi Migdal. As manchetes explicavam tudo: "*A escravatura branca, como procedem os rufiões internacionais no mercado de carne humana*". A matéria citava o delegado e trazia as fotos dos diversos indivíduos presos pelos investigadores da Delegacia de Costumes. A lista era grande e incluía franceses, gregos, italianos e argentinos. Noutro exemplar a manchete era: "*Nos meandros do Vício. A seita negra em S.*

Paulo. Cocaína, ópio, morfina e a ação benéfica da polícia contra os vendedores da morte." Abaixo dos títulos estavam dispostos os clichês com as fotos de oito dos presos, com um chinês, três mulheres, sendo uma, a japonesa que o delegado mencionara. O texto citava mais de uma vez o nome do delegado e lhe fazia muitos elogios. Adiante descrevia a ação.

> Ainda há dias, após severa 'campana', determinada pelo Delegado Cruz, inspetores de Costumes surpreenderam em flagrante, quando adquiriam tóxicos, dois moços da alta sociedade, bastante conhecidos no nosso meio social.
> Esses rapazes pertencem à melhor sociedade paulistana. Em seu poder a polícia aprendeu 2 vidros de morfina em pó de 4 gramas cada um, um vidro de cocaína e um vidro de morfina líquida de 12 gramas, além do aparelho e agulha de injeção.
> Em flagrante, quando passavam tóxicos a esses moços, foram presos o indivíduo José Carneiro Malhado e sua amásia Regina de Azevedo.

Esse caso eu conhecia, assim como também conhecia "os rapazes de boa família". Bem, pelo menos as notícias deixavam claro que os membros da nossa classe ainda estão relativamente a salvo da polícia.

35
Dia 17, quinta-feira

No dia seguinte os jornais traziam a história do Teatro Olímpia na avenida Rangel Pestana. Como outros teatros e cinemas da cidade, ele estava sendo utilizado pela Cruz Vermelha como refúgio para os desabrigados pelas bombas e tiroteios no Brás e, apenas no dia anterior, moradores da região foram alojados ali. Foi justamente no teatro que caiu uma granada disparada pelos canhões legalistas posicionados na Penha e o petardo atingiu em cheio a plateia, fazendo desmoronar boa parte do edifício. O morticínio foi tremendo, o que fez o próprio general Isidoro Dias Lopes comparecer ao local, com seu Estado Maior, para dar socorro aos atingidos. No final, trinta haviam morrido, na maioria velhos, mulheres e crianças e mais de oitenta ficaram feridos. O general ainda comentou que apenas civis estavam sendo atingidos pelas bombas governistas e até aquele momento nenhum dos seus comandados havia sequer sido ferido pelos bombardeios. Pode parecer um pouco cínico, mas é bem possível que seja verdade.

Pela hora do almoço, recebi um telegrama, muito atrasado, da Lenita me informando que haviam chegado bem. Com o transtorno destes dias, nem me ocorreu ligar ao comendador para saber delas. Mais uma falha que ele, com certeza, anotou. Quando eu estiver com a cabeça no lugar novamente tenho que reparar estes erros.

36
Dia 18, sexta-feira

Nesta sexta-feira de feriado bancário, com meu escritório fechado e os negócios suspensos, decidi passar o dia em casa sem me preocupar com o que acontecia pela cidade. A não ser que a irmã Paulina viesse de novo atras de mim, não pretendia sair e iria aproveitar o tempo para arrumar os meus papéis e dar ordem aos meus assuntos, que em algum momento deveriam voltar ao normal. Parece inacreditável que já se tenham passado treze dias desde o início desta loucura. Duas semanas com as pessoas trancadas em suas casas ou fugindo para lugares mais seguros, as ruas quase desertas, os bondes parados e o comércio fechado em sua maior parte. Não fossem os edifícios destruídos, o cenário se assemelharia ao da gripe espanhola, de tão má lembrança.

Cientes de que o bombardeio indiscriminado, além de matar apenas civis inocentes, podia causar enormes prejuízos, atingindo prédios, instalações industriais e armazéns, as nossas "classes conservadoras" resolveram mudar a sua estratégia e apelar ao general Abilio Noronha, comandante da Região Militar, preso pelos rebeldes já nas primeiras horas do movimento. A ideia era usá-lo para convencer o próprio presidente da República de que os prejuízos causados pela destruição da capacidade de produção do Estado e os prejuízos inevitáveis aos bens de estrangeiros teriam consequências ainda piores do que a rebelião, que todos viam, estava restrita à cidade. Era o que estava nos jornais.

Exmo. Sr. Gal. Abilio de Noronha

A Associação Comercial de S. Paulo, representante legítima das classes conservadoras, vem apelar para a autoridade decorrente da maneira inteligente, sábia e criteriosa com que V. Excia. vinha comandando a 2ª. região militar, a fim de que V. Excia. se dirija aos exmo. sr. Presidente da República expondo, com clareza, a verdadeira situação em que se encontra o Estado de S. Paulo.

Os acontecimentos mostram que não se trata de uma simples insurreição militar. As forças revolucionárias estão, à evidência, organizadas para a guerra civil. Está em poder dos rebeldes a cidade de S. Paulo – a presa mais valiosa que poderiam ambicionar.

A vitória das tropas legalistas, possível e mesmo provável, só poderá ser obtida pelo arrasamento de S Paulo depois, portanto, da pilhagem aos bancos, às casas de comércio e indústria, e depois talvez do massacre da população inerme e indefesa.

Ainda mais, S Paulo é uma cidade cosmopolita. São importantíssimos os interesses estrangeiros em nossa terra. O simples bombardeio, quanto mais a destruição de S Paulo acarretará seguramente as intervenções diplomáticas com todo o seu cortejo de humilhações.

O apelo da Associação Comercial de São Paulo, não é dirigido ao coração de V. Excia.

Não nos movem as lágrimas derramadas pela população que chora a morte de centenas de civis inermes. Não nos movem os soluços das nossas mulheres ou dos nossos filhos que estão sofrendo resignada e fielmente as agruras de uma situação que não foi por nós criada, nem merecida.

O nosso apelo é feito à razão de V. Excia. para que, pesadas todas as gravíssimas consequências de uma violência escusada seja evitado o aniquilamento financeiro e econômico do Estado de S Paulo, a unidade mais próspera da federação.

S Paulo 16 de julho de 1924
José Carlos de Macedo Soares
Presidente da Associação Comercial de S. Paulo

Era de fato um apelo capaz de comover, pois se dirigia diretamente aos interesses econômicos ameaçados pela rebelião. Atendendo ao apelo, o general Noronha pediu ao Isidoro as suas condições e "o que se pretende que seja transigido pelo Governo da República", dispondo-se a exercer o papel de intermediário. A resposta do chefe revoltoso, que o *Estado* dessa sexta publicava, não poderia ter sido mais insensata. Ele afirmou que as condições mínimas para que os rebeldes depusessem as armas, incluíam "a entrega imediata do governo da União a um governo provisório composto de nomes nacionais de reconhecida probidade e da confiança dos revolucionários", citando como exemplo o ex-presidente Venceslau Brás, além da convocação de uma Assembleia Constituinte. A constituição a ser elaborada, também tinha suas condicionantes e deveria proibir os impostos interestaduais e a reeleição de deputados e senadores, entre outras coisas. Além disso, o governo provisório, deveria manter "os compromissos internacionais firmados pelo Brasil", implantar o voto secreto e respeitar integralmente os direitos legais "das classes armadas". O resultado é que logo se soube que o general desistiu da intermediação, por considerar inaceitáveis as exigências.

Como São Paulo, a cidade mais pujante do país foi cair nas mãos de gente tão incapaz é um mistério para mim.

À noite, os bombardeios e a fuzilaria aumentaram e estava claro que os combates haviam se intensificado. Por volta das oito da noite o telefone tocou e o Argemiro me disse que bombas haviam voltado a cair perto da Luz e ele temia que a garagem – que ficava a poucos quarteirões da Estação da Luz - fosse atingida. Perguntou se podia dormir aqui, porque era impensável atravessar a cidade para chegar à sua casa e lá ele não queria ficar. Concordei e pedi à Francisca que arrumasse o quarto dos fundos pra ele. O Argemiro chegou em poucos minutos, ainda a tempo de cear.

Foi uma noite turbulenta e acho que nenhum de nós dormiu direito. De manhã, com o dia claro, ainda se ouviam os tiros e explosões.

37
Dia 19, sábado

Não recebi o meu jornal como de costume. Mau sinal. Outro sinal nefasto foi a irmã Paulina que me procurou logo cedo. Já está mais do que claro que ela não pretende me deixar em paz e trouxe, na esperança que eu recebesse com entusiasmo, as últimas novidades do caso Martha. Ela novamente voltou à delegacia de costumes e veio de lá para me contar as novidades, a bordo do automóvel do Argemiro.

— Doutor Augusto, fiquei muito bem impressionada com esse jovem delegado, que me parece muito ativo e sério, coisa rara na nossa polícia, não é mesmo? — Foi desse modo que ela iniciou a narrativa da sua visita à Polícia Central.

— Veja o senhor que ele, como prometeu, começou a investigar o caso e fez os seus investigadores trazerem o tal Nestor para prestar declarações na delegacia. Me disse que fizeram um interrogatório muito rigoroso, mas que o rapaz negou tudo e disse que nem sabia que a Martha havia morrido. Disse apenas que a ouvira tocar, gostara e ficou de apresentá-la a uns conhecidos que podiam ajudá-la na carreira. Eles o liberaram no mesmo dia, mas o delegado me disse que vai atrás dos outros dois judeus que falaram com ela na rua São Bento.

Eu disse a ela que estava muito feliz com o seu progresso e era extraordinário como, graças a ela, a investigação estava avançando. Mas ela não estava satisfeita.

— Ainda não me saiu da cabeça aquela chave que eu lhe mostrei outro dia. Eu andei pensando nesse assunto e, hoje, tenho certeza de que a Martha não brincava quando dizia que guardava segredos. Na hora não fiz muito caso, mas agora vejo a maneira séria com que ela me contou o caso. Eu vou encontrar esse cofre e queria que o doutor me ajudasse.

— Eu gostaria, mas não sei bem nem por onde começar, tentei argumentar.

— Bem, nós sabemos, com certeza, que aquela chave não abre nenhuma fechadura da casa. Portanto, esse cofre ou seja o que for, está em outro lugar. Será que seria um cofre de banco, desses que se alugam? perguntou.

— Irmã, isso não me parece razoável. Martha, que eu saiba, tinha apenas a conta na Economizadora, que o pai lhe deixou e lá eles não têm cofres. Os bancos que prestam esse serviço, são poucos, e reservam essas caixas para os maiores clientes. Não vejo como uma moça simples como ela pudesse fazer isto. — A freirinha ouviu calada. Meu argumento era tão lógico e óbvio que ela não foi capaz de retrucar.

— Neste caso, doutor Augusto, temos que procurar noutro lugar. O senhor vai concordar comigo que uma chave guardada deve abrir uma fechadura. Precisamos descobrir onde ela está.

Eu já sabia, essa freira nunca se dá por vencida. Quando eles saíram, o Argemiro me perguntou se podia pousar em casa de novo. Ele só pretendia ver a sua família no domingo se a situação não piorasse. Concordei, claro.

Pelo meio da tarde, a Rina ligou me convidando para o almoço de domingo. Disse que o Pedro pediu que eu fosse lá porque queria muito conversar comigo. Prometi ir, mas fiquei curioso. Qual seria a novidade?

38
Dia 20, domingo

Os aviões governistas sobrevoaram novamente a cidade no domingo cedo. Eram pelo menos dois e passaram várias vezes sobre a minha casa. Tudo indicava que estavam marcando as posições rebeldes e isso prenunciava mais ataques. Na noite anterior, creio que poucos paulistanos conseguiram dormir, porque o ruído dos canhões e da fuzilaria era cada vez mais intenso. Pelo jornal, ficamos sabendo que já havia luta feroz na Liberdade e na Glória, dois bairros bem próximos ao centro. Segundo o *Estado*, a região da Penha era um cenário de guerra e eram incontáveis os prédios atingidos. A fuzilaria lá não cessava e a população local já havia se retirado, restando apenas os que não tinham meios de fugir.

Gente como eu, porém, não podia se queixar. Embora eu quase tivesse sido atingido pelas primeiras bombas da revolta, nada mais aconteceu nas minhas proximidades depois que o palácio dos Campos Elísios foi abandonado pelo governo. Apesar do desconforto provocado pelos tiroteios que se ouviam à distância, aqui a vida parecia prosseguir sem maiores sustos.

Com o Argemiro em visita à sua família e com o dia lindo e ensolarado, achei melhor ir a pé até a casa do Pedro. Era uma caminhada de não mais de dez minutos. O almoço foi alegre e animado como sempre. Pedro, cada vez mais governista, não se cansava de criticar o Isidoro e os seus auxiliares. Os episódios estranhos ou ridículos eram incontáveis e os absurdos provocariam risos se as consequências não fossem trágicas. Rina, ao contrário, tinha simpatia pelos rebeldes e, embora concordasse com as críticas do marido, via um fundo positivo nas reinvindicações do movimento.

— É claro que as exigências do Isidoro foram descabidas, mas quem pode ser contra o voto secreto? — ela perguntou à mesa.

— A questão não é essa, argumentei. O problema é que a lista de exigências ao governo federal chega a ser ridícula de tão irrealista. Ele se comporta como se a rebelião que ele comanda já fosse vitoriosa e coubesse ao governo apenas se retirar, coberto de vergonha. Ele não vê, ou finge que não vê, que as suas tropas estão presas na cidade, não tem apoio de mais ninguém, as adesões prometidas nunca vieram e as opções militares que ele tem, ninguém sabe quais são. O fato é que tirando o miolo da cidade de São Paulo, que eles conquistaram pela surpresa, eles não têm mais nada e estão cercados. É isso que é.

O major por sua vez era equidistante. Seu espírito positivista não suportava rebeliões e quebras da ordem, porém as suas queixas em relação ao governo eram muitas e vinham de muito longe. Ele foi várias vezes preterido nas suas ambições e isso não se esquece.

— O Isidoro pode ser um energúmeno, não nego, mas e esse Carlos de Campos, que fugiu do Palácio ao ouvir os primeiros tiros? E o governo federal que vive às custas dos impostos que cobra dos que produzem em São Paulo? Ninguém pode ignorar que um terço de cada saca de café, plantada e colhida em São Paulo se transforma em imposto e enche os cofres do governo federal. E o que eles nos dão em troca? — perguntou. — Bombas caindo do céu! — ele mesmo respondeu.

A conversa seguiu assim. No final a Rina serviu um licor de goiaba que ela mesma fizera e carregou as crianças para o alpendre para jogar cartas. O Major se retirou para a sua sesta costumeira e o Pedro me levou pelo braço até o jardim dos fundos, onde havia duas cadeiras de vime e uma mesinha dispostas no pé da goiabeira como se estivessem à nossa espera. Estranhei o arranjo e percebi que a conversa que o Pedro queria ter comigo era reservada.

— Augusto, você tem acompanhado as investigações da irmã Paulina, naquele caso da moça que morreu? — A pergunta era retórica e tinha o sentido apenas de abrir a conversa. Eu confirmei.

— Pois então, o que você não sabe é que ela tem ido todos os dias a várias repartições policiais e não para de fazer perguntas. Em condições normais, ninguém mais estaria cuidando desse caso, mas ela cobra três ou quatro funcionários diferentes todos os dias e alguma coisa sempre anda. Agora ela estabeleceu relações com o delegado de Costumes e ele se interessou pelo caso. Esse Cruz é muito jovem e não quer perder nenhuma oportunidade de se destacar. Pela idade, deveria estar ainda em alguma delegacia perdida no interior, mas conseguiu se estabelecer aqui, a um andar de distância do delegado geral. Tem muitos amigos jornalistas e o nome dele está nos jornais todas as semanas. Não sai no *Estado* e raramente no *Correio Paulistano*, mas nesses pasquins populares está sempre presente.

— Pedro — interrompi —não estou entendendo onde você quer chegar.

— Essa freirinha, desde o início, cismou em querer ver o laudo da autópsia dessa moça. Agora convenceu o delgado Cruz a pedir o laudo oficialmente e ele mandou o ofício para o Gabinete de Medicina Legal ontem. Mas já há dias eu tenho cópia desse laudo.

— Continuo sem entender, respondi.

— Você sabia que a moça estava grávida?

Demorei para conseguir articular uma resposta.

— Não, claro que não! Como eu saberia? Mas porque você está me perguntando isso?

— Bem essa pergunta qualquer um vai lhe fazer e a irmã Paulina não vai sossegar enquanto não lhe perguntar isso cara a cara. Esse Cruz não é de confiança e como eu disse pode achar que tem aí um veio importante para explorar. Além do mais, as vizinhas, nos depoimentos tomados às pressas pela polícia quando o corpo foi encontrado, disseram que a moça raramente recebia visitas, mas se lembram de que várias vezes foi lá um homem muito bem-vestido, cujo nome elas não sabem. Mas se o Cruz mandar refazer os depoimentos, muitos outros detalhes surgirão.

Eu tinha muito o que dizer ao Pedro, mas achei melhor deixar que ele terminasse a sua explanação.

— Veja bem, Augustinho, desde o primeiro momento em que tive conhecimento desse caso temi que o seu nome pudesse ser envolvido de alguma maneira. Embora você pareça não fazer caso, esse assunto pode te prejudicar de várias formas.

— Não compreendo como, retruquei.

— Você está cego, não entendo como não vê os riscos! Em primeiro lugar, se existe um filho, tem que existir um pai. Se o caso for para a imprensa, essa será a primeira pergunta. Em segundo lugar, a tese do suicídio cai por terra, ou pelo menos, fica muito prejudicada. Ela estava grávida de três meses e, se não quisesse o filho, já o teria tirado. Mesmo que o pai fugisse do compromisso, ela tinha dinheiro guardado e poderia pagar. Sobram o acidente e o assassinato. É claro que o foco do Cruz, são os traficantes de drogas e de mulheres porque é graças a isso que ele tem conseguido pôr o nome no jornal. Ele vai tentar ligar o suposto crime a essas quadrilhas, é a história que vai vender jornais. Esta, no fundo, é também a ideia que atormenta o cérebro da freirinha. Mas se nessa novela houver um advogado rico e conhecido, a história pode virar. E depois temos a freirinha que não se importa com nada disso e quer descobrir o que aconteceu com a moça a qualquer custo.

— Mas Pedro, o que você sugere que eu faça?

— Em primeiro lugar, procure controlar a freirinha, se é que isso é possível. Depois temos que tentar manter o seu nome fora desse caso. O ideal é que ela houvesse sido mesmo assassinada e o autor aparecesse e fosse um desses bandidos estrangeiros. Acho que você tem que conduzir a irmã Paulina nessa direção, se puder.

— Essa, como você bem disse, já é a obsessão dela. Mas quanto a conduzi-la, acho quase impossível, respondi.

— A questão é que se seu nome vai para o jornal ligado a esse caso, o comendador imediatamente lhe retira a filha e cancela o casamento. Por mais que a Lenita chore e insista, ele de maneira nenhuma vai permitir! Disso você não tenha dúvidas.

— A Rina sabe de tudo isto? — perguntei.

— Muito por alto e desconhece todos os detalhes. Mas até ela lembrou que se alguma coisa for para os jornais envolvendo o seu nome, o comendador seria capaz de encenar uma ópera. E ela nem desconfia que a moça estava grávida.

    Saí da casa do Pedro antes de escurecer e aproveitei o fim do dia para escrever uma longa carta para Lenita, que vou mandar postar amanhã. É o melhor a fazer, já que nestes dias, com a minha cabeça voando entre as nuvens, eu não dei nenhuma atenção a ela. Aproveitei também para expor a minha ideia de embarcarmos para a Europa no *Lutèce* que parte no dia 10 de outubro. Como nos casaremos no sábado, dia 4, poderíamos passar esses dias de intervalo no Rio e apanhar o navio lá. Com o fim da temporada, tanto as passagens quanto os hotéis estão menos caros e o inverno europeu tem seus encantos. Embora o comendador ache um despropósito visitar a Europa no frio e pretenda nos mandar para Poços de Caldas, conto que ela convença o pai da minha ideia. Quero sair daqui o mais cedo possível, acho que se não fugir dessa cidade de alguma forma vou acabar enlouquecendo. Uma temporada na Europa é a cura que eu preciso.

39
Dia 21, segunda-feira

Depois de quase 24 horas de bombardeio e tiroteios ininterruptos, a noite clara de luar foi calma e silenciosa. *O Estado* relata que na Estação da Luz muitos paulistanos que buscaram sair da cidade retornaram, sem ter conseguido sucesso. Estima que mais de 200 mil pessoas já fugiram, mas ainda assim dois terços dos paulistanos permanecem, assim como eu. Pedro me garantiu ontem que a ofensiva governista é iminente e que o governo federal pretende encerrar a rebelião ainda nesta semana. Pode ser, ambos os lados vão ficando sem alternativas, embora seja inegável que os revoltosos estão cercados e isolados e a sua situação é a mais precária. Hoje, o Macedo Soares publicou, pelo *Estado*, outro apelo ao Isidoro, pedindo ao chefe da revolta que ofereça condições que o general Noronha possa encaminhar ao governo federal e, na resposta, que o jornal também publica, o comandante revolucionário lhe pede 24 horas para responder. Seria tudo uma comédia se as bombas e os tiros não fossem bem reais. O Pedro acha que os revoltosos estão apenas buscando uma saída honrosa. Talvez o prolongamento da luta me favorecesse, quem sabe. Já não sei o que pensar.

    Pedi ao Argemiro que passasse em casa e fui com ele visitar a freirinha no colégio. Ela ficou surpresa em me ver e fez muitas festas. Disse que queria mesmo falar comigo e me levou ao seu gabinete, se é que se podia chamar assim uma sala minúscula, quase um armário, com apenas uma mesa, duas cadeiras e uma pequena estante encostada na parede. Na mesa, a irmã tinha espalhadas, várias folhas de papel almaço pautado, com um minucioso relatório das suas investigações. O pequeno relatório que ela havia me entregado pelo visto representava apenas o início das suas pesquisas. Pelo volume dos papeis, ela trabalhara muito nisso, certamente aproveitando o tempo ocioso que o colégio sem alunas lhe proporcionava.

— Eu gosto de ter tudo anotado e organizado. Isso ajuda a clarear as ideias, ela disse exibindo os seus papéis. — Eu elogiei o seu empenho.

— Veja aqui doutor Augusto! Eu procurei relacionar tudo o que sabemos sobre os últimos dias da Martha, desde o carnaval, quando ela tocou na matinê do Cassino até o dia em que ela morreu. A última apresentação se deu no dia 4 de março, terça-feira de Carnaval. Ela morreu na noite de 6 para 7 de julho, quatro meses depois. Seja o que for que provocou a morte dela, aconteceu nesse intervalo. — Ela dizia isso me mostrando as diversas folhas preenchidas com uma espécie de cronologia dos movimentos de Martha numa coluna larga à esquerda e, ao lado, várias colunas com os diversos nomes de pessoas que haviam tido contato com ela. Na terceira coluna, ao lado da própria irmã Paulina, estava o meu nome.

Ela queria refazer os meus contatos com Martha e o que eu sabia sobre o que acontecera com ela nesses dias. Começou me perguntando se eu seria capaz de lembrar quando se deu o incidente entre a Martha e os bandidos judeus. Respondi que eu não me lembrava, mas disse que supunha que tivesse sido numa das semanas seguintes ao carnaval. Mas era impossível saber. Ela me perguntou quando eu havia estado na casa da rua dos Clérigos e eu respondi que não tinha como me lembrar das datas, mas que com certeza estivera lá pelo menos duas vezes entre o carnaval e a morte de Martha. Ela pareceu ficar satisfeita com a minha resposta.

— Eu interroguei todas as vizinhas que tinham algum contato com Martha e ninguém viu nada. Tinha esperança de que uma delas houvesse visto alguém entrar na casa na noite do crime, mas nada. Ninguém viu coisa alguma. É um pouco desanimador.

— Isto também pode querer dizer que quem entrou lá sabia muito bem o que estava fazendo. Eu concordo que ela não demonstrava de maneira alguma uma tendência ao suicídio e, até onde eu sei, não tinha motivo nenhum para isso. Por outro lado, se de fato essa organização de criminosos quis matá-la, é obvio que usariam assassinos profissionais que têm experiência em não deixar rastros. Esses bandidos que andam pela cidade hoje em dia e que o delegado Cruz está perseguindo, vieram da Europa e da Argentina, já foram presos em Londres, Paris ou em Buenos Aires. São criminosos internacionais e sabem como agir, não são ladrões de galinhas. Isso é o que me parece.

A irmã Paulina concordou comigo.

— Uma das vizinhas, não a Arminda, mas outra, da esquina oposta, diz que viu um homem entrando na casa pelas sete e meia da noite da sexta-feira dia 4, um dia antes da revolta estourar. Ela o ouviu batendo palmas na porta e foi olhar, mas com as ruas escuras por conta do racionamento, ela não pode ver nada. Apenas quando a porta da sala se abriu ela pode ter um vislumbre da silhueta do homem. Mas não sabe dizer nem a cor da roupa que vestia. Só acha que ele usava um chapéu Borsalino, que indica roupas caras, como as que este Nestor usa.

— Isso é muito pouco irmã. Muita gente tem esse tipo de chapéu e eu mesmo tenho dois. E de longe e no escuro, também pode ser que seja um outro modelo qualquer. Não se pode confiar nisto. E isto foi dois dias antes dela morrer. Qual seria a ligação?

A conversa seguiu assim, com a freira tentando extrair o máximo de informações que eu pudesse dar. Mas no final se conformou de que eram poucas.

— Eu concordo com a senhora em um ponto. Martha tinha uma vida muito tranquila e nunca se envolveu com pessoas que pudessem lhe fazer mal. Isto até o surgimento dessa organização criminosa da Argentina, ou seja lá de onde for. Se existe de fato algum crime na morte dela, não podemos deixar de investigar em primeiro lugar esses bandidos.

A freirinha concordou. Mas no final, quando eu já me despedia, voltou à questão da chave. Ela acreditava piamente que havia um cofre.

— Doutor Augusto, eu não me conformo em não localizar a fechadura que esta chave abre. Tenho rezado todas as noites para que Deus me ilumine e me permita descobrir qual é essa porta. Martha afirmou que tinha um esconderijo e que nele havia segredos. Hoje eu vejo que ela não estava brincando. Nós temos que encontrá-lo.

Prometi ajudá-la sem saber muito bem como fazer isto. Ela me acompanhou até as escadas e dali acenou para o Argemiro que me esperava na porta. Fomos para casa, aproveitando a cidade tranquila e o lindo dia de sol.

Lá pelo meio da tarde os bombardeios voltaram, todos saíram das ruas e por vezes as bombas pareciam cair próximas. Mal escureceu, o Argemiro encerrou o dia de trabalho e veio se recolher.

40
Dia 22, terça-feira

Bebi um pouco antes de dormir e acordei mal o dia clareou, mas não consegui me levantar imediatamente. Sonhei com o meu pai e não foi um sonho bom, me ficou a impressão de que ele se referia a mim com severidade. Mas são memórias confusas, fruto de um sono leve e agitado. O ruído dos canhões é cada vez mais alto e mais próximo e os tiroteios podem ser ouvidos nos intervalos entre uma explosão e outra e não há como não imaginar que essas bombas estão atingindo casas e pessoas. Ainda pela manhã, voltamos a ouvir o rugido dos motores dos aviões governistas.

Eu continuo recebendo o meu jornal logo cedo e a cada dia isso me surpreende um pouco mais. Embora tenha apenas uma folha e as notícias sejam em parte já conhecidas pelo diz-que-diz das ruas, ele me transmite a ideia de que o mundo normal existe, que essa vida em meio a bombardeios é passageira e tem que terminar em algum momento. É a dose mínima de normalidade que me permite continuar seguindo adiante. Sem o jornal, não sei o que seria.

As notícias são repetitivas e a maioria não esclarece nada. Mas a resposta do comandante da revolução ao Macedo Soares, que o jornal publica, me pareceu espantosa.

Quartel em S. Paulo, 21 de Julho de 1924.
Exmo. Sr. Dr. J.C. de Macedo Soares
Saudações.

Respondo vossa carta de 19 deste, cujos intuitos patrióticos não posso deixar de louvar.

Quando se trata de um modo qualquer de resolver a questão revolucionária no mais curto prazo possível para evitar os males nacionais que todos conhecem, estou sempre pronto a discutir. Uma vez, porém, que eu tenha de dar opinião em primeiro lugar, como delegado que sou de todos os revolucionários em armas, só posso indicar as cláusulas que nos levaram à revolução. Foi o que fiz em relação aos intuitos do exmo. Sr. General Abílio de Noronha. É claro que o próprio general Abílio ou qualquer outro cidadão que tenha idoneidade pode propor-me outras cláusulas que estou pronto a discutir. Desde já declaro que me não repugna uma solução constitucional, isto é, a sucessão legal do atual presidente. Estabeleço, porém, como condição, que o sucessor legal seja o presidente da Câmara dos Deputados que, com a renúncia do atual, deverá recair em um nome da nossa confiança. Simplesmente como exemplo, lembro um nome, sob todos os aspectos digníssimo – o sr. Dr. Prudente de Morais. Dentro destes limites estou pronto a colaborar com aqueles que almejam uma honrosa solução para o caso e no mais breve prazo possível.

Com a mais alta consideração subscrevo-me
– General Isidoro Dias Lopes

A cada dia que passa, vai ficando mais claro a quem ainda conserva intactas as faculdades mentais, que a cidade de São Paulo caiu nas mãos de aventureiros e energúmenos. O general, que envergava um pijama até outro dia, pretende uma solução constitucional, desde que, sejam ele e os seus comparsas, que façam a escolha. É incrível que um sujeito assim possa ser levado a sério. Ele comanda uns poucos milhares de soldados, que estão completamente cercados, numa cidade que fazem de refém e a sua única proposta é que o presidente seja substituído por alguém da escolha deles. Fora isso, não querem mais nada e a única outra proposta relevante que fizeram foi o voto secreto, com o qual todos concordam. Isso, para eles, vale a destruição de São Paulo e dos seus habitantes! São esses os altos ideais pelos quais eles lutam! Seria cômico, não fosse a tragédia que significa.

Argemiro voltou para casa antes das nove horas porque, segundo ele, na garagem não se podia ficar e todos os motoristas a abandonaram. Logo contou as notícias que conhecia.

— Um dos nossos colegas que mora na Mooca passou pela Garagem agora há pouco com a família inteira no carro a caminho de Santo Amaro. Diz que entre a Mooca e o Brás já não há rua intacta e o Cotonifício Crespi, que é o maior do bairro está pegando fogo e não há bombeiros para combater as chamas. Dá até para ver os rolos de fumaça daqui.

Saímos da mesa e fomos até o jardim para ver. De fato, para além do centro da cidade se podiam enxergar grossos rolos de fumaça subindo alto no céu. Era impossível saber de onde vinham e tínhamos que nos fiar no Argemiro.

Leôncio, que desde o início da revolução nunca deixou de circular pelo bairro, nos disse que agora, além dos canhões, também os aviões estavam atirando bombas. Pelos relatos que correm, esses aviões estão tentando atingir pelo ar as posições rebeldes. Não acho a notícia tão ruim. Por mais que errem, os aviões estão vendo os seus alvos e têm uma probabilidade maior de acertar. Os tiros de canhão podem atingir qualquer ponto da cidade e já está visto que a pontaria dos artilheiros do Exército está longe de ser boa. É por isso que morreram tantos civis e tão poucos militares. Pode ser cínico, mas faz sentido. Pretendíamos passar o dia assim, conversando à toa enquanto ouvíamos o som dessa guerra que nenhum de nós compreendia. A dispensa ainda estava bem abastecida e o Argemiro, apesar das preocupações, não tinha o seu apetite abalado e queria ensinar a Francisca a fazer uns pratos portugueses.

Enquanto eu beliscava os restos de pão sobre a mesa, o telefone tocou e era a irmã Paulina do outro lado do aparelho. Argemiro a atendeu e veio me dizer que ela pedia que eu fosse lá imediatamente. Segundo ele, estava muito excitada e disse que havia feito uma grande descoberta. Queria me mostrar logo.

— O que diabos a freira descobriu desta vez? — perguntei ao Argemiro.

— Não sei não doutor, ela estava muito alterada, nem parecia a freirinha que a gente conhece. Parece que é um negócio de cofre.

Me arranjei e tocamos para a avenida Higienópolis. Quase não havia ninguém nas ruas, e o angustiante barulho da guerra se ouvia ao longe todo o tempo. Fui procurá-la na sua salinha e tão logo abri a porta ela estampou no rosto o seu sorrisinho característico. Senti um arrepio. Ela segurava na mãozinha a chave pendurada no cordão de veludo vermelho que ela encontrou na primeira busca que dera no quarto de Martha. Era a tal chave do cofre e, pela sua expressão, eu logo percebi que ela havia resolvido o enigma e encontrado a misteriosa fechadura. Torci para que ela não houvesse ainda aberto essa porta e houvesse esperado por mim para fazermos isso juntos. Mas ela não me deu tempo de pensar.

— Esta chave! Eu sempre soube de onde era esta chave! Não consigo acreditar como eu pude ser tão tola que não percebi logo do que se tratava. A gente às vezes se deixa levar pelas ideias mais confusas e não vê o óbvio. Ela me disse que tinha documentos que garantiam a sua segurança, mas, de fato, nunca disse que havia um cofre. E eu, boba, passei três semanas atrás disso.

Eu estava confuso. — Mas então essa chave não é de um cofre? — perguntei já sem saber o que pensar.

— Sim e não — ela respondeu se divertindo com a minha angústia. — Pois saiba o senhor que não é de um cofre comum, ou melhor é de um cofre onde se guarda o bem mais valioso do mundo. Ela disse isso e ficou olhando para mim com aquele seu risinho de triunfo. — Meu coração já estava aos pulos.

Seguimos pelo longo corredor e enquanto caminhávamos a irmã Paulina me perguntou sem mais preâmbulos se fazia tempo que eu não me confessava. Aquela pergunta me perturbou ainda mais e resmunguei qualquer coisa ininteligível. Ela não se deu por satisfeita e insistiu.

— Doutor Augusto, eu sinto, já há algum tempo, que existe no senhor uma angústia que o perturba. Muitas vezes, abrir o coração com Deus é um grande remédio.

Fomos até a capela do colégio. Será que essa freirinha maluca vai me arrastar para o confessionário? Mas ela simplesmente entrou na igreja, se ajoelhou e fez o sinal da cruz. Rezou por uns segundos e me levou até o altar. Confesso que não sabia o que pensar e notei que ela estava com a chave da Martha na mão. Se ajoelhou novamente e foi até o sacrário, colocou a chave na fechadura e abriu a portinha. Me fez ver o cálice e fechou a porta novamente. Quando saímos, ela estava tão satisfeita com a peça que me havia pregado que quase ria.

— Doutor Augusto, não sei como eu pude ser tão boba. Me fixei na ideia de que havia um cofre onde a Martha guardava os seus segredos, mas ela de fato nunca disse que era um cofre, não tenho certeza se em alguma ocasião ela usou a palavra. E o senhor tinha razão, ela não iria gastar dinheiro para comprar um cofre ou alugar um. O que ela estava dizendo é que ela tinha um esconderijo onde guardava esses segredos. É muito mais lógico e nós só não o encontramos porque eu fiquei presa a esta chave.

— Mas como descobriu de onde era? — perguntei, ainda tentando concatenar as ideias.

— Não pense que foi um grande feito de inteligência, desses que de vez em quando acontecem com a gente, para nos iludir pelo orgulho. Deus às vezes nos dá lições de humildade que parecem vir do nada. Agora de manhã, quando entrei na capela, encontrei uma das martinhas limpando o altar e vi que ela abriu o sacrário sem muitos cuidados e fui até ela para lhe dizer que o altar não é um lugar como os outros e o sacrário, sobretudo, merece respeito e ela devia ter se ajoelhado e se persignado antes de abri-lo. Enquanto eu pensava em dizer isso, vi que ela tinha uma chave na mão. Uma chave como essa! E aí tudo ficou claro. A nossa Martha quando saiu do colégio, ou esqueceu de devolver a chave que ela tinha ou resolveu ficar com ela como lembrança. Estava bem guardada numa das suas gavetas numa caixinha de papelão forrada com

um pouco de algodão, como se fosse uma joia. Eu devia ter pensado melhor antes de sair atrás de um cofre de fantasia.
— Quer dizer então que voltamos à estaca zero, concluí.
— Não, absolutamente! Agora já sabemos o que procurar e não vamos nos distrair com ilusões! — A irmã Paulina estava verdadeiramente alegre e seu rosto estampava essa felicidade. Eu não sabia bem o que pensar.

Voltando para casa, tentei falar com alguns conhecidos pelo telefone e no fim do dia com o Pedro, mas foi inútil. Parecia que até as telefonistas tinham abandonado seus postos e buscado refúgio. Durante a tarde, o bombardeio só cresceu e com o escurecer pudemos observar com nitidez o reflexo vermelho que cobria o céu para os lados da Mooca, que indicava sem muita dúvida que a fábrica Crespi, um enorme prédio de cinco andares que ocupava um quarteirão na rua dos Trilhos continuava a queimar, enquanto o estrondo contínuo dos canhões tomava conta da cidade.

Foi o Argemiro quem deu a ideia, ele já vinha pensando nisso e havia comentado com a Francisca. Quando ele nos disse o que lhe passava pela cabeça, todos concordamos. Já era hora de procurarmos abrigo no porão e se alguma desgraça nos acontecesse, ali tínhamos mais proteção. O Leôncio já vinha falando que a bomba que acertou em cheio a casa das suas patroas e fez desabar parte do andar superior, deixara o porão intacto. Em meia hora, eles arrumaram o lugar, providenciando um espaço reservado para mim. Argemiro e Leôncio desceram as camas de solteiro que os meus sobrinhos usavam quando estavam em São Paulo e todos nos acomodamos. Mas ninguém conseguiu de fato dormir e a noite foi de terror, embora se pudesse perceber que o foco dos embates estava distante da nossa vizinhança. Porém, o barulho das lutas era incessante e muitas vezes víamos, projetado sobre o jardim, o clarão das explosões.

41
Dia 23, quarta-feira

Levantei-me quando senti o cheiro do café que vinha da cozinha. O barulho das lutas diminuíra, sem cessar de todo, e sobre a mesa já esperavam por mim, pão quente, leite, café e o bolo de fubá que a Francisca sempre preparava quando queria me agradar. Ela, que me conhecia desde bebê, notava facilmente quando eu estava apreensivo ou preocupado. Ao lado dos talheres o meu exemplar do *Estado*, de uma folha só, dobrado como um guardanapo, que o Leôncio passara a retirar no armazém do largo Coração de Jesus, onde o entregador, assustado com os tiroteios, deixava agora os exemplares dos assinantes das imediações. Todos já haviam comido quando me sentei. Francisca ainda queimava as palmas de Santa Bárbara numa panela de ferro que ela ia deixando por uns minutos em cada cômodo da casa. Ela achava essa proteção indispensável e eu de fato não me importava.

O Estado trazia mais uma assombrosa bravata dos revolucionários. Achei incrível que o jornal, tão sério sempre, publicasse aquelas declarações, que todos sabiam que eram pura fantasia. Os rebeldes, não satisfeitos por estar há três semanas cercados e assistindo impassíveis ao bombardeio ininterrupto da cidade que invadiram de maneira traiçoeira, acharam tempo para enviar ao Rio de Janeiro uma mensagem exaltando os seus elevados ideais.

Mensagem aos cariocas e fluminenses

Os revolucionários de S. Paulo, como gesto de admiração e simpatia pelo povo carioca e fluminense, enviam a esses leais camaradas e amigos um emissário portador de suas saudações e de seus ideais.

A 5 do corrente foi iniciado pelos corpos do Exército e da Polícia aquartelados no Estado de S. Paulo, um movimento revolucionário tendente a corrigir os erros dos maus governos e elevar os créditos morais e materiais da Nação Brasileira e a defender os interesses e os direitos do povo.

Esse movimento vem conquistando dia a dia as simpatias de todo o povo paulista que vibra em apoteoses de manifestações patrióticas; já domina as posições táticas e estratégicas, comerciais e industriais mais importantes tais como a capital do Estado, as cidades de Campinas, Jundiaí, Ribeirão Preto etc. etc. e tem as esperanças de vitória robustecidas nos elevados intuitos patrióticos que a justificam.

O seu ponto de vista político visa o seguinte:

1 – Restabelecer a forma de governo republicana federativa;

2 – As atuais fronteiras dos Estados em tudo que disser respeito aos interesses regionais, com a possível diminuição do número de unidades da Federação afim de torná-las mais equilibradas;

3 – A separação da Igreja e do Estado, firmado o princípio da liberdade religiosa e a defesa da maioria católica nos seus direitos constitucionais contra as intolerâncias da irreligiosidade;

4 – Atribuição da Justiça de conhecer da constitucionalidade dos atos legislativos;

5 – A proibição dos impostos interestaduais;

6 – Tudo o que se refere à declaração dos direitos dos brasileiros, não se admitindo modificação alguma se não ampliativa;
7 – Proibição de reeleição do presidente da República e dos presidentes e governadores dos Estados.
8 – Decretar o voto secreto;
9 – A obrigatoriedade do ensino primário e profissional.
Sustentam esse movimento e esses ideais, reforçado diariamente por centenas de voluntários e patriotas da melhor sociedade paulista.

Lendo melhor tudo aquilo, cheguei à conclusão de que, talvez, o intuito do dr. Júlio Mesquita fosse o de desmoralizar a quartelada que esses rebeldes resolveram iniciar em São Paulo. Qualquer paulistano sabe que esses revolucionários de opereta só dominam, mal e mal, o centro da cidade e hoje estão lutando no Paraíso e na Liberdade contra a ofensiva do governo. Nem em sonhos os rebeldes têm o controle de Campinas, Jundiaí, Ribeirão Preto e nem existem manifestações de apoio público, apoteóticas ou não. Qualquer leitor de *O Estado* sabe de tudo isso. E para que? Para manter o regime republicano, o sistema federativo, a separação entre igreja e Estado, conquistas de 1889! Bem, eles lembraram do voto secreto e do ensino obrigatório. Enquanto isso, somos obrigados a nos esconder nos porões feito ratos.

Apesar dos ruídos da guerra que invadiam a cozinha, todos pudemos ouvir o carro que se aproximava e estacionou na nossa porta. Argemiro foi ver quem era e imediatamente ouvimos a voz da irmã Paulina, pedindo para falar urgente comigo. Era incrível que ela andasse pela rua com a cidade nessas condições. Me levantei depressa e a levei para a sala. Ao contrário do dia anterior, quando a sua vitória estava estampada em seu rosto, desta vez ela estava séria. Foi direto ao assunto que a trazia nesse horário tão matutino à minha casa e dessa vez não se desculpou por vir sem avisar.

— Doutor, o senhor sabia que Martha estava esperando um filho? — Ela me perguntou assim de chofre e sem preâmbulos. Eu neguei, é claro. Mas ela rebateu rápida.

— Mas o senhor não me pareceu surpreso com a notícia. — Ela disse isto me olhando diretamente e seus olhos azuis pareciam frios. Essa maldita freira parecia querer me atravessar com o olhar. Mas eu não pretendia me render a uma freirinha desocupada, brincando de detetive e consegui articular uma boa resposta.

— Na realidade, irmã, o doutor Pedro me avisou ontem à noite, pelo telefone, inventei. Pretendia avisá-la ainda esta manhã, mas a senhora foi mais rápida. — Ela ouviu a minha resposta sem mover um músculo da face que me pareceu nesse momento com um quê de diabólica.

— Doutor o senhor deve concordar que se ela estava grávida, a hipótese de suicídio cai por terra em definitivo. Martha jamais se mataria tendo um filho dentro de si, eu tenho certeza absoluta de que ela, de maneira nenhuma, cometeria esse pecado. — Achei melhor não argumentar e continuei ouvindo.

— Pela mesma causa, cai a hipótese de acidente, porque ela não iria consumir esse veneno que poderia prejudicar a criança. Assim, só resta a alternativa mais óbvia, de que alguém, por algum motivo entrou lá, na noite de domingo para segunda, e a matou. Não existe outra hipótese. Quem fez isso tinha algum propósito e é isso que temos que descobrir. Se encontrarmos as razões, saberemos quem cometeu esse crime.

—Mas quem iria querer matar uma moça como Martha? Eu sei que a senhora não aprovava a vida que ela levava, mas ela nunca se envolveu em nada que pudesse conduzir a isso. Eu, pelo menos, nunca soube. Mas concordo com a senhora, é preciso descobrir o motivo. Talvez seja o caso de conversarmos com o dr. Pedro que é o delegado encarregado do caso da morte de Martha — sugeri.

— Não acho que valha a pena. O dr. Pedro tem muitas coisas na cabeça e está encarregado de mil tarefas por conta da situação em que nos encontramos e, afinal, ele não sabe de nada que nós já não saibamos. E o dr. Mário Cruz já está atrás dos sujeitos que abordaram Martha. Acho que só iremos avançar quando estas pessoas aparecerem e forem interrogadas. — A irmã Paulina disse isso, mas no meio da frase a sua expressão mudou. Apesar da minha insistência ela quis sair rapidamente. Ofereci o Argemiro para levá-la, mas ela recusou, alegando que tinha um táxi na porta esperando. Que ideia ela teve enquanto falava comigo?

Quando ela saiu, subi para o meu gabinete e fiquei lá trancado até o Leôncio me chamar para o almoço. Foi só à mesa que eu percebi que as bombas continuavam a cair e estavam todos assustados.

À noite, Pedro passou em casa, saindo da delegacia e me disse que a freirinha esteve à tarde inteira na Polícia Central. Ele foi lá antes de vir e soube que o dr. Mário prendeu um dos judeus que supostamente abordaram a Martha na rua São Bento. Estão em busca do outro. Eu narrei para ela a visita da freirinha. Ele já esperava por isso.

— Mandei dois dos meus investigadores atrás do tal Nestor e espero que eles o peguem antes do Mário. Seria bom ter esse sujeito na nossa mão e poder falar com ele antes do pessoal de Costumes. Não confio nesse Mário Cruz de forma alguma.

Eu concordei em silêncio. Também não me sentia à vontade com esse policial carreirista envolvido no caso.

— Desta vez, temos que dar o braço a torcer e concordar com a freira que o assassinato é a hipótese mais provável. A freira também tem razão, basta achar o motivo. Meu palpite é que ela talvez estivesse envolvida nesse negócio de drogas. Ela possuía um bom dinheiro guardado e isso não é comum para uma moça como ela.

Eu respondi como podia. Nunca havia sabido de nada nesse sentido e nunca tive notícia que ela usasse alguma droga. Mas ele continuava preocupado comigo.

— Minha preocupação maior é com você e continuo achando que você corre graves riscos. Os jornais estão na sua maioria suspensos e aqueles que ainda saem só publicam o essencial, principalmente sobre as lutas. Ninguém está preocupado com crimes, mas quando isso terminar essa história é uma bomba e pode ser capa dos jornais populares e quem sabe até dos outros. Você está muito exposto e qualquer menção ao seu nome será um desastre. O ideal é que achemos logo os culpados e quando o caso for para os jornais já tenhamos toda a história pronta. Se acharmos logo esse Nestor daremos um aperto nele e ele dirá tudo o que sabe, me encarrego disso pessoalmente. Hoje, não sei mais o que fazer.

Me despedi do Pedro, agradecendo a sua preocupação. Eu sabia que podia contar com ele para o que fosse preciso.

42
Dia 24, quinta-feira

O jornal de hoje faz um resumo das lutas em torno da igreja de N. Sra. da Glória, no Cambuci, onde, ao que parece, os combates já duram dois dias. A igreja fica numa posição elevada e domina uma ampla área, desde o centro até a Mooca e o Brás. É obvio até para quem não é militar que a artilharia posta ali alcança facilmente muito alvos estratégicos. Também não é preciso conhecer muito bem a cidade para saber que o outeiro onde se ergue essa igreja não fica a mais de dois quilômetros da praça da Sé, o que indica, sem sombra de dúvidas, que as forças do governo estão cada dia mais próximas e o terreno ocupado pelos revoltosos vai ficando mais estreito.

Antes que eu pudesse pensar em fazer qualquer coisa, o Pedro me ligou para dizer que o delegado Mario Cruz espalhou na polícia de que praticamente obteve a confissão do judeu que ele capturou ontem e está esperando para qualquer minuto a prisão do outro comparsa. Me disse também que a freira já está lá e seria bom que fôssemos também.

Chamei o Argemiro e antes da Central passamos pela delegacia do Pedro. Ele parecia contrariado e me disse que teria novidades sobre o Nestor, que seria preso ainda nessa manhã. Fomos juntos para a delegacia de Costumes e encontramos a irmã na antessala do segundo andar.

A freira, sentada sozinha com o seu hábito negro impecável, parecia estranha naquele ambiente de homens malvestidos que falavam sempre alto. Ela nos contou logo as novidades e disse que o outro suspeito foi preso e o dr. Mário Cruz lhe afirmou que já está a ponto de obter a confissão dos bandidos. Diz que, além de explorar mulheres, eles traziam da Europa cocaína e outras drogas que vendiam aqui e usavam para financiar o negócio da prostituição.

Não se passaram nem dez minutos e nós vimos passar pelo corredor o preso, saindo da sala do delegado cercado por policiais. Estava sendo levado para baixo, para a sala de interrogatório. O delegado Mário, em mangas de camisa, nos vem dizer que esse é o outro camarada que abordou Martha na rua São Bento e nos convidou para a sua sala. Ele tinha um ar de triunfo e não escondia a satisfação de ter resolvido o caso com tanta rapidez, apesar da situação da cidade.

— Esse é o parceiro do outro preso e temos certeza de que foram eles que abordaram a moça na rua São Bento e a seguiram nos outros dias. A polícia estava atrás deles há tempos e eles estão envolvidos em vários crimes, aqui e no Rio de Janeiro. A polícia do Rio nos mandou o dossiê dos dois, assim que soube que eles poderiam estar em São Paulo, já faz dois meses. Esse que os senhores viram passar aí no corredor se chama Salim Achcar e já foi expulso da França e do Uruguai. Explora mulheres e traz cocaína, morfina e ópio que recebe dos comparsas em Santos e distribui em São Paulo. É proxeneta e tem mulheres que trabalham para ele, aqui e em Santos. Também é suspeito de vários crimes no Rio e, assim que esta confusão se acabar, vamos mandar o dossiê dele para lá. — O delegado ia continuar desfiando a longa ficha do bandido, quando a irmã Paulina o interrompeu, sem muitas cerimônias.

— E o outro? Já foi identificado? — A freira perguntou.

— Sim, esse também procurávamos há tempos. Recebemos o seu dossiê do Rio de Janeiro e ele tem uma longa folha corrida. O nome dele é Isaac Levy e é polonês. Já foi preso em Londres por manter uma casa de jogo e por roubo. Foi expulso de lá e acabou na Argentina, onde responde processo por exploração do lenocínio e homicídio. Já esteve antes no Brasil e foi expulso há dez anos. Voltou recentemente e parece que entrou com documentos falsos por Recife. São ambos bandidos perigosos e já rodaram meio mundo.

— Mas eles já confessaram que foram os autores da morte de Martha? — a freirinha perguntou.

— Ainda não completamente, mas o que está lá embaixo já confessou a morte de outra prostituta no mês de maio.

— Martha não era nenhuma prostituta, longe disso, delegado. A freira ia continuar mas o dr. Mário a interrompeu.

— A senhora me desculpe irmã, não era a minha intenção ofender a moça. Sabemos que ela foi vítima de bandidos e estamos fazendo tudo para desvendar esse crime.

— E o motivo? Eles já disseram por que fizeram isso com a pobre Martha? — A irmã Pauline, sempre tão controlada, já parecia um pouco impaciente.

— Não, mas temos certeza de que o motivo mais provável é que ela lhes devesse dinheiro. Esses traficantes procuram sempre pessoas com trânsito social para distribuir as drogas, e a senhora me perdoe, irmã, é provável que ela colaborasse, voluntária ou involuntariamente nesse negócio. É isso que vamos descobrir, a senhora pode ficar sossegada. — O delegado disse isso e foi se levantando, dando a conversa por encerrada.

— Temos ainda muito trabalho a fazer, concluiu.

Descemos as escadas da Central calados. Pedro, eu logo percebi não queria fazer comentários ali, com o risco de ser ouvido e a freira ia perdida em pensamentos. Quando saímos à rua, eu quebrei o silêncio e disse à irmã, que, no final das contas ela sempre havia tido razão e a morte da infeliz Martha não foi acidente nem suicídio. O Pedro também reconheceu que esse caso só foi investigado a fundo graças ao empenho e à obstinação dela. Mas ela não parecia inteiramente feliz.

— Não posso crer que Martha se envolvesse com bandidos em negócios escusos. Acho isso muito estranho e incompreensível. — Mas o Pedro tinha outra opinião.

— É muito difícil saber o que se passa com outra pessoa, mesmo próxima. Muitas vezes, um marido ignora o que faz a esposa, ou o pai, o que faz um seu filho. Porém, eu não quis dizer isso na frente do Mário, porque não conclui a minha investigação, mas verificamos a conta dela na Economizadora e ela tinha lá uma boa quantia. Mesmo considerando que o pai lhe deixou algum recurso, me parece muito dinheiro para uma moça como ela ter. É preciso levantar todo o movimento da conta para saber quando e como esse dinheiro entrou. Mas isso só poderemos fazer quando os bancos reabrirem.

A irmã Paulina ouviu tudo aquilo calada. Quando atravessamos a rua do Carmo e chamamos o Argemiro, ela nos disse que o dr. Mário havia posto um auto da polícia à sua disposição para levá-la ao colégio. Nos despedimos ali mesmo, mas eu anotei que essa era a segunda vez que ela recusava seguir no carro comigo.

Pedro queria conversar e pediu ao Argemiro que nos encontrasse na sua delegacia e propôs que seguíssemos a pé. Ele, assim como eu, estava ansioso para trocar ideias sobre o que acabáramos de ouvir.

— Esse Mário é um oportunista que está louco para fechar esse caso e poder se exibir. Mas o raciocínio dele tem muitas pontas soltas e, não fosse por você, eu investigaria tudo isso. No entanto, a pressa dele nos favorece e ele é tão descuidado que nem se aprofundou na história de Martha e acha mesmo que ela é uma espécie de prostituta de luxo. A freira não deve ter contado e isso foi uma grande sorte, mas ele nem imagina que você e a moça se conheciam. Ele deve pensar que você é apenas o advogado do colégio e está dando assistência à freira. Não investigou nada da vida dela.

— Graças a Deus! Eu pensei nisso também quando ele estava expondo suas conclusões para a irmã Paulina.

— Você notou, é claro, que o Salim que eles prenderam não tem nada de judeu. O Mário levou o caso para a área dele, que é perseguir traficantes de drogas e prostituição. Ele mais que depressa enquadrou o nosso caso nesse formato e abandonou a ideia inicial da tal organização Zwi Migdal e o tráfico internacional de mulheres. Ele nem mencionou mais as polacas! Esse Mário gosta mesmo é de ouvir o som da própria voz e não é dado a escutar os outros. Por isso sabe pouco, mas é cheio de certezas. Tipo perigoso, é preciso cuidado com ele, porque é afoito e não pensa muito. — Ouvi a maior parte da argumentação do Pedro em silêncio. Era mesmo melhor para mim que o caso se encerrasse o mais rápido possível e da forma em que as coisas estavam postas, o delegado Mário nem cogitava perguntar quem poderia ser o pai da criança que

Martha carregava. Pedro tinha razão, o dr. Mário achava que a Martha era alguma espécie de prostituta de luxo, que se envolvera com proxenetas e bandidos e acabara morta. Nesse caso o pai poderia ser qualquer um e era irrelevante. No mundo em que ele vivia, essa história fazia todo o sentido.

— Mas nós temos um trunfo na mão que é o tal Nestor que está na minha delegacia. Vou cuidar dele pessoalmente e o que ele souber vai nos dizer. Você tente acompanhar melhor que puder os passos da freirinha para que essa história não desande e te prejudique. Sua prioridade é manter o comendador satisfeito com o genro que a filha escolheu para ele.

Segui para casa pensando nessa conversa e em tudo que aconteceu. Confesso que estaria bem mais tranquilo se sentisse que a irmã Paulina estava satisfeita com o resultado das investigações, que, afinal de contas, davam razão às suas suposições iniciais, que só ela defendeu, contra todos nós. Pode ser apenas impressão de momento, mas eu senti que ela não se deixou convencer. O que mais a incomodou foi constatar que o delegado via a Martha como simples prostituta e ela percebia que qualquer coisa que dissesse não mudaria muito a opinião dele. E também deve ter achado apressadas as suas conclusões.

Da minha parte, achei melhor permanecer quieto. A Irmã só sabia sobre os encontros de Martha com Nestor e seus parceiros pelo relato da vizinha que ouviu as suas queixas. Mas ela conversou longamente comigo quando contou essa história e tenho bem claro o que ela disse. Por mero acaso não contei todos os detalhes para a freirinha e hoje percebo que isso acabou sendo muito bom. Eu apenas confirmei, com mais minúcias, um ou outro fato que a vizinha relatou. Mas para mim era óbvio que pelo menos um dos presos, com certeza, não fazia parte da dupla que abordou Martha. Ela disse que eram dois judeus enormes e falaram com ela em ídiche. O Salim, que nós vimos passar no corredor, obviamente não é judeu e tem mais ou menos a minha altura e não se encaixa na descrição que ela me fez.

De toda a forma vou escrever para Lenita. Mesmo que ela não receba as cartas nos próximos dias, elas chegarão em algum momento e vão demonstrar a minha preocupação. Vou tentar ligar para o comendador também para saber notícias.

43
Dia 25, sexta-feira

Depois que deixamos o Pedro no seu posto, voltamos para casa e já não foi mais possível sair nem fazer qualquer atividade que não fosse nos escondermos e esperar. Lá pelas três da tarde, a Francisca subiu para me buscar no meu gabinete e implorou para que eu me juntasse a eles no porão, onde já estavam todos. Relutei um pouco, mas afinal achei melhor fazer isso mesmo já que não haveria proveito algum em ficar exposto. O barulho da guerra, já se sobrepunha a tudo e foi piorando ao longo do dia. Era impossível sair à rua, tal a fuzilaria e o bombardeio que não cessa e que ninguém consegue discernir de onde vem e para onde aponta. A noite foi tenebrosa e tenho certeza de que nenhum de nós dormiu. Não era apenas o barulho e o clarão das explosões que entravam pelas aberturas do porão, mas a sensação, incontornável, de que poderíamos ser atingidos a qualquer momento.

Além da fuzilaria e do bombardeio, assistíamos de longe aos incêndios que lavravam em todo o canto. Incapaz de dormir, sai de pijama e robe pela porta da cozinha para tentar ver alguma coisa e encontrei o Argemiro também acordado. Vimos manchas vermelhas no céu, espalhadas em várias direções. Eram incêndios que destruíam os prédios atingidos pelas bombas, na cidade que não tinha mais o seu corpo de bombeiros.

O dia amanheceu assim e a luta agora parece sem trégua. Melhor do que eu, *O Estado* resumiu essa noite louca.

As plácidas, as tranquilas noitadas paulistanas já não passam de uma suave recordação. As nossas noites de musselina luminosa, luar sobre a névoa, vigílias calmas, tudo desapareceu no *"dies irae"* dos assaltos de trincheiras, no pipocar da fuzilaria, no rosnar ameaçador dos bulldogs Krupp.

Mas, de toda a história trágica dessas vinte noites de revolução, ressalta o pandemônio de ontem. Não há frase suficientemente fotográfica para esclarecer o que foi aquela noite, com seus pormenores arrepiantes.

O interior, que conhece o estouro dos morteiros em que finalizam as festas tradicionais, poderá ter uma vaga ideia do que aquilo foi — imaginando o estrondar de mil morteiros, ininterruptamente, de sol a sol. E, para completar a visão, deve figurar o espectro imenso da Morte, debruçado sobre a terra, ceifando a cidade com o alfange fino e curvo do crescente.

A morte vinha do céu. Estava em toda a parte. Às vezes, de um só golpe, estraçalhava uma família inteira. E há muitos anos S. Paulo não tinha uma noite tão clara, tão enluarada, tão espiritual como a de ontem.

Eu imaginava procurar a freira hoje, o mais cedo possível, mas observando a cidade aqui do meu porão, a ideia pareceu insensata. Também estava curioso para ter notícias do Pedro e queria saber o que disse o Nestor. Mas sei que se ele pudesse já teria me procurado. Hoje só me resta esperar e passar o dia neste esconderijo de rato.

44
Dia 26, sábado

Parece incrível, mas a noite foi muito mais calma e nesta manhã praticamente não se ouvem mais os tiroteios. Pedro conseguiu falar comigo pelo telefone e contou que o delegado já abriu a boca para os seus amigos nos jornais e *O Combate* publicou uma nota contando a sua versão sobre os crimes e cita o nome de Chaia Ozmo. Ele não quer perder tempo e segundo o Pedro, do ponto de vista dele, o caso está encerrado.

— O Nestor foi interrogado até a noite e, além de negar envolvimento na morte de Martha, disse que não conhece os outros dois e não tem nenhum negócio com eles. Do tal Salim nunca ouviu falar e quanto ao outro, diz que sabe que é judeu, mas mal conhece de vista o sujeito que, conforme ele diz, é um gigolozinho que explora duas ou três mulheres que trabalham em cabarés de segunda ordem. Palavras dele. O que ele quer dizer é que esses dois não estão à sua altura. Bem, basta ver pelas roupas. O Nestor usava, quando foi preso, um terno do Carnicelle, com o nome do cliente bordado na etiqueta, que não custa menos de 300 mil-réis e os outros, era fácil de se ver, usavam ternos baratos.

Perguntei ao Pedro se ele havia visto os outros presos e ele me disse que foi até a Central para falar com eles e tirar a limpo o que o Nestor dissera.

— Fui discretamente e entrei pela carceragem porque lá todos me conhecem. Não queria chamar a atenção do Mário e nem queria que ele soubesse que estou me metendo nas investigações dele. O Isaac Levy disse que não conhecia nenhum Nestor e nem Nissim Hidal. Quando eu disse que o Nestor sabia quem ele era, só levantou os ombros, como se dissesse, e daí?

— Você falou com ele pessoalmente, eu perguntei. — Que tipo ele era?

— É um sujeito magricelo, pequeno, com cara de fuinha, tem mesmo cara de gigolô! Não sei como essas mulheres podem se envolver com um tipo desses.

Após falar com o Pedro, resolvi procurar a freirinha na sua toca, e depois do almoço, em meio à calmaria inusitada, pedi ao Argemiro que me levasse até o Colégio. Ele também estava animado com essa trégua, que não sabemos quanto pode durar, e me pediu para ir ver sua família quando terminar este serviço. Ele tem razão, ninguém sabe quando recomeçarão os tiroteios. No caminho, encontramos as trincheiras da São Joao e da rua das Palmeiras totalmente desguarnecidas, ao contrário dos outros dias. O Argemiro resolveu subir pela avenida Angélica e lá vimos vários grupos de soldados descendo a ladeira.

— Olha seu doutor, parece que os rebeldes estão se concentrando mais aqui para o centro, pois não. Talvez estejam reforçando as defesas dos quarteis da Luz. — Respondi qualquer coisa, não encontrei o que dizer.

Chegamos logo e encontrei a freira lá. Ela me recebeu bem, mas notei que estava um pouco fria. Como eu já previa, se desiludira a respeito do delegado que acabou não sendo a ajuda decisiva que ela esperava.

— Esse delegado fala muito, mas não tem atenção aos detalhes e é leviano. Onde já se viu sugerir que Martha fosse criminosa ou uma espécie de prostituta! E se esses que ele prendeu foram os mesmos que abordaram a Martha na rua São Bento, é preciso saber o que queriam dela. E porque afinal de contas a mataram, se é que foram eles. O motivo é o que falta. Essa história vai e vem, mas ninguém consegue dizer por que ela foi morta! E o senhor viu, doutor Augusto, ontem ele encerrou a conversa antes que eu pudesse lhe fazer essas perguntas.

A freirinha parecia muito alterada em relação ao seu comportamento normal e sua pele branca, quase transparente, tinha um tom avermelhado que eu ainda não havia visto.

— Eu hoje, logo cedo, quando percebi que as bombas nos deram um descanso, fui até a rua dos Clérigos dar uma nova busca. Eu cometi um erro enorme achando que havia um cofre, quando é muito mais lógico que Martha guardasse o que queria guardar em algum esconderijo na sua casa mesmo. Isto é até meio obvio e me envergonho de ter sido tão descuidada. Mas hoje, com a ajuda da Arminda e do marido, reviramos tudo. Eu achava que pudesse haver papeis debaixo do colchão, mas não havia nada. Procuramos no fundo dos armários, na parte de baixo das gavetas, atrás do espelho do quarto dela, enfim, em todos os lugares possíveis e não encontramos coisa alguma. Reviramos a cozinha e o guarda-comida e nada também. Martha era muito inteligente e, se ela escondeu alguma coisa, fez isso muito bem.

— Bem Irmã, sei que eu já fiquei contra as suas ideias antes e perdi, reconheço, mas talvez não haja nada escondido mesmo. Essa também é uma possibilidade.

— Pode ser, doutor, pode ser. Mas já chegamos até aqui e essa não é a hora de desistir. Eu preciso pensar e, se Martha de fato deixou alguma coisa escondida, ela esperava que nós achássemos. Naquele bilhete, ela pedia a nossa ajuda, não se esqueça. Eu a conhecia muito bem e tenho certeza de que vou conseguir achar o que ela escondeu. Só preciso pensar. Disse isso e se levantou para me acompanhar até a porta. Assim como o delegado, ela também não queria mais conversa.

45
Dia 27, domingo

O silêncio inusitado me fez acordar tarde. Já estávamos acostumados ao ruído dos tiros e das bombas e essa manhã tranquila e ensolarada me causou uma espécie de susto ao inverso. A casa, sem o Argemiro que foi visitar a família, também parece silenciosa e tranquila, como há muito tempo eu não via. Tomei meu café da manhã devagar, desfrutando o silêncio e a tranquilidade, que, eu sei, é só aparente.

Por volta do meio-dia o Pedro ligou. Disse que um dos seus investigadores foi até a central e encontrou lá a freirinha.

— O detetive contou que ela estava aflita e queria encontrar o Mário de todo o jeito. Falou que tinha documentos importantes para mostrar. Disseram a ela que o delegado foi ver a família em Jundiaí e só entra no seu plantão depois das quatro da tarde. O meu investigador perguntou se podia ajudá-la ou se queria que me chamasse, mas ela não quis muita conversa. Essa freira com certeza deve ter tido uma outra ideia. Tião, o investigador, disse que ela estava carregando várias pastas cheias de papéis. Com certeza é mais algum daqueles relatórios que ela faz. Se você achar importante vou até lá falar com ela, mas nem sei se quando chegar ela ainda vai estar na Central. — Pedro não tinha ânimo para sair de casa no seu raro dia de descanso e enfrentar a Irmã. Eu disse que não, claro, que não era preciso e devia ser mais uma das loucuras da freirinha e que logo mais saberíamos.

— Estive com ela ontem e a achei muito insatisfeita com o rumo que as coisas tomaram. Talvez ela só queira questionar mais uma vez o dr. Mário Cruz. — eu disse.

— Augusto, se for isso fico até satisfeito. Não tenho mais paciência para lidar com esse sujeito. Mas na Polícia, você sabe, não se pode fazer inimigos, porque passamos a vida inteira convivendo no mesmo espaço e dividindo os mesmos cargos. Enfim, preciso descansar e quero passar o domingo em casa com os meninos, se puder. Você não quer vir almoçar? — Eu respondi que também estava cansado e que iria outro dia.

Sem o Argemiro, resolvi chamar um táxi e tirar a limpo essa história. Embora a freira não soubesse, eu sempre tive as chaves da casinha da rua dos Clérigos e iria até lá.

O chofer, ao contrário do Argemiro, escolheu o caminho mais curto e me levou pela Luz, contornando a Estação. Passamos pelas ruas sem encontrar patrulhas de revoltosos, o que chamava a atenção, porque nas últimas semanas essa área era severamente vigiada e os passageiros que iam para a Luz eram obrigados a ultrapassar várias barreiras. Perto da estação, o movimento era intenso e, ao que parece, muito armamento e veículos estavam sendo embarcados. Ao cruzar a ponte sobre os trilhos, na rua Mauá, eu pude ver uma grande quantidade de vagões que se acumulavam nas vias do pátio. Entre o Parque da Luz e a Estação, a larga avenida estava ocupada por veículos militares e soldados. Tudo leva a crer que os revoltosos vão se retirar. Essa também era a opinião do motorista que trabalhara a manhã inteira sem contratempos.

A casinha de Martha ficava a cinco minutos da Luz e por cautela, deixei o táxi me esperando a duas quadras de distância da rua dos Clérigos. Entrei pelo portãozinho do fundo. Não precisei mais do que um minuto para perceber que a maldita freira havia achado os papeis de Martha. O piano estava aberto e o painel acima dos pedais havia sido removido. Atrás dele, havia uma espécie de caixa feita de papelão grosso colada nos montantes do instrumento, grande o suficiente para conter muitos documentos e até pequenos objetos. Sua função era impedir que o que estava escondido ali, tocasse nas cordas e afetasse o som. Removendo o painel externo, que saía facilmente, se encontrava essa caixa improvisada, mas bem sólida. Ela devia ter tudo ali, inclusive as folhas com as assinaturas que ela tão habilmente executara. Não havia mais nada para ver e meu tempo agora era curto e eu devia medir com cuidado os passos que daria em seguida. Corri até o táxi e voltei para casa.

O mal, muitas vezes, é apenas uma oportunidade.

Quando aquele ambiente apocalíptico se abateu sobre São Paulo eu vislumbrei a possibilidade de resolver de uma só vez, todos os meus problemas. Embora eu nunca antes houvesse pensado nisso seriamente, a partir do momento em que ficou claro que a revolução iria virar a cidade de pernas para o ar, a ideia penetrou no meu cérebro e não se afastou mais. Foi ficando cada vez mais claro para mim, que essa seria a única forma de dar solução definitiva a esse caso. Em todas as outras alternativas, mesmo que eu fizesse um acordo detalhado com a Martha, sempre haveria uma sombra sobre mim e ninguém poderia garantir o que poderia acontecer no futuro.

Minha mãe diz que eu tenho muitas qualidades, sempre disse isso. Mães são assim. Eu posso ter muitas qualidades, mas não tenho todas. Eu deveria ser uma boa pessoa é o que todos acham. Mas eu não sou assim, exatamente, e nem o tempo todo.

De início, eu apenas queria o que me foi tirado injustamente. Descobrir Martha foi quase que um prêmio, um raio de sol em minha vida, turvada desde o inverno de 1918. Ela me fazia companhia como ninguém fizera antes, era inteligente, mais do que qualquer mulher que eu tivesse conhecido, possuía habilidades extraordinárias e falava muitas línguas. Mas sobretudo, possuía uma caligrafia maravilhosa, impecável e tudo o que escrevia parecia desenhado com capricho. Não só isso, também era capaz de reproduzir qualquer letra com perfeição e até rótulos de embalagens e capas de revistas. Uma vez, ela apanhou três exemplares da revista *A Cigarra*, que estavam empilhadas numa mesinha, e reproduziu os títulos, todos diferentes, com perfeição e ainda copiou as assinaturas dos desenhistas que vinham no pé das capas. Quando começamos a discutir o negócio do café e a tratativa com o governo não avançou, pensei que ela era perfeitamente capaz de produzir os documentos e as assinaturas necessárias. No final, foi tudo tão simples e correu tão bem.

Nada daria errado se ela não houvesse ficado grávida. Quando aconteceu, eu me propus de imediato a resolver o assunto. Mas ela não quis, não queria cometer mais esse pecado. Tentei convencê-la de todas as formas, mas não houve meio. Quando eu insisti e a ameacei, ela me disse que tinha cópias de todos aqueles documentos que havia falsificado para mim. As cartas, as assinaturas do Secretário da Fazenda, todos os muitos documentos que eu precisei para viabilizar o negócio do café e que no final eu mesmo recolhi e destruí, porque aquele golpe do acaso fez com que estes papeis falsos valessem mais destruídos do que conservados. No final, foi um negócio perfeito, o lucro foi excepcional, Martha recebeu sua parte e os papéis puderam ser recomprados com grande vantagem. Era uma obra-prima, mas ela não iria abrir mão do filho e prometeu que se fosse preciso usaria os documentos para salvá-lo.

Ela várias vezes repetiu isso, mas naquela noite dei busca minuciosa em tudo e não encontrei coisa alguma. Eu, no fundo, sempre pensei que ela devia estar blefando e que essa loucura só surgiu depois da gravidez, quando ela se aferrou à ideia de ter esse filho, apesar das consequências. Nunca acreditei que Martha, anos atrás, houvesse tentado se garantir contra mim. Isso era uma espécie de traição que quebrava a confiança que depositei nela. Hoje, percebo que sempre achei que podia domina-la e prever os seus movimentos. Estava enganado e me enganei em muitas outras coisas. No meu íntimo, eu estava convencido de que o risco real que eu corria era ela, apenas ela. É por isso que para mim era vital que eu a impedisse de ter o filho, falar e contar essas histórias do meu passado. Nunca acreditei que ela de fato possuísse e houvesse guardado esses documentos por todos esses anos. Isso foi um grande erro, o maior que eu cometi. Não devia ter desprezado tão levianamente a sua ameaça. Fui imprudente e considerei apenas a versão dos fatos que me favorecia.

O ser humano acredita em qualquer coisa. Não há limites para a credulidade humana, nós somos dominados pelas nossas emoções, a razão só vem depois, e isso, apenas nos raros momentos em que a usamos. Lendo o jornal, umas semanas antes da revolta, vi a entrevista de um desses grandes ases dos céus, um piloto americano de cujo nome não me lembro, autor de grandes façanhas na guerra da Europa e que sob o seu uniforme de voo carregava, para dar sorte e protegê-lo dos inimigos, um singelo pé de coelho! Não é preciso muita imaginação para entender quanto avanço da ciência e da técnica foi necessário para permitir ao valente americano cruzar os céus através das nuvens. E, no entanto, ele que comanda um aparelho assombroso, a uma velocidade estonteante, se sente protegido pela patinha de um coelho que alguém comeu no jantar. É difícil de entender, pensando bem.

Só isso explica como cheguei até aqui. Parece incrível que eu tenha conseguido. Quando a irmã Paulina entrou na minha casa com aquele bilhete escrito pela Martha na sua mão, senti o chão me faltar. Quando eu o li, meus olhos chegaram a turvar e me vi perdido, irremediavelmente. Se a freirinha houvesse ficado mais um minuto em silêncio eu teria posto tudo a perder.

Mas ela sempre falou sem parar e eu logo pude perceber que ela não havia entendido o que estava escrito. Mas estava tudo lá, tão claro. "Se algo ruim me acontecer, procure pelo dr. Augusto." É tão óbvio! Essa freirinha dos infernos que se acha tão inteligente não conseguiu entender o que estava escrito num bilhete de duas linhas! Estava claro que o bilhete de Martha dirigido à Irmã Pauline não era um pedido de socorro, mas sim uma denúncia. É incrível como a freirinha tão autossuficiente não conseguiu ler o que estava escrito, na sua própria língua.

Ela sempre gostou de mim, eu reconheço, e talvez por isso, era difícil para ela considerar a possibilidade de que eu estivesse de alguma maneira envolvido. Seus sentimentos benignos em relação a mim não lhe permitiam considerar essa hipótese. Eu sabia que elas conversavam todas as semanas e tenho certeza de que Martha havia lhe contado que estava apaixonada e era só questão de tempo para que ela dissesse à freira o que estava acontecendo. Embora nossa relação fosse ilícita e violasse os princípios que a freira defendia, talvez ela desejasse secretamente que eu me casasse com Martha e regularizasse a nossa situação. A freirinha sabia que eu gostava de Martha e do ponto de vista dela, se nos uníssimos, ficaríamos de bem com Deus, a religião e Martha teria um rumo na vida e seria feliz. Essa, eu acho, era a ideia secreta que a irmã alimentava. Embora ela esteja aqui há décadas, ainda não compreendeu como é a nossa sociedade. Para mim, me casar com uma moça judia, vinda ninguém sabe de onde e criada num orfanato, me transformaria de imediato num pária social e eu necessitava mais do que nunca das minhas relações e dos meus contatos para sobreviver e para não me transformar em mais um fazendeiro falido pela geada, como há tantos por aí.

Ela estava escrevendo aquele bilhete quando cheguei e o escondeu rapidamente para que eu não o visse. Moça esperta. Eu havia bebido demais, desde que saí do almoço com o Pedro e não estava tão alerta quanto deveria. Quando eu dei busca na casa, procurava um maço de documentos e não me dei conta daquele cartãozinho que ela deve ter colocado no meio de um livro, talvez do seu livro de orações, que ela trouxe do colégio. Não pensei em examinar os livros, eram muitos. A freira certamente fez isso. Esse lance ela venceu, mas perdeu o mais óbvio. Eu, na minha loucura, esqueci o vidro de clorofórmio que usei em Martha e que ficou à vista de todos, na cozinha e estava ainda lá, hoje, quando eu fiz a minha última visita à casinha da rua dos Clérigos. Talvez o rótulo em alemão, tenha ajudado e nem a polícia nem a irmã Paulina prestaram atenção nele.

Acho que Martha, depois de tantas semanas de discussões, tinha algum receio das minhas intenções. É fato que eu ficara um pouco alterado e no fundo queria assustá-la para que ela desistisse dessa ideia louca de ter um filho. Ela, porém, não cedia, me prometeu mil vezes que ninguém jamais saberia e que assumiria tudo sozinha. Mesmo que eu pudesse acreditar que ela nunca contaria a verdade, esse tipo de coisa se espalha. A própria freira era um risco enorme para mim. Ela era discreta e não fazia comentários, mas se Martha aparecesse grávida, não duvidaria um minuto acerca de quem era o provável pai e moveria céus e terra para me obrigar a assumir esse filho, sem cogitar que isso seria a minha ruína. A freira não era boba e foi justamente em mim que ela pensou quando soube que Martha estava grávida. Ela não me disse nada, mas estava impresso na cara dela o que presumia.

Enfim, eram muitos riscos a correr e, com certeza, meu casamento com Lenita não sobreviveria. Essa era a maior e, na realidade, a minha única prioridade. Depois de tanto esforço esse casamento era a solução definitiva para todos os meus problemas. Por mais que o comendador preferisse outro genro, eu sabia que ele se curvaria à vontade da filha. E com o tempo me abriria as muitas portas que só ele poderia abrir, para garantir uma situação melhor para a filha e para os netos, que eu esperava lhe proporcionar tão cedo quanto possível.

Isso tudo foi parecendo cada dia mais difícil em razão da intransigência da Martha. Diabo de mulher teimosa.

E eu ainda corria o risco dela, de fato, revelar que nós falsificáramos os documentos. O Haroldo chegou a ser processado quando se desconfiou que as cartas de autorização eram falsas e o secretário da Fazenda, Galeão Carvalhal, declarou publicamente que as assinaturas não eram dele. Mas como no final nenhum daqueles papéis chegou a ser apresentado oficialmente, nenhuma saca de café, de fato, mudou de mãos, e tudo não passou de especulação com o mercado, o juiz considerou que não havia crime e encerrou o caso. Mas tudo mudaria se meu nome aparecesse como o mentor da tramoia e o caso seria reaberto de imediato. Provavelmente a denúncia não daria em nada, mas mesmo assim me arruinaria socialmente e me fecharia as portas do Comendador Tetrazzini.

Não sei quando essa maldita freira começou a desconfiar de mim. Acho que foi quando descobriu que Martha esperava um filho. Sinto que foi ali que a desconfiança se instalou na sua mente. Eu nunca imaginei que a tal autópsia mostrasse isso. Com a cidade naquela situação e com o necrotério lotado, quem iria pensar em fazer um exame detalhado. Quando fomos lá para liberar o corpo do Moacyr, resolvemos tudo em minutos e o legista fez o laudo imediatamente, porque afinal, a *causa mortis* era evidente. Imaginei que o mesmo aconteceria com Martha. A seringa ainda estava em seu braço e o cheiro da bebida que eu espalhei na sua roupa seria fácil de perceber. Mas o Pedro me disse que um dos médicos novos deve ter resolvido fazer um exame mais profundo. Ela era uma mulher bonita e até o seu cadáver devia chamar a atenção. Se eu não houvesse esquecido de apagar a luz antes de sair da casa, seu corpo talvez demorasse ainda uns dias para ser encontrado, o cadáver despertaria asco, e talvez o exame fosse mais superficial. Um pequenino erro, que teve seus resultados.

Foi mais um acaso que se voltou contra mim.

A freirinha, no final das contas, acertou quase tudo, embora o seu ponto de partida estivesse errado. Ela acreditava que a causa do infortúnio de Martha fosse resultado dos acontecimentos das últimas semanas, desde que ela tocou com a orquestra, no carnaval. Nisso ela não poderia estar mais enganada já que a desgraça de Martha vem de muito antes e começou logo depois que ela me conheceu. Não posso negar isso.

Os meus pensamentos não estão cem por cento coerentes, eu sei, mas tenho que pensar em muitas coisas ao mesmo tempo e olhar o relógio. Já são três horas da tarde e às quatro meu tempo se acaba. Escrevi ao Pedro, vou chamar o Leôncio e lhe pedir que entregue esse bilhete na mão dele e espere para ver se ele leu. É preciso que ele leia e venha imediatamente. Só o Pedro pode salvar o pouco que me resta e proteger os meus.

Leôncio saiu. Estranhou o meu pedido mas entendeu tudo e tenho certeza de que vai cumprir as instruções. Deve estar pensando, que, se é coisa tão urgente, porque eu não falei pelo telefone. Mas vai fazer o que eu pedi. Enquanto ele vai, eu posso escrever as minhas instruções para o Pedro.

Francisca foi à missa, na igreja do Coração de Jesus, aproveitando a calmaria desse domingo sem bombas.

Agora estou só.

Finalmente estou completamente só. Já não posso fazer mal a ninguém, apenas a mim mesmo. Gostaria de beber alguma coisa, mas não quero que nada turve a minha mente agora.

Passa um pouco das quatro horas e ouço um carro se aproximando. O ruído se nota com clareza no silêncio da minha rua deserta e posso ouvir os sons dos pneus passando sobre as poças de água. É um carro de praça e para quase em frente à minha porta. Da janela do meu gabinete posso ver nitidamente a silhueta daquela maldita freira. Ela não desce do carro, está esperando alguém. Como sempre, chegou cedo, antes de todos. Eu poderia ir-me embora. Ela não conseguiria me impedir, mas de que adiantaria? Amanhã tudo estará nos jornais.

Ela está esperando os outros, eu sei. Logo estarão aqui.

Chegou a hora, tenho de encarar o inevitável. Tomara que o Pedro chegue logo, eu sei que, lendo meu bilhete, virá correndo e eu torço para que ele chegue antes dos outros e conduza as coisas conforme eu lhe pedi. Se ele atrasar, não sei qual será o meu destino. Estou mais uma vez nas mãos do acaso, que me favoreceu tão generosamente no caso dos cafés. Talvez me favoreça novamente. Não posso pedir a ajuda de Deus. Me separei dele há muito tempo.

Deus é uma aposta, escreveu Pascal. É um fato incontestável que nenhum de nós, por mais fé que tenha, pode ter certeza da sua existência. Eu, num determinado ponto da minha vida, me vi na contingência de apostar e resolvi jogar contra.

Agora estou no limiar da decisão, as cartas estão na mesa e o jogo está feito.

Em um instante saberei o resultado.

46
Dia 28, segunda-feira

Sob um sol magnífico, prenunciando mais um dia lindo como os vinte e dois em que decorreram os tristes acontecimentos das três últimas semanas, a cidade amanheceu hoje animadíssima. Desde as primeiras horas da madrugada, sabedora de que se haviam retirado as tropas revolucionárias e livre do pesadelo do bombardeio que se esperava a todo o momento, a população começou a deixar as suas casas, acorrendo, em grupos cada vez mais numerosos, ao centro da cidade.

Ao repicar dos sinos de várias igrejas que se fizeram ouvir cerca das cinco horas, toda gente procurava as ruas do Triângulo, que ao raiar do dia já apresentavam aspecto movimentado, como nos dias normais de maior atividade.

Em todos os semblantes se via bem nítida a sensação do desafogo por se verem enfim passados aqueles dias cheios das mais negras apreensões e prenhes de calamidades.

A curiosidade pública se manifestava em mil e um comentários acerca dos últimos acontecimentos, apreciando cada um, segundo os seus sentimentos, o inesperado epílogo da tremenda luta a que o destino deu por teatro a capital de S. Paulo.

47
Dia 29, terça-feira

FALECIMENTOS

Efetuou-se ontem o enterramento do sr. doutor Antônio Augusto Junqueira de Souza Campos, conhecido advogado e negociante desta praça, morto tragicamente aos 34 anos por uma bala perdida disparada por uma das facções em luta, na tarde de domingo, nos derradeiros momentos da rebelião que assolou São Paulo pelas últimas três semanas. O extinto era filho do coronel Antônio de Souza Campos (falecido) e de dona Maria Augusta Junqueira de Souza Campos, residente em Campinas. Deixa as irmãs, Maria Antônia Junqueira de Souza Campos Withaker, casada com o dr. Ricardo Withaker, advogado em Campinas, Maria Cândida Junqueira de Souza Campos Withaker, casada com o Eng. Luiz Withaker, agricultor em Jaguariúna e o irmão Dr. Joaquim Antônio Junqueira de Souza Campos, engenheiro da Light no Rio de Janeiro.

O féretro saiu da Alameda Nothmann n.8 para o Cemitério do Araçá, tendo sido colocadas as seguintes coroas. "Ao filho muito amado, a saudade imorredoura de mamãe"; "Saudades dos irmãos Candinha, Tonica e Juca"; "Homenagem e Saudades da Família Tetrazzini"; "Último Adeus de Lenita"; "Últimas Orações das Irmãs da Congregação de Nossa Senhora de Sion"; "Homenagem da Sociedade Hípica Paulista"; "Homenagem da Prefeitura de São Paulo"; "Saudades Eternas do Amigo Paulo

Duarte e Família"; "Saudades do Querido Amigo, Rina, Pedro e Família".

À beira do túmulo discursaram o Dr. Steidel, pela Liga Nacionalista e o acadêmico Paulo Duarte, representando o Prefeito Municipal, Firmiano Pinto.

48
Baruch Ata Adonai
Bendito sejas Tú

*Yedid néfesh av harachamán,
Meshóch avdechá el retsonêcha.
Yarúts avdechakemó aiál
Ishtachavê el mul hadarêcha
Yeeráv lo yedidutêcha,
Minófet tsuf vechól táam*

Amado amigo da alma, Pai misericordioso,
aproxima-me da Tua vontade
e como um cordeiro eu correrei a Ti
e me curvarei diante de Tua Majestade.
Para mim Teu amor é mais doce
que o favo do mel fresco, melhor que qualquer sabor

*Baruch ata Adonai
Elohênu mélech haolam,
daián haemet*

Bendito sejas Tu, Eterno,
nosso D'us, Rei do Universo,
Juiz da verdade

Agradecimentos

Este livro não é, à rigor, um romance histórico, dado que a grande maioria dos personagens são ficcionais. Porém os cenários e o contexto não são, e refletem tão fielmente quanto possível o ambiente vivido em São Paulo nos anos anteriores a eclosão da Revolução de 1924. Ele é o produto de várias pesquisas encadeadas que se iniciaram em 2011 para a elaboração do meu primeiro romance, *"Neve na manhã de São Paulo"*, publicado em 2017.

Este livro contou com a colaboração de inúmeras pessoas que eu não posso deixar de agradecer. Em primeiro lugar a Fausto Couto Sobrinho, que mesmo à distância acompanhou todo o esforço para a realização deste trabalho e reviu os originais muitas vezes. O livro deve muito à infinita paciência do Fausto e os defeitos, que ele não conseguiu eliminar, se devem exclusivamente à teimosia do autor.

Também contou com o auxílio e as sugestões de inúmeras pessoas que disponibilizaram o seu tempo para ler os originais, ou participar de entrevistas. Com a ajuda de Sylvinha Tinoco pude entrevistar os cafeicultores Eduardo Penteado Lunardelli e João Guilherme Whitaker. Carmelita Rodrigues de Moraes me abriu contatos no Museu da Casa Brasileira que foram úteis para traçar um quadro mais exato das velhas elites paulistanas. Agradeço também a Fortuna, Silvia Lerner, Mauro Wrona e Cláudia Costin que me ajudaram a compreender melhor a minha personagem Martha.

 A pesquisa que deu base a este livro foi em parte realizada com o apoio do Governo do Estado de São Paulo, da Secretaria de Cultura e Economia Criativa, do PROAC, do Governo Federal e da Lei Aldir Blanc.

Esta obra foi composta em Arno Pro e
impressa em papel pólen natural 80 g/m² para
a Editora Reformatório em março de 2025.

Impressão e Acabamento | Gráfica Viena
Todo papel desta obra possui certificação FSC® do fabricante.
Produzido conforme melhores práticas de gestão ambiental (ISO 14001)
www.graficaviena.com.br